吉原宵心中

御庭番宰領3

大久保智弘

二見時代小説文庫

目次

もの言わぬ女　7
喋りすぎる男　59
うごめく影に　94
声は聞けども　135
姿は見えず　173
花は散りても　219
また春咲くが　258
君とわれとは　299
破軍星　341

吉原宵心中——御庭番宰領3

もの言わぬ女

一

谷中《やなか》の天王寺脇にある芋坂を上って、鬱蒼と森が茂っている東叡山寛永寺の裏手まで出たとき、鵜飼《うかい》兵馬《ひょうま》は闇の中に匂い立つほのかな香りに気づいた。

「水草の匂いだろうか」

暮れなずんでいた夏の日もすでに落ちて、あたりは漆黒の闇に塗り込められていた。

おりからの朧月夜で、上野の山に照る月と、遠く霞んでいる道潅山のほかは、物の影さえも定かではない。

この匂い、と兵馬は妙な懐かしさを覚えて、

「稲穂の香りだ」

とすぐにわかった。

山峡に孤立している兵馬の故郷では、なまあたたかい宵闇が迫るこの季節になると、風に乗って運ばれてくる稲穂の匂いが、ほのかに滲むようにして、薄闇の中に満ちてきたものだった。

弓月《ゆづき》藩を出奔して江戸へ出てから、兵馬はかすかに鼻孔をくすぐるこの匂いを、すっかり忘れてしまっていたらしい。

「すると、このあたりには田圃があるのか」

根津権現裏の恩出井《おんでい》屋敷を出たときは、すでに宵をすぎていたので、兵馬は川向こうへ渡るための帰り道を急いでいた。

兵馬は谷中から浅草へ抜けようとして、いつもとは違う道筋をたどった。

東叡山寛永寺を北に迂回して浅草の裏手に出れば、花川戸の河岸から吾妻橋を渡って、お艶《えん》が住んでいる本所入江町へゆくことができるはずだった。

兵馬は江戸に住むようになってからおよそ十五年になるが、なぜか上野の山より北へは足を向けたことがなかった。

いまは本所入江町に住む始末屋お艶の居候になっているが、これまで兵馬が住んでいたのは、富岡八幡の参道裏にある深川蛤町の裏店《うらだな》で、貧しい長屋が軒を連ねる雑ぱくな下町は、潮の香りがただよう海辺に近かった。

兵馬はどちらかというと出無精な方で、賭場の用心棒をして日銭を稼いでいた頃も、本所、深川、下谷、浅草の界隈から離れることがなかった。

江戸の繁華街からほど近いところに、稲穂の香る田圃があるということは、狭い裏店のドブ臭い路地しか知らない兵馬には、ちょっとした驚きだったと言ってよい。

それというのも、しがない浪人ぐらしをしている兵馬が、どぶ川に沿って並んでいる狭苦しい町家の界隈から、ほとんど出ることのない日々を送っていたからにほかならない。

兵馬がめずらしく江戸の北辺に足を運んだのは、根津権現裏にある恩出井屋敷まで、小袖《こそで》を送り届けた帰路にあたっていたからだった。

大切な姫を無事に送り届けてくれた御礼にと、恩出井家江戸家老沼里九右衛門《ぬまさときゅうえもん》から酒肴を振る舞われた上に、行きがかり上、小袖が寝つくまで帰ることができなくなり、思わぬ時をすごしてしまったからだった。

「それにしても、困ったものだ」

つい愚痴が出てしまうのは、三千石待遇のお姫様ぐらしに退屈した小袖が、たびたび御屋敷から脱走して、兵馬のところへ帰ってきてしまうからだった。

「おまえは三千石の直参旗本・恩出井家を継がなければならないお姫様なのだ。このようなところへ近づいてはならぬ」

兵馬がいくら言い聞かせても、しばらくすると小袖はけろっとして、あるときは御庭番倉地文左衛門《くらちぶんざえもん》という強力なつてまで使って、いそいそと恩出井屋敷から脱走してくる。

そのたびに、恩出井家江戸家老の沼里九右衛門は、気の毒なほどうろたえ、熟した古柿のような渋面をつくって、江戸市内を捜しまわることになる。

あれこれと捜しあぐねた九右衛門は、最後には決まって入江町まで迎えにくるのだが、小袖は陰気で堅苦しい恩出井屋敷に帰るのを嫌がって、無理とわかっている約束を強いて、兵馬を困らせた。

たとえば、

「おじさんも一緒なら、帰ってもいいわ」

それができるはずはないことは、小袖にもわかっている。恩出井一族と兵馬には、生死をかけて闘った血なまぐさい因縁がある。

あるいは、

「おっかさんも一緒に、また三人で住みましょう」

知ってか知らずか、兵馬の胸が痛むような要求をする。

まだ乳飲み子だった小袖を抱えたお蔦《つた》が、蛤町の裏店で兵馬と同棲していたのは、もう八年以上も前のことになる。

兵馬が遠国《おんごく》御用に出て、江戸を留守にしているあいだに、お蔦は幼い小袖を残したまま失踪した。

それから八年後、何者かに誘拐された小袖の行方を追って、霞ケ浦の水郷まで辿りついた兵馬の前に、お蔦は三千石待遇の直参旗本・恩出井家の息女津多《つた》姫として、妖艶な姿をあらわしたのだ。

逢わなければよかった、と兵馬は思っている。

「怨泥《おんでい》沼で起こったことは、まだ話してはおられぬのか」

小袖が眠った後で、兵馬は江戸家老の沼里九右衛門に問いただしたことがある。

「そのようなこと、姫に話せるはずがないではござらぬか」

九右衛門はいかにも困惑したかのように渋面をつくると、くどくどとした口調になって兵馬に念を押した。

「たとえ姫から何を聞かれたとしても、怨泥沼のことは禁句でござるぞ」

「………」

兵馬には忸怩《じくじ》たる思いがある。

聖なる神殿がある怨泥沼で、兵馬は小袖の父と母を殺した。

小袖はそのことを知らないし、恩出井家三千石の廃絶にかかわる秘密として、古い一族につながる家来たちは、決して喋ることはないだろう。

兵馬が小袖の父・津賀鬼三郎《つがきざぶろう》を斬ったのは、ふとしたなりゆきから、怨泥一族の浮沈をかけた御家騒動に巻き込まれ、怨泥沼神殿での決闘を挑まれたからだった。

そのとき、小袖の母・津多姫が祭壇の上で自害したのは、十数年のあいだ秘められてきた禁断の恋に殉じたのだ。

兵馬は、何者かにかどわかされた小袖を救い出そうとして鬼三郎を追い、その男が小袖の実の父とも知らずに、鹿島流の『水妖剣』を遣《つか》う天才剣士の挑戦を受けた。

鬼三郎の『水妖剣』は、怨泥一族に伝わる一種の魔剣で、決闘を挑まれた兵馬からすれば、たまたま紙一重の差で勝つことができた、厳しい闘いだった。

生死を賭けた決闘に恩讐は残らない。

しかし、結果として兵馬は小袖の父を殺し、その結果として、さらに小袖の母までも殺してしまったことになる。

しかも、津多姫の最期を看取った兵馬は、腕の中で死んでゆく女から、後に残されることになる娘の小袖を託されたのだ。

奇妙な立場になったものだ、と兵馬は思う。

お蔦が失踪してから、兵馬は賭場の用心棒をして日銭を稼ぎながら、母親から置き去りにされた幼い小袖と一緒に、深川蛤町の裏店で暮らしてきた。

いままで通りの暮らしに戻るのだとしたら支障はない。

しかし、小袖は津多姫の遺児として、三千石待遇の直参旗本・恩出井家に引き取られることになり、死んだお蔦から娘を託された兵馬の立場は、これまでのような単純なものではなくなった。

母親から捨てられた、と幼いころから思い悩んでいた小袖が、恩出井家の姫君として江戸屋敷に引き取られたことを、いまはどのように受けとめているのか、兵馬にはわからなかった。

ときどき恩出井屋敷から脱走して、兵馬のところへ逃げてくることはあるが、小袖は小袖なりに、新しい境遇に慣れようとはしているらしい。

「それにしても、困ったやつだ」

兵馬は苦笑いを浮かべながら、ほのかに香ってくる稲穂の匂いは、小袖を追って霞ケ浦の水郷地帯に行ったときにも嗅いだはずだ、と思ったりした。

しかし、なぜか兵馬から、その記憶は抜け落ちている。

暗い夜道には、まるで濡れているような朧月が、ぼんやりとした光を放っている。細い畦道を踏み外さないように、足元ばかりを気にして歩いていると、いま何処《どこ》にいるのかもわからなくなりそうだった。

上野寛永寺の北側をめぐる山裾から、西念寺の脇を通って、どうにか下谷御簞笥《たんす》町まで出ることはできたが、町家を横切って正覚寺までくると、そこからふたたび田圃が広がる畦道になった。

ひょっとしたら、吉原田圃に迷い込んでしまったのかもしれない、と思ったが、兵馬は夜風に香る稲穂の匂いに誘われるようにして、なおも大川の流れをめあてに歩を運んだ。

どこまで歩いても水の気配は続いた。

足元に横たわる細い畦道は、容易に田圃の連なりから抜け出る気配はなかった。兵馬は誰かに道を尋ねようと思い、闇を透かしてあたりを見まわしてみたが、夜分に田圃道を歩くような物好きは誰もいない。

風が止んでいるはずの田圃道で、不意にさわさわと稲穂が動いた。

朧月夜の薄闇を通して、人の気配が伝わってくる。

しばらくすると、細い畦道を真っすぐに駆け寄ってくる、淡い人影が見えた。

「誰か」

思わず誰何《すいか》したが、返事はなかった。

田圃は朧月夜の淡い光をあびて、あたかも霜が降ったように白い。

宵闇の中にぼんやりと浮かびあがったのは、しなやかな腰をした若い女のようだった。

女は細い田圃道を駆け通しに駆けてきたらしく、追い詰められた獣のような荒い息遣いをしている。

闇の中から急に声をかけられて驚いたのか、女は怯えたように立ち止まった。

すぐその後から、数人のものと思われる乱れた足音が続いた。

女は恐ろしそうに背後の闇を振り返ると、力尽きたように、よろよろとその場に倒れ込んでしまった。

「如何《いか》がいたした」

畦道に屈み込んだ女を、見すごしにもできず近寄ると、兵馬はいきなり柔らかいものに膝を抱かれた。

荒い足音はすぐ近くまで迫ってくる。

女は無言のまま兵馬に取りすがったが、なぜか声をあげることはなかった。

必死ですがりついてくる女の震えが、兵馬の膝にまで伝わってきた。

「…………」

兵馬はたちまち遊び人風の男たちに取り囲まれた。

「どなたかぞんじませんが」

その中の一人が、陰にこもった声で言った。

「あっしらの邪魔は、しねえでおくんなせえ」

ねっとりとした低い声には、威嚇するような響きがあった。

「どういうことなのだ」

兵馬は震えている女の肩に手を置いて、追われている理由を聞き出そうとした。

女は兵馬の膝を抱いたまま、わずかに顔を仰向けた。

闇の中から浮き出たような女の顔は、まだ十五、六歳にしか見えない。

乱れた襟元からこぼれ出た肌は、透き通るように白かった。

すこし白すぎるようだ、と兵馬は思ったが、女の肌が淡雪のように輝いて見えるのは、おりからの朧月夜のせいかもしれなかった。

「わけを聞かせてもらいたい」

兵馬が重ねて言うと、女は無言のまま激しく首を振って、何かを訴えるかのように瞼を濡らした。

「この女、どうするつもりか」

じわじわと包囲を縮めてきた男たちに向かって、兵馬は低い声で問いかけた。

「あっしらがその女をどうしようと、見ず知らずのおめえさんとは、かかわりのあることではござんせん」

男はますます陰にこもった声で言った。

「どのような事情があるかは知らぬが、声も出ないほどに怯えている女を、おいそれと渡すわけには参らぬ」

男たちの酷薄な言いように、ふと義憤を覚え、兵馬は怯えている女を背後に庇《かば》った。

「わからねえお人だ。それじゃあ腕づくでも連れてゆくまでのことよ」

言い終わらないうちに、男たちの一人が襲いかかってきた。まるで獲物をねらう獣のように敏捷な動きだった。

頭突きでもするかのように、身を低くして突っ込んできた男の手に、短いが鋭利な刃物が光っている。

兵馬はとっさに上体を反転し、すれ違いざまに男の鳩尾《みぞおち》へ手刀を入れた。

男はそのまま数歩を走って、頭から田圃の中へ突っ込んだ。男が飛び込んだ田圃から、夜目にも黒々とした泥水が飛び散った。

ほとんど間髪を入れず、兵馬の左右から二人の男が襲ってきた。

兵馬は女を片腕で抱いたまま、細い畦道に身を沈めると、地を這う体勢から右足を飛ばして、浮足立った男たちの脾腹を蹴りあげた。

そのまま左右に飛び違えると、男たちは声もなく畦道の端に蹲《うずくま》った。

一瞬の攻撃が終わると、なぜか男たちの動きはぴたりと止んで、その後に不気味な沈黙がきた。

「その女、どうあっても返してはくれねえんですかい」

しばらく睨み合ったあと、先ほどの男が陰気な声で言った。

「女は嫌がっておる」

低い声で、吐き捨てるように言うと、兵馬はまだ足元がふらふらしている女を促して、暗い森のような樹木が影を落としている六郷屋敷をめざして、ゆっくりと歩きだした。

一瞬にして三人が蹴り倒されたのを見て、さすがに度肝を抜かれたのか、兵馬が背を向けて歩きだしても、襲いかかってくることはなかった。

「あきらめたわけじゃありませんぜ」

先ほどの男が、兵馬の背に向けて陰気な声で言った。

「その女、きっと受け取りに参りますぜ」

これまで呆然と立ち尽くしていた男たちは、泥の撥ね散った田圃に屈み込んで、兵馬に蹴倒された仲間を助け起こしている。

「あばら骨が折れているぜ。ひでえことをしやがる」

恨みがましい声を背に聞きながら、軽く当て殺しただけだ、すぐに息を吹き返すだろう、と兵馬は思った。

すくなくとも、このとき兵馬は、その後に巻き込まれる面妖な事件に、はじめの一歩を踏み入れてしまっているとは知る由もなかった。

二

四方に暗い土塀をめぐらせた、真っ黒な六郷屋敷をすぎると、稲穂の匂う百姓地は唐突に終わった。

広大な敷地をもつ浅草寺の裏手は、護摩堂や人丸社が、黒々とした影を落としている。

向かいには、猿寺と呼ばれる教善寺や、鳥寺と呼ばれている無動院など、金龍山別院の小寺が密集していた。

暗い寺小路をわずかに南下して、寅薬師《とらやくし》と醫王院《いおういん》が向かい合っている小路を東に抜けると、小出信濃守《こいでしなののかみ》の広大な屋敷の脇を通って、俗に藪之内と呼ばれる町家に出る。

「そなたは、どこから来たのだ」

この女を家まで送り届けて、さっさと厄介払いをしたいものだ、と兵馬は思った。

しかし女は何に怯えているのか、相変わらず口を開こうとはしなかった。

浅草山之宿町の脇を通って、浅草六軒町をすぎると、岸辺に船宿が並んでいる大川端に出る。

しばらく凪《な》いでいた川風は、ふたたび勢いよく砂塵を吹きあげ、ばらばらと舞い落ちる砂塵が、町家の板屋根を叩く音も聞こえてくる。

「そう黙ってばかりいては、何もわからぬではないか」

兵馬は先ほどから、背後に近づいてくるあやしい男たちに気づいていた。

見え隠れにあとをつけてくるのは、吉原田圃で兵馬が痛めつけた男たちの片割れかもしれない。

兵馬に報復しようとして隙をねらっているのか、あるいは女の居場所を突き止めた上で、仲間を集めて押しかけてくるつもりなのか。

もしこのまま女を置き去りにすれば、すぐに男たちの魔手に落ちるだろうことはわかりきっている。

それにしても、めんどうなことに巻き込まれてしまったな、と兵馬は舌打ちしたいような気分だった。

それを知ってか知らずか、女はまるでたしなみを忘れたかのように、人目もはばからず兵馬にすがりつき、ひとりでは立つことができないというように、全身でもたれかかってくる。

「おまえには帰るところがないのか」

兵馬はもういちど聞いてみた。

ぼんやりと闇のかなたに瞳を泳がせて放心していた女は、兵馬の声に驚いたかのように、童女のようにこくんと頷くと、形のよい小さな唇に微笑を浮かべた。

「困ったやつだ」

おれも帰れなくなった、と思って、兵馬は苦笑せざるを得なかった。

お艶のところは駄目だろう。得体の知れない男たちを引き連れたまま、わけのわからない若い女を伴って、お艶のところへゆくわけにはいかない。

ずるずると居候を決め込んでいるだけでも気が引けるのに、お艶にこれ以上の迷惑をかけるのは、兵馬の本意ではなかった。

さて、どこへゆくべきか、と考えてみたが、兵馬にはさしあたって思いつくような隠れ家はない。

女はいまも何ものかの影に怯えて、そのためひどく疲労しているようにみえた。いずれにしても、このまま本所入江町まで歩いてゆくことはできないだろう。

吾妻橋を渡ろうとして、浅草の花川戸まで来たとき、こうなれば駒蔵《こまぞう》にでもあずかってもらう他はないか、とふと思いついた。

浅草と川向こうの本所をつなぐ吾妻橋の手前、花川戸の裏店には、兵馬と因縁浅からぬ、目明かしの駒蔵が住んでいる。

花川戸の見慣れた裏小路に入ると、駒蔵の在所はすぐに知れた。

賭場を開いて羽振りを利かせていた頃とは違って、十手をあずかるようになってからの駒蔵は、うらぶれた汚い裏店に住んでいた。

戸口に張られた明かり障子には、真新しい美濃紙に達者な筆で、丸に駒の字が墨黒々と描かれている。

駒蔵の家から明かりが洩れているのを確かめてから、兵馬は奥へ向かって声をかけた。

「誰でえ。勝手に入りな。鍵のかかるような家じゃあねえ。いつでも開いてるぜ」

まるで威嚇するような胴間声が聞こえてきた。

「では、遠慮なく入れてもらおう」

がらがらと引き戸を開けると、すぐ正面に、片肌脱ぎになった男が地獄から逃げ出してきた赤鬼のような顔をして、欠け茶碗で濁り酒を飲んでいる。

酒の相手をしているのは、もと博徒だった下っ引きの亀六《かめろく》と与八《よはち》で、男所帯のせいもあって、部屋の中はとうに足を洗ったはずの鉄火場のような乱雑ぶりだった。

「こいつはめずらしい。蛞蝓《なめくじ》長屋の先生じゃねえですかい。いいところへ来なすった」

いつも留守がちな駒蔵が、今夜はめずらしく家にいた。あたりかまわず酒臭い息を吐きかけながら、駒蔵は上機嫌で兵馬を部屋の中へ迎え入れた。

「さっそくだが、頼みたいことがある」

駒蔵の酔態に辟易しながら、兵馬は闇の中に立っている女を顎でしゃくった。

「この女、一晩あずかってはもらえぬか」

そう言ってから、兵馬はすぐに後悔した。

この連中に若い女などあずけたら、吉原田圃で男たちに襲われるより、もっと酷いことにもなりかねない。

「どういうつもりでえ」

闇の中に立っている女の、夕顔の花のような白い顔を見た駒蔵は、一瞬はっとしたように息を呑むと、岡っ引きらしい鋭い眼で、兵馬の顔を睨みつけた。

「いけねえよ、先生。がらにもなく駆け落ちの真似ごとかえ」

いきなり駒蔵に決めつけられて、兵馬は面食らった。

「なにを言うか」

駒蔵は兵馬の抗弁には耳も貸さず、太い猪首をぶるぶると横に振った。

「しかし先生よ。とんでもねえことをしてくれたぜ」

いかにも呆れ返ったように、兵馬の顔と女の姿を交互に見比べている。

「いったい、どうしたというのだ?」

「どうもこうもねえ。吉原の遊廓から遊女の足抜きなんかすりゃあ、揚げ句の果てはどうなるのか、わかっているのけえ」

いきなり駒蔵に怒鳴られて、兵馬は驚いた。

「遊女だって？」

「そうよ。ありゃ、誰がどうみたって遊女だ。しかも若けえ、まだ客も取ったことのねえ振り袖新造じゃねえのかい」

浅草の花川戸で十手をあずかっている駒蔵は、吉原の四郎兵衛番所にも顔が利く。四郎兵衛番所とは、吉原大門《おおもん》内の右側にある町会所で、女通り手形を改め、遊女の廓抜けを見張っている。

もっとも、四郎兵衛番所というのは俗称で、正しくは『新吉原五丁町名主月行事会所』という。

明暦の頃まで、芳町、住吉町にあった元吉原では、小田原北条氏の遺臣という、庄《しょう》司《じ》甚《じん》右《え》衛門《もん》が惣名主をしていたが、明暦三年に日本堤の新吉原に移ってからは、三浦屋の楼主、四郎左衛門（初名九郎右衛門）がその職を継いだ。

その後は三浦屋の番頭で町代をつとめた四郎兵衛の子孫が、数代にわたって新吉原惣名主代行の職を世襲したので、町会所は四郎兵衛番所と呼ばれるようになった。

吉原から惣名主という役職が廃絶された後も、町会所は俗称のまま『四郎兵衛番所』と呼ばれ、吉原五丁町の名主が番所に会して、町奉行との折衝や、吉原の自治を合議し、廓内の事務を処理した。

　八代将軍吉宗《よしむね》の晩年にあたる、寛保年間（一七四一〜三）には、江戸町の西村佐兵《にしむらさへ》衛《え》、角町の山口庄兵衛《やまぐちしょうべえ》、京町の駒宮六左衛門《こまみやろくざえもん》、新町の川瀬喜左衛門《かわせきざえもん》が、合議によって吉原を支配し、月行事は旧例に従って、楼主が月番で勤務していた。

　大門の左側には、面番所《めんばんしょ》と呼ばれる町奉行配下の同心詰め所があり、揚屋が軒を並べている中ノ町小路を挟んで、四郎兵衛番所と向かい合っている。

　面番所には、町奉行隠密廻りと称する町方の与力・同心が、昼夜交替で出張しており、十手、捕り縄、刺股などを軒下に飾って遊客たちを威嚇しながら、廓内の乱暴狼藉を取り締まっていた。

　駒蔵は隠密同心の手下に配置された岡っ引きとして、面番所の張番をつとめたり、お尋ね者を洗い出すため、日本堤下や五十間土手の見張りに立ったことがある。

　そのお陰で駒蔵は、四郎兵衛番所に詰める楼主たちとも心安くなったが、それだけにかえって、吉原者の底知れない恐ろしさも知っている。

「なにをぐずぐずしてやがる。はやく表の戸を閉めろ」

　駒蔵は下っ引きの亀六を怒鳴りつけた。

　丸に駒の字を描いた明かり障子が、ぴしゃりと音を立てて閉められると、駒蔵は兵馬に向かって低い声で聞いた。

「ここへ入ってくるのを、誰にも見られちゃあいめえな？」

「後をつけてくる者はいたが、途中から消えたようだ」

駒蔵はいまいましげに舌打ちした。

「奴らが途中からいなくなったのは、逃げ込んだ先はこの長屋と、見当をつけたからに違えねえ。こいつはめんどうなことになるぜ」

兵馬は明るい灯火の下で、女の容姿をまじまじと見た。

まだ若い娘だということはわかったが、衣裳もそれほど派手なものではなく、いかにもあどけない顔をしている。

とても駒蔵が言うように、吉原の遊廓から逃げてきた遊女のようには思われなかった。

「わけを話してもらいやしょう」

駒蔵はすっかり酔いが醒めたかのように、兵馬の前へどっかりと胡座《あぐら》を組んだ。

「わたしにもわけがわからぬのだ」

兵馬は当惑したように首をひねりながら、吉原田圃で女と出会ってからここへ来るまでの顛末を、ありのままに話した。

「呆れたね。ほんとうに何もわからねえで、連れてきたんですかい」

駒蔵は細い眼をさらに細くして、深々と溜め息をついた。

「こいつは吉原から抜けてきた女に違えねえ。廓から逃げ出す花魁《おいらん》は、揚屋町の路地裏にある雪隠《せっちん》に入って、遊女が着る襠《うちかけ》を脱ぎ、櫛《くし》・笄《こうがい》・簪《かんざし》を抜いて手拭に包み、懐に入れてくるのが当節の相場だ」

駒蔵はいきなり女の胸元に手を突っ込むと、ずっしりとした手拭包みをつかみ出した。

「ほれ、見ねえ。廓抜けした女郎は、こいつを売って暮らしの足しにするのさ」

女から奪った手拭をほどくと、駒蔵が言うとおり、町娘のものとは思われない、絢爛とした、櫛、笄、簪が転がり出た。

「この女が廓から逃げてきた遊女だということが、どうしてわかったのか」

遊女の髪を飾る美麗な櫛や笄を見て、兵馬が意外ななりゆきに驚いていると、駒蔵は皮肉な苦笑を浮かべて言った。

「いくら地味な衣裳に替え、商売道具の櫛や簪を抜き取っても、廓育ちの女には、男心をくすぐるために躾けられた、隠しきれねえ色気ってえものがある。めったに日に晒されたことのねえ、雪にも見まごうような白い肌、柔らかな腰をくねらせた妙に色っぽいしなのつくり方、おのずから媚をふくんだ眼の動き。こいつは女の身体に芯まで染み込まされた遊廓の烙印さ」

「そのようなことが、ただ一目見ただけでわかるものなのか」

兵馬が半信半疑の顔をすると、駒蔵はますます呆れ返って、

「江戸に出て来てから、先生はまだ吉原に行ったことがねえんですかい」

兵馬は憮然として答えた。

「そういう男がいても悪くはあるまい」

「吉原を知らなきゃ、江戸を知ったことにはならねえ。だからおめえさんは、いつまでも江戸の暮らしに慣れることができねえんだよ」

悪態をつきながらも、そんなことはどうでもいいが、と口の中で呟いて、駒蔵は兵馬の顔を穴のあくほどまじまじと見た。

「これからどうなさる」

「この女をあずかってもらいたい、と先ほどから言っておる」

しかし、それではかえって女の身が危ない、と兵馬は思い返した。

吉原から脱廓してきた女だと知って、酒に酔った下っ引きの亀六と与八は、ぎらぎらとしたいやらしい眼で、なめまわすように女を見ている。

二人は博徒あがりの下っ引きで、駒蔵の手下になる前は、どれほど悪辣なことをし

てきたかわかりはしない。

賭場の用心棒をしてきた兵馬には、この手の連中がどんな性癖をもっているか、おおよその見当はつく。

これでは餓狼の巣窟に、翼を失った小鳥を放り込んでゆくようなものだ、と兵馬は思うが、この女を連れてゆく当てのあるところは何処にもなかった。

「ここへ入って来たのを、牛太郎《ぎゆうたろう》どもに見られちまったんだな?」

駒蔵は魔物にでも魅入られたような、追い詰められた眼をして、しつこいほど兵馬に念を押した。

「どうやら、そういうことになるらしい」

「それじゃあ、どう隠そうとも同じことだ」

そう言うと、駒蔵は細い眼をひんむいて、

「めんどうは御免だぜ」

癇癪を起こす寸前の、いかにも不機嫌な声で呻吟した。

「親分、泊めてやりましょうよ」

下っ引きの亀六が、とりなすように言った。

「そうなりゃ、てめえには寝るところがねえぜ」

どうやら駒蔵は、こうなりゃどうせ同じことだ、と自棄《やけ》っぱちになって、女をあずかる気になってきたらしい。

「夜中になってから亀六を追い出すのも気の毒だ。この女さえあずかってもらえれば、わたしは入江町に帰ることにする」

それを聞いた途端に、女は全身が凍りついたような怯えた顔をして、いきなり兵馬にしがみついてきた。

こりゃ、駄目だ、と駒蔵は舌打ちした。

「先生までが泊まるとなりゃあ、与八の寝るところもねえぞ」

駒蔵は腹を立てて、ぐずぐずしている子分どもに当たり散らした。

「そいつはねえぜ、親分。見ず知らずの女郎を泊めてやるかわりに、可愛い子分を追い出すんですかい」

亀六と与八が泣きを入れると、駒蔵は飲みかけの貧乏徳利を突きつけて、

「ばかやろう。これでも飲みながら、とっとと夜回りでもしてきやがれ。まったく気がきかねえ野郎どもだぜ」

きょとんとした顔をしている子分どもを、駒蔵は思いきり怒鳴りつけた。

「わからねえのか。さっさと外に出て、吉原田圃からこの女をつけてきた牛太郎の動

きを、見張っていろということだよ」

とんだ災難だが、降りかかった火の粉は払わなきゃならねえ、と駒蔵は腹を括《くく》ったように言った。

「おめえさんがドジを踏んだおかげで、あっしも危ねえことにかかわっちまったぜ」

駒蔵は凄い眼をして、兵馬を憎々しげに睨みつけた。

三

「親分。奴らが来ましたぜ」

それから半刻もたたないうちに、夜回りに出ていた下っ引きの亀六が駆け戻ってきた。

「ちっ、寝入り端《ばな》にうるせえな。思い直した牛太郎が、女の身売り証文でも持って詫びを入れにきたってえのかい」

やけ酒を飲んでごろ寝をしていた駒蔵が、不機嫌そうに起きあがった。

「そうじゃあねえんで。奴ら、気味の悪い念仏を唱えながら、いやに静かな行列をつくって、死人を乗せた戸板をかついでくるんでさあ」

亀六の声に驚いた駒蔵は、傍らに寝ていた兵馬を揺り起こした。

「先生、とんでもねえことをしてくれたぜ。吉原の牛太郎を、ばっさり斬ってしまったんですかい」

兵馬は眠っていたわけではない。眼を瞑《つむ》ったまま、

「斬ってはおらぬ。人を助けるために人を斬るような愚かなことはせぬ」

いつもと変わらない声で答えたが、駒蔵は兵馬の言うことを信じなかった。

「吉原者を一人でも斬りゃあ、吉原のすべてを敵にまわすことになるんですぜ」

そうなりゃ、いくら御上から十手をあずかっているあっしでも、穏便に収めることができなくなる、と駒蔵は恐ろしそうに猪首をすくめた。

「心配は無用だ」

兵馬が薄汚れた褥《しとね》の上に起き直ると、兵馬の傍らで雑魚寝していた女が、おびえきった顔をして抱きついてきた。

「だんだん、阿呆くさくなってきたぜ」

それを見ていた駒蔵が、ふて腐れたように呟いた。

「死人をかつぎ込むってえのは、吉原者にとっては、死を覚悟して宣戦布告をしたことになるのだぜ。そうなりゃ、奴らの報復を逃れる手立てはねえ。おめえさんも、闇

から闇へと葬られることを覚悟するんだな」

脅すように言うと、駒蔵は何を勘違いしたのか、狭い戸口から表の路地へ出てゆこうとした兵馬を、大慌てで止めた。

「いけねえ。いけねえ。どうせ助からねえからといって、奴らを相手に斬り死にしようなんて、悪い了簡は起こさねえ方がいい」

「ちょっと替わってくれ」

兵馬は、無言のまま全身でまつわりついてくる女を、無理やり引き剝がすように突き放すと、いきなり駒蔵の胸元に押しつけた。

「いやよ。いやっ」

女は髪を振り乱してあらがったが、駒蔵の太い腕に抱き取られると、観念したかのように暴れるのをやめた。

さすがに女も追われている身、外部に声が洩れるのをはばかって、それ以上に悲鳴をあげるような真似はしなかった。

「この女、はじめて声を出しやがった。口が利けねえというわけではなさそうだぜ」

「しいっ！」

兵馬は唇に人差し指をあてて駒蔵を制した。

「聞こえぬか。奴らはもうその辺まで来ている。斬らぬ相手が死体になったとは面妖な。牛太郎どもの葬列とは如何なるものか、この眼で確かめてみなければわかるまい」

南無阿弥陀仏。
南無阿弥陀仏。

破れ屋根が連なっている長屋の軒先を縫うようにして、大勢で念仏を唱える声が聞こえてきた。

低く響いてくる念仏の声は、感情を押し殺したように抑揚がなく、経文もただ『南無阿弥陀仏』と唱えるだけで、それ以外の文言《もんごん》は聞こえてこない。

そのことがかえって不気味といえば不気味だが、あるいはただの嫌がらせかもしれない、と兵馬は思った。

「親分。いよいよ来ましたぜ」

下っ引きの亀六と与八が、半べそをかいたような情けない顔をして、長屋の裏木戸から逃げ込んできた。

「ばかやろう。なんてえ顔をしてやがるんでえ」

子分どもの怯えた顔を見て、腹を立てた駒蔵は、兵馬から押しつけられた女をいきなり突き放すと、間口の狭い入り口の鴨居をひょいと潜って、不気味な念仏が聞こえてくる路地裏に出た。

朧月に霞んでいる闇の中から、そろいの白装束を着て念仏を唱えている男たちの姿が、あたかも円山応挙《まるやまおうきょ》が描いた幽霊のように、ぼんやりと浮かびあがった。

白装束に身を包んだ四人の男たちが、前後左右から白い布で覆われた戸板を担っている。白ずくめの戸板の上には、やはり白い経帷子《きょうかたびら》を着た死人が横たわっているらしかった。

「この始末をつけてもらいましょう」

軒先まで出てきた兵馬と駒蔵を見ると、念仏を唱えていた男たちの一人が、地獄の底から聞こえてくるような薄気味の悪い声で言った。

「何の始末か」

兵馬は誘われたように薄闇の中へ進み出て、低い声でものを言う白装束の男に問い返した。

「おめえさんが殺しちまった死人に、あやまってもらいに参りました」

念仏を唱える声が一段と高くなって、運ばれてきた戸板が兵馬の前に下ろされた。

「さあ、どうしてくれる。覚えがねえとは言わせねえぜ。てめえの仕打ちでこうなったんだ。黙っていねえで、何とか言ったらどうなんでえ」

これまで不気味なほど低い声で、抑揚のない念仏を唱えていた男たちが、にわかに狂ったような荒々しい怒声を発した。

兵馬は戸板に横たわっている男の顔を、近くまで歩み寄って覗き込んだ。

「知らぬな。吉原田圃でわたしが当て殺したのは、この男ではなかった」

すると、戸板に寝ていた死人が、むっくりと起きあがった。

「生きているのか」

兵馬は戸板の上に座った幽霊に向かって、低い声で呼びかけた。

「いいえ。あたしは死人ですよ」

小太りで脂ぎった顔をした、死人どころか異常なほど精気に満ちている、色の白い中年の男だった。

「たとえ死人の口から言われても、覚えのないことは請け合えぬ」

兵馬は、これが亡八《ぼうはち》の宣戦布告だということを知らない。

「あたしら廓者が、世間さまから、轡《くつわ》だの、亡八だのと呼ばれているのは、仁・義・

礼・智・信・忠・孝・悌という八つの徳目を忘れてしまった、この世の亡者だからでございます。あたしたちは遊女屋の楼主となったその日から、金と銀で轡を嵌められ、人情をなくした死人、となることを覚悟している者なのでございます」

妙にねっとりとした、それでいて慇懃無礼な言い方だが、その裏には恐ろしいほどの敵意が感じられた。

「もっとも、今宵あたしが死人となりましたのは、八つの徳目には縁のない亡八だからではございません」

死装束を身にまとった亡八は、死人のように表情のない顔をして言った。

「うちで抱えておりました花魁が、行方不明になってしまったのでございます。売れっ子の花魁がいなくなれば、あたしども揚屋はなりたちません。それゆえに楼主のあたしは、生きながらの死人になったのでございます」

賭場の用心棒をしてきた兵馬は、こういう類いの脅迫には慣れていない。どう対応したらよいのかわからなかった。

兵馬が答えに窮していると、

「狂言はそこまでだ」

兵馬の背後から、どすの利いた野太い声が響いた。

「ずぶの素人を相手に凄むのは、そのくれえにしてもらいてえな」

亡八と兵馬のあいだに割って入るようにして、駒蔵が堅太りの猪首をぐっと突き出した。

「これはこれは、駒蔵親分のお住まいだったんですかい」

死装束をしていた亡八が、わざとらしく相好を崩した。

「しらじらしいことを言ってくれるぜ。いまさら、親分のお住まいもねえもんだ。ええ、吉原揚屋町の弥平次《やへいじ》さんよ。ずいぶんと小技を利かせてくれるじゃねえか。ほかのところならともかく、この駒蔵の家の前で、こけおどしの狂言なんぞを書いてもらっちゃ困るぜ」

駒蔵はわざと悪辣な顔をして、顔見知りらしい亡八の弥平次を脅しつけた。

なるほど、これが岡っ引きの手口か、と兵馬が感心していると、駒蔵はなにを思ったか、兵馬をぐいと弥平次の前に押し出して、

「おめえさんが何を言いてえのか、察しがつかねえような駒蔵じゃあねえが」

駒蔵は獰猛な悪人面をして、にやりと笑ってみせた。

「おい、そこの牛太郎ども、この旦那のお顔をよく見ねえ。賭場に出入りしていて、この顔を知らねえような奴はもぐりだぜ」

薄闇の中に気の抜けた幽霊のように突っ立っていた牛太郎が、兵馬の顔を見てぎょっとしたように身を引いた。

駒蔵は勝ち誇ったように追い撃ちをかけた。

「こちらの旦那は、廓のしきたりにはずぶの素人だが、滅法に腕の立つお侍《さむれえ》だ。おとなしい顔をしていなさるが、気が短えことにかけては、天下一品の折り紙がついてらあ。血を見ねえうちに引っ込んだ方が身のためだぜ」

牛太郎のなかには、駒蔵の賭場に出入りしていた連中がいて、用心棒をしていた兵馬の噂も聞いているらしい。

「相手が悪いぜ」

ひどく押し殺した声で一人が言った。

「いかさま博奕を見破られて、あいつに右腕をへし折られた遊び人を見たことがある」

「あいつに刀を抜かせねえ方がいい。賽子《さいころ》の壺を握ったまま、片腕を斬り落とされた壺振りもいるという話だぜ」

「嘘じゃあるめえ。浅草田圃では、ほんの一瞬の間《ま》に三人がなぎ倒された」

うろたえた牛太郎たちは、駒蔵の賭場にいた凄腕の用心棒のことを思い出したらしく、低い声でぼそぼそと囁し合った。

「うるせえな。つべこべぬかすんじゃねえ」

弥平次が一喝すると、牛太郎たちの動揺がぴたりと止んだ。

「ところで駒蔵の親分よ」

浮足立った牛太郎たちを黙らせると、弥平次は気味が悪くなるような静かな声で、駒蔵に向かって呼びかけた。

「吉原大門の面番所に座ったことのあんなさる駒蔵親分だ。親爺《おやじ》(初代惣名主・庄司甚右衛門)の頃から吉原に伝わる亡八者の掟を、知らねえわけではございますまい」

「それがどうした」

駒蔵が憮然として怒鳴り返すと、弥平次は凄みを利かせた低い声で言った。

「あたしがこうして死装束を着け、戸板に乗って参りましたからには、いくら親分の顔を立てたくても、このまま引き下がるわけにはゆかないんでござんすよ」

弥平次が言っているのは、世間にまかり通っている吉原遊廓の、表向きの仕来りではなかった。

吉原には、甚右衛門親爺の頃から不文律の掟があって、さまざまな慣習と口伝が廓を仕切っているのだという。

揚屋の楼主が亡八と呼ばれるのは、人の守るべき徳目、仁・義・礼・智・信・忠・孝・悌を忘れた人非人であり、いわゆる『人外の者』とされているからだ。亡八はこの世の外に生きる者であって、甚右衛門の頃から伝わるという亡八の掟も、この世の掟とは違っている。

「まんざら知らねえわけじゃあねえが、そう言うおめえさんは、脅し文句を言う相手をまちがっているぜ」

駒蔵は亡八弥平次の脅しに乗らず、めずらしく度胸のすわった顔をして言い返した。

「おれは御上から十手を預かっている者だ。亡八の掟とやらが御上の御定法に逆らえば、いつだって召し捕ることができるのを、忘れてもらっちゃあ困るぜ」

そうなれば、吉原を敵にまわすことになる。

四

吉原遊廓には、傾城屋が百二十五軒、傾城を揚げて遊ぶ揚屋が三十六軒あって、遊女の数だけでも、太夫七十五人、格子三十一人、端女郎八百八十一人、合わせて九百八十七人の女たちがいたという。

それに遊女見習いの振り袖新造や禿《かむろ》などを加えれば、遊女の数は千数百人に達し、さらに浄念河岸や羅生門河岸に見世を張っている安女郎たちを加えれば、女だけでも軽く三千人を超える人数になる。

もちろん吉原遊廓に巣くっているのは、嫖客《ひょうかく》を遊ばせるための遊女ばかりではない。

亡八と呼ばれる傾城屋や揚屋の楼主、その下で働く牛太郎と呼ばれる若い衆、見世番、床廻し、掛廻り、物書、不寝番、風呂番、さらに飯炊き、調理人や、金が払えなくなった嫖客の監視、付け馬となって借金の取り立てにゆく男衆、遊女の言いつけや雑用を足す中老と呼ばれる使用人など、大勢の男たちが遊廓の裏方として働いている。

傾城屋が百二十五軒で揚屋が三十六軒だから、ざっと概算しても、吉原には百六十一人の楼主、すなわち亡八がいたわけだ。

亡八がそれぞれ十数人の牛太郎を使っているとしたら、吉原には二千数百人の牛太郎がいたことになる。

吉原の廓内では、武士も太刀の携帯を許されず、喧嘩や争論は野暮とされたが、これを裏返せば、吉原には武士から武器を奪うだけの力があり、もし暴力沙汰に及ぶ客がいれば、ただちに鎮圧できるだけの武力を備えていたということになる。

元吉原で初代の惣名主をつとめた名物男、庄司甚右衛門の前身は、庄司甚内《じんない》という名の盗賊だったという。

江戸開闢《かいびゃく》の頃、まだ殺伐としていた江戸の町には『日本三甚内』と恐れられた三人の悪党が跳梁していたが、吉原遊廓を開いた庄司甚右衛門はその一人だったというのだ。

泣く児も黙ると言われた三甚内とは、幸坂《こうさか》甚内、鳶沢《とびさわ》甚内、庄司甚内の三人で、いずれも天正十八年（一五九〇）、豊臣秀吉によって滅ぼされた小田原北条氏の残党、という触れ込みだった。

もしも世間で噂するように、三甚内が北条氏の遺臣だとしたら、彼らが江戸の町を襲ったのは、主家滅亡の片棒を担いだ徳川家康への遺恨、と受け取れなくもない。

家康は娘を北条氏直《うじなお》に輿入れさせて攻守同盟を結んでおきながら、秀吉による北条攻めの先鋒となって小田原を包囲し、主家滅亡の一翼を担った憎い敵、ということになる。

関東一円が風魔《ふうま》一族の跳梁に悩まされていたことはよく知られているが、風魔も北条氏に雇われていた乱波《らっぱ》で、北条遺臣を名乗る三甚内と同じく、習い覚えた忍びの術を遣って、江戸の町を荒らしまわっていたのだという。

小田原征伐によって、名実ともに豊臣秀吉の天下統一は成し遂げられ、いわゆる戦国の世は終わったと言われている。

群雄が割拠して互いに覇を競っていた永禄（一五五八～一五六九）・元亀（一五七〇～一五七二）・天正（一五七三～一五九一）の頃とは違い、天下が統一されて用済みとなった北条の遺臣たちは、再雇用してくれる大名もなく、小田原役の後は大量の浪人者が巷にあふれた。

同じ北条浪人でも、天下に名を知られた高禄取りは、まだ諸大名から召し抱えられることもあったが、名も知られていない多くの下級浪人たちは、盗賊にでもなって食いつなぐほかに生きる道はなかった。

関東者の偏狭な気質として、新しく江戸の支配者になった徳川氏より、伊勢新九郎《いせしんくろう》長氏《ながうじ》（北条早雲）以来、氏綱《うじつな》、氏康《うじやす》、氏政《うじまさ》、氏直と、五代・百年にわたって、関東一円に君臨してきた北条氏への贔屓《ひいき》がある。

戦いに敗れた北条の残党が、戦勝者として乗り込んできた徳川政権をきりきり舞いさせていることに喝采を送るという、いわゆる男伊達を喜ぶ反骨の気風が江戸にはあった。

関ヶ原の合戦（一六〇〇）後は、家康の天下取りはほぼ確定して、江戸は徳川幕府の所在地として急速に発展してゆく。

その頃までには、幕府お膝下の威光にかけて、剽悍無比と言われた風魔一族が、真っ先に江戸の町から駆逐された。

急激に移り変わる世の変転とともに、風魔と一緒に江戸一帯を荒らしまわっていた三甚内も、いよいよ身の振り方を考えざるを得なくなった。

商魂たくましい鳶沢甚内は、日本橋に近い無住の砂州で泥棒市を開き、盗品の古着売りからみごとに転身して、堅気の呉服商に化けたという。

盗賊の親玉だった鳶沢甚内が、仕入れから販売まで一切を取り仕切ってきた泥棒市は、べらぼうに安いことから、日を追うごとに繁盛した。

盗品が並べられていた無縁の砂州は、甚内にちなんで鳶沢《とびさわ》町と呼ばれたが、やがて呉服屋が軒を並べるようになると、文字面の縁起をかついで富沢《とみさわ》町と呼ぶようになった。

三甚内の中でいちばん凶暴だった幸坂甚内は、生涯にわたって盗賊としての生きざまを貫いた、と言えるかもしれない。

泥棒仲間から訴人され、幕吏の手によって捕らえられたとき、甚内は瘧《おこり》のために身動きが取れず、瘧さえ起きなければ縄目の恥など受けなかったものを、と歯軋りして悔しがったという。

刑場に引き出された幸坂甚内は、瘧こそわが生涯における仇敵、世に瘧で苦しむ者あらば、わが墓石を粉末にして飲め、たちまち全快疑いなし、と叫んだとも伝えられている。

ひとり取り残された庄司甚内は、凶悪な盗賊とまぎらわしい甚内の名を捨てて、庄司甚右衛門と改め、傀儡女《くぐつ》を集めて遊女屋を始め、さらに江戸の遊女屋を一カ所に集めて、幕府公認の吉原遊廓をつくった。

江戸から駆逐された風魔一族、あるいは刑死した幸坂甚内の手下ども、そして前身は盗賊だったという庄司甚右衛門の子分たちが、その後どこへ行ったのかを知る者はいない。

吉原五丁町の遊廓を、四人の名主たちで共同支配している四郎兵衛番所、三十六軒ある揚屋の楼主、百二十五軒に及ぶ傾城屋の亡八が、それぞれ十数人の牛太郎を抱えているとしたら、少なくとも二千数百人はいるはずの男衆は、いったい何処から、どのようにしてやって来たのか。

野暮やはったりを嫌って、粋《いき》と張りを通す吉原では、遊女たちの素姓はもちろん、遊廓の裏方をつとめている男たちの来歴も知られることはない。

そもそも傾城屋の楼主たちが亡八と呼ばれ、人外の者としてこの世とのかかわりを断っているのは、仁・義・礼・智・信・忠・孝・悌の八徳を欠く、ということだけが理由だろうか。

吉原の亡八や牛太郎たちは、悪質な酔っ払いや、乱暴狼藉を働く嫖客を取り押さえるため、徒手空拳で闘うことができる特殊な武術を身につけているという。

亡八たちが遣うという特殊な格闘術が、風魔一族に伝えられた忍びの術ではない、という保証はどこにもない。

特殊な武術を遣う男たちが、少なくとも二千数百人はいるとしたら、吉原がもっている潜在武力は、数万石の大名がもつ戦闘力に匹敵する、と言うことができるだろう。そうなれば、吉原を敵にまわすということは、いわば国持ち大名を相手に戦争を始めるようなものだ。

駒蔵にはそれほどの覚悟も度胸もなかったが、いったん乗りかかった船から下りるわけにはいかない。

十手をあずかっている御上の威光を借りてでも、突っ張り通すより他はない、と腹を決めるよりほかはなかった。

弥平次には亡八としての意地があって、死人の経帷子《きようかたびら》を着て乗り込んだからには、御上の十手を恐れて引き下がっては男が廃《すた》る。

しかし、逃げた遊女を渡せ渡さぬの争いから、十手者と争うことの愚を知らぬほど、頭に血がのぼるような男でもなかった。

二人はしばらく睨み合っていたが、先に駒蔵の方が折れて出た。

「あっしとおめえさんとは、まんざら知らねえ仲じゃあるめえ」

駒蔵は猫なで声を出して、乾いた唇をなめた。

「お互いの手の内は、すっかりわかっているというわけですね」

弥平次も乾いた声で応じた。

「そういうことだ。ここで喧嘩をすりゃあ、お互えに只じゃあ済まねえ」

駒蔵はくだけた物言いをしながら、弥平次の出方をうかがっている。

「吉原の大門には、御奉行所の面番所と、町会所の四郎兵衛番所が、仲ノ町を挟んで仲良く向かい合っております。親分衆とあたしらは、いわば持ちつ持たれつの仲というわけですな」

弥平次は唇の端に皮肉っぽい笑みを浮かべた。

「そういうことだ」

駒蔵はいくらか安堵したように頷きながら、どっちがどっちを見張っているのか、わかりゃあしねえぜ、と舌打ちした。

四郎兵衛番所に詰める吉原の楼主たちは、面番所に詰めている与力や隠密同心と、ほぼ同等に渡り合っている。

駒蔵のような岡っ引きは、与力の下役にあたる同心から雇われている手先で、与力に口を利くことさえ許されてはいない。

弥平次がいきなり四郎兵衛番所の話を持ち出したのは、強気を押し通す駒蔵への牽制にほかならない。

吉原の楼主は町与力と対等なのだから、岡っ引きなどとは格が違う、と匂わせたわけで、駒蔵としてはおもしろくなかった。

「ところで相談だが、おめえさんの一分《いちぶん》を立ててやる代わり、今夜のところは何とかまるく収めてもらうわけにゃあいかねえかい」

駒蔵はできるだけ下手に出て、何とか談合に持ち込もうとした。

「あたしは仁でもなければ義でもない、礼も智もない亡八でござんす」

弥平次はいかにも持ってまわった言い方をしたが、要するに、駒蔵の申し出を了承したということだった。

「亡八にとって女は売り物。あの女を身請けさえすりゃあ、文句はねえって言うんだな。よし、その金をおれが用意してやろうじゃねえか」

駒蔵の大言壮語に驚いたのは、亡八の弥平次だけではなかった。

「親分！　そんな金がどこにあるんです」

牛太郎たちの白装束に怯えて縮こまっていた亀六と与八が、蚊の鳴くような声を出して駒蔵の袖を引いた。

「うるせえな」

駒蔵は引かれた袖を振り払って、

「もちろん、いますぐとは言わねえ。一日だけ猶予をもらえれば、おめえさんが損をしねえだけの金はそろえてやるぜ」

何の目算もないのに、相変わらず強気なことを言っている。

「わかりました。駒蔵親分がそれほどおっしゃられるなら、一日だけは待ちましょう」

弥平次は何を思ったか、これまでの突っ張りを捨てて折れて出た。

「ただし、こうして戸板をかついで参った手前もございます。この戸板に乗せて帰りたいものがござんすが、引き渡してもらえましょうな」

凄みのある弥平次のせりふに、さすがの駒蔵もぎょっとなったが、すぐに何食わぬ顔に戻って、さばさばとした口調で言った。

「そりゃア、もっともだ。ここまで話を進めておきながら、手打ちの条件をぶち壊すつもりは毛頭ねえ。気の済むようにしてくんな」

「だって、親分！」

下っ引きの亀六と与八が、兵馬の顔を盗み見ながら、ぶるぶるとふるえだした。

「そのようなことであれば、仕方あるまい」

駒蔵と弥平次のやり取りを聞いていた兵馬が、さりげない足取りで、白布に覆われた戸板の前へ進み出た。

「これは物わかりがお早い。さすがにおさむらい衆は違いますな」

これまで死人のように感情の起伏をみせなかった亡八の弥平次が、ようやく唇の端にかすかな笑みを浮かべた。

「それでは一日だけお待ちしましょう。それまでのあいだ、このおさむらいの身柄を預からせてもらいますよ」

「親分！　いいんですかい」

亀六と与八が、泣きだしそうなおろおろ声でかき口説いた。

「ばかやろう、それ以外に打つ手があるか」

御上からあずかっている十手の手前、廓者と大喧嘩するわけにはいかねえんだよ、と駒蔵は不機嫌な声で子分どもを怒鳴りつけた。

「ところで、お察しのこととは思いますが、その女はまだ客を取ったことのない振袖新造でございます。まちがいなく身請けしていただくまでは、傷物にされちゃあ困りますよ」

傾城屋楼主の弥平次はさすがに場慣れていて、女に飢えている餓狼たちに釘を刺しておくのを忘れなかった。

「それはこっちの台詞だぜ。女郎の身代わりになった先生を痛めつけて、血を見るような真似はしねえことだな」

駒蔵は負けずに言い返したが、この種の駆け引きでは、弥平次の方が一枚上手のようだった。

「ご心配には及びません。このおさむらいは、大事な客人としてお預かりいたしますよ。もっとも、このお方が廓でお遊びになるようなことになれば、玉代は身請けの金に上乗せさせてもらいますがね」

弥平次はやんわりと捨てぜりふを吐くと、兵馬を促して戸板に乗せた。

「吉原のしきたりとして、お刀は預からせてもらいますよ」

無腰にされた兵馬は、青白い闇が続く朧月夜の下を、数人の牛太郎たちが担ぐ戸板に乗せられて、もと来た道をたどるようにして吉原田圃へ向かった。

五

白装束の一団が闇の中へ消えると、下っ引きの亀六と与八が惚けたような顔をして駒蔵に聞いた。

「親分、これからどうするんで？」

「どうもこうもねえ。あの旦那が勝手に持ち込んできた難儀だ。どうなろうと、おれの知ったことじゃあねえ」

駒蔵は無慈悲なことを平気で口にした。

「じゃあ、あの旦那は吉原者の手で、闇から闇へと葬られることになるんですかい」

いくら博徒あがりの子分どもでも、さすがに駒蔵の不人情には呆れ返ったようだった。

「てめえの頭の蠅は、てめえで追えということよ」

駒蔵はそう言い捨てると、むらむらと湧いてくる怒りを抑えかねたのか、手元にあった徳利を鷲づかみにすると、ぐびぐびと喉を鳴らして飲み干した。

「ちっ。もう酒もねえのか」

駒蔵はさらに怒りをかき立てられ、空になった徳利を思いきり投げつけた。

がしゃん、と鈍い音がして、酒臭い焼き物の破片が部屋中に飛び散った。

「亀六、与八」

駒蔵は酒で濁った眼を据えて、万年蒲団にもぐりこもうとしている子分どもを怒鳴りつけた。

「へいっ！」

亀六と与八は縮こまって、亀の子のように首をすくめた。

「てめえら、いまから寝ようって料簡けえ」

「しかし、夜もだいぶ更けてきましたぜ。そろそろ寝ておかねえと」

「ばかやろう。一人前の口がきける柄か。まだやることがあるだろうに」

駒蔵は苛々として、子分どもに当たり散らした。

「これから何をやろうとなさるんで？」

亀六と与八は呆気にとられて、酒毒がまわった駒蔵の顔を見ている。

「賭場だ。賭場を開くのよ」

駒蔵は勢いよく叫んだが、怒りのあまり冷静さを失って、破れかぶれになっている
ようにみえた。
「だって、親分は十手を預かっているんですぜ。むかしは兎《と》も角《かく》、いまは賭場を取り
締まる側でしょうが」
亀六は駒蔵の怒りをなだめるように言った。
「だから、おれが賭場を開く分には、何のお咎めもねえのよ」
酒がまわって、まともな考え方ができなくなっているのか、駒蔵はもと博徒の十手
持ちであることに居直っていた。
「これからひとっ走りして、昔の賭場仲間を呼び集めて来い。それから旦那方に声を
かけるのを忘れるな。いいか、金離れのいい旦那たちだけを選ぶんだぞ」
「しかし、こんな夜更けには、もう旦那方は寝ていますぜ」
与八が恐る恐る言った。
「かまわねえから、叩き起こしてやるんだな。久しぶりに駒蔵の賭場が開かれるとな
りゃあ、しばらく賭場から離れていた旦那方は、喜んで飛んでくるはずだ」
「そんなもんですかね」
亀六がふて腐れたように呟いた。

「にわか賭場を開いて花魁が身請けできるもんなら、突っ張りの三次《さんじ》や天神の伊助《いすけ》は、妾宅の三つ四つは持っていても不思議じゃあねえ」

これを聞いた駒蔵は、煮えたぎるような怒りを抑えて、にやりと笑った。

「あの連中にそんな芸はできねえ。この駒蔵だからできるのよ」

亀六は青くなった。つい言いすぎたと思ったが、駒蔵のどす黒い怒りを引き出してしまったからには、すでに後の祭りだ。

「親分、あっしはそんなつもりで言ったんじゃねえ。堪忍してくだせえ」

駒蔵は残忍な笑みを浮かべて、

「いいってことよ。おい、亀。てめえは賭場を手伝うのか。それとも嫌だと言うのけえ」

妙に優しい声で亀六に念を押した。

「もちろん、手伝わせてもらいますよ。何でも言いつけてくだせえ」

「わかりが早えな。いまから一刻後に賭場を開く。それまでに用意できるだろうな？」

「へい。それだけあれば大丈夫です。これも昔取った杵柄、半刻で人を集め、半刻で賭場を設えます。一刻後には鉄火場が開けるようになりましょう」

亀六は急に改まった口調になると、人集めのために飛び出していった。

「あいつは商家を潰して追放された手代崩れ、銭の計算はお手のものだ。すこし脅さねえと言うことを聞かねえ野郎だが、目明かしの下っ引きなんかしているより、賭場でも仕切っている方がよっぽど似合っているぜ」

駒蔵は苦笑いを浮かべながら、闇の中へ走り出た亀六の後ろ姿を見送っていた。

「ところで、与八。てめえには別にすることがある」

「へい、なんなりと」

与八は駒蔵の怒りを恐れて縮こまっている。

「いまからショバを用意することはできねえだろう。この長屋を借りきって賭場にする。住んでおられる堅気の衆に、一晩だけ宿をお貸し願いてえ、と頼んでこい」

「でも、長屋の衆は寝ていますぜ」

「だから頼んでこいと言っているのだ」

駒蔵が不機嫌そうに言うと、与八は渋々と立ちあがって挨拶まわりに出た。

「さてと、残るはおめえさんだ」

子分どもを追い出した駒蔵は、部屋の隅でふるえている女の方に脂ぎった顔を向けた。

喋りすぎる男

一

　白装束を着けた牛太郎たちは、無腰の兵馬を戸板に乗せて、ほとんど無言のまま、浅草田圃の中をゆっくりと進んでいった。

　朧月夜の薄闇に、ぼんやりと浮かびあがった白い衣裳は、まるで魂送りにでも誘われて、冥界から迷い出てきた幽鬼のように思われたが、人跡まれな吉原田圃では、誰も見とがめる者はいなかった。

　兵馬は戸板の上に起きあがっていたから、川越人足が担ぐ輿にでも乗っているような気分だったに違いない。

　そう思ってみれば、夜風に揺れている田圃の稲穂は、たゆたう川波のように、見えないこともなかった。

死装束を着けた亡八が、戸板に乗せられて駒蔵の裏店まで運び込まれてきたときには、あたかも死者の国からやってきた葬列のように見えたが、藍染めを着た兵馬を乗せた戸板の行列は、不気味というよりむしろ滑稽でさえあった。

牛太郎たちの一行は、山谷堀の日本堤へ向かわず、稲穂が揺れる吉原田圃の畦道を通って、遊廓の裏手へまわっているらしい。

その気になれば、戸板を蹴破って飛び下り、闇にまぎれて逃げることもできたが、兵馬はおとなしく戸板に揺られていた。

田圃の向こうに、低い城郭のような一角が広がり、そこだけぼんやりと、闇の底が明るんでいる。

あれが吉原遊廓の灯か、と思って伸びあがった兵馬の耳元に、なにやら小唄らしいものが聞こえてきた。

これから見れば

上野が見ゆる

湯島

浅草
隅田川
あらしにつづく
笠もてたもれ
……………

戸板を担いでいる牛太郎たちが、夜空の下に見える遠い灯を見ながら、囁くような低い声で唄っているらしい。

無粋な兵馬には、遊廓の流行などわからないが、これは万治三年（一六六〇）に上梓された『よし原小歌鹿の子』に収められていた小唄で、廓の楼閣から上野、湯島、浅草、墨田川を眺めていた遊女たちが、娑婆の灯を恋しがって、唄ったというはやり歌だった。

いっぱしの通人なら、わが身を籠の中の鳥と嘆いているこの歌は、色街に育った遊女だけの思いではなく、女たちの生き血をすすって暮らしている牛太郎のものでもあったのかと、ひとしおの感慨にひたるところだが、文芸にうとい兵馬には、そのような知識もなければ感傷もない。

ひとたびは流行り、そして滅びてしまったこの小唄が、吉原者たちの中にいまも息づいている不思議さに、むろんのこと気づくはずもなかった。

「なにか、もの悲しげな歌であるな」

耳について離れない小唄の節が気になって、兵馬は呟くような声で言った。

「お気づきになりましたか」

白い死装束を着たまま、足音も立てずに歩いていた弥平次が、兵馬の何気ない呟きを聞きつけると、亡八らしくもない笑顔を向けた。

「このような小唄を口ずさむのは、吉原者の気弱さと、笑っておくんなさい」

自嘲したように言うと、遊女の身代わりとして人質にとった兵馬に向かって、意外なことを問いかけてきた。

「ところで旦那は、亡八と言われ、牛太郎と呼ばれている吉原者が、血も涙もない、鬼のような男たちとお思いですかい」

弥平次は足の運びを早めて、戸板に乗った兵馬の横に並んだ。

「それを確かめるために戸板に乗ったのだ」

兵馬は柄にもなく、皮肉っぽい言い方をした。

「しかし、無駄なことです。旦那には、吉原者の心底を見極めることなどできますまい」

弥平次は兵馬の好奇心を拒むかのような言い方をしたが、突っぱねるようなその口調には、むしろ悲しげな響きがあった。

「なぜだ？」

べつに吉原者の心底など知りたいとも思わなかったが、兵馬は屈折した弥平次の言い方に興味をもった。

「よそ者にわかるほど、吉原のしくみは易しくはないのです」

ならば言わなければよいではないか、と突っ放そうとして、いや、弥平次はむしろ喋りたがっているのではないか、と兵馬は思い直した。

「吉原の遊廓を仕切っているのは、そなたのような亡八、いや楼主ではないのか。何も勿体ぶることはあるまい。楼主ならば吉原の裏も表も知り尽くしておろうが」

兵馬が話に乗ってきたので気をよくしたのか、これまで取り繕っていた弥平次の口調がにわかに変わった。

「わたしは楼主と呼ばれるほどの揚屋をもっているわけではござんせん。そう遠慮なさらずとも、亡八と呼んでくだすってもよろしゅうござんす」

陰気な死装束など着ているが、ひょっとしたらこの弥平次は、見かけによらず饒舌な男なのかもしれなかった。

二

吉原田圃の行き止まりは、黒板塀に遮られていた。

闇に沈んでいる黒板塀の手前には、およそ幅五間ほどの掘割がめぐらされ、夜目にも黒々とした水が溜まっている。

堀の水が黒く見えるのは、なにも闇が濃いからではなかった。

吉原遊廓の四囲にめぐらされているこの掘割は、通称『おはぐろどぶ』と呼ばれ、遊女たちが歯を染めた鉄漿《かね》の残りを捨てるので、たとえ昼の光で見ても、掘割の水は墨のように黒く濁っていた。

通常、吉原遊廓へゆくには四つの道筋がある。

徒歩でゆくか、駕籠や馬に乗ってゆく場合は、金龍山浅草寺裏の田圃を通って、田町二丁目から日本堤に出るか、浅草寺横の馬道を抜けて日本堤に出る。

あるいは、それとは逆方向に、下谷の箕輪から日本堤に出るという道筋もある。

もうひとつは、柳橋の船宿から猪牙舟《ちょきぶね》に乗り、左手の河岸に首尾の松を見ながら、御蔵に沿って大川をさかのぼり、左に待乳山《まっち》の聖天、右に三囲《みめぐり》神社の鳥居を見ながら、今戸橋を左に折れて山谷堀に漕ぎ入れ、日本堤にある船宿の桟橋に乗りつける。

いずれにしても、日本堤を歩いて見返り柳までゆき、そこから左右にくねっている衣紋坂を五十間ほど下れば、吉原の玄関口と言われる大門にたどりつく。

つまり吉原遊廓へゆくには、どの道筋をたどっても、日本堤から大門に入るほかはないのだが、牛太郎たちが戸板に乗せた兵馬を担ぎ込んだのは、大門の反対側にある遊廓の裏手だった。

おはぐろどぶの前に立つと、弥平次は人差し指と親指を丸めて口の中に突っ込み、ピイーと鋭く指笛を吹いた。

すると黒板塀の向こうからも、同じような鋭い指笛の音が響いて、巻き上げ車がぎりぎりと動きはじめる鈍い軋み音が伝わってきた。

「お逃げになるつもりなら、いまが最後の機会ですぜ。いったん廓の中へ入ってしまえば、どなたであろうとも抜け出ることはできません」

弥平次は何を思ってか、低い声で兵馬の耳元に囁いた。

「いまさら逃げたりしては、駒蔵への義理が立たぬ。わたしに仁はないが、義には縛られている。生憎《あいにく》と仁義の八徳をすべて忘れて、亡八になれるほどの度胸もないのでな」

　言ってみれば兵馬は、駒蔵が女の身請け金を用意するまでの人質にすぎない。途中から人質が逃げ出したりしては、金策に駆けまわっている駒蔵の苦労も水の泡になる。

「よいお覚悟で」

　弥平次が頷くと、それが合図だったのか、突然、兵馬の眼前で黒板塀が縦に割れた。

　およそ三間ほどの幅に割れた黒板塀は、ゆっくりと傾きながら、おはぐろどぶの上に覆いかぶさってきた。

「これは……」

　兵馬が思わず絶句すると、橋を上げ下げする仕掛けは廓の内側にあるのです」

「刎《は》ね橋ですよ。

　おはぐろどぶは五間（約九m）の幅があり、黒板塀の高さはおよそ六間あるから、塀を倒せばそのまま橋として使用できる。

「からくり仕掛けの刎ね橋か」

　兵馬は塀が橋に変わるのを、物珍しそうに見入っていた。

「これが刎ね橋であることを知っている者はいても、からくり仕掛けを操ることのできる者はかぎられています」

弥平次は兵馬の耳元で囁いた。

「ところが、あの女は、ふとしたことから、この仕掛けを知ってしまったのです」

刎ね橋から自在に出入りできるとなれば、遊廓に住む遊女たちは、籠の鳥というわけではなかったのだ。

「この刎ね橋を架けて、浅草田圃へ逃げたのか」

楼閣から眺めてあこがれていた、湯島、浅草、隅田川へゆこうと、ついふらふらと迷い出たというわけなのか。

「それだけならいいんですがね」

言いかけて、弥平次は急に口を濁した。

その瞬間、亡八者らしいどす黒い怒りが、弥平次の全身から噴出しようとしたが、この男は強靱な意志をもって、すぐにそれを抑え込んだ。

「これで娑婆ともおさらばか」

牛太郎たちは刎ね橋を渡って、戸板に乗せた兵馬を廓の中へかつぎ込んだ。

そのため、弥平次の怒りが何によるものなのか、確かめることはできなかったが、この男はやはり一筋縄ではゆかない、と兵馬はあらためて思わざるを得なかった。

牛太郎たちが渡り終わると、すぐにぎりぎりと巻き上げ車の軋む音が響いて、刎ね橋はたちまち岸を離れ、がたんと音を立てて黒板塀と一体化した。

「弥平次さん、だいぶ手間取ったようだね」

刎ね橋を操作していた男が、待ちくたびれたように言った。

「しかも、連れ帰ったのは花魁でなく、御浪人とはどういうわけですかい」

弥平次は素っ気なく、

「いろいろと事情があってね」

何も語りたくないというように片手を振った。

「死に神の弥平次、と異名を取ったおまえさんにしては、ずいぶんと甘い処置だが、まさか、このまま済まそうというわけではありますまいな」

廓の男はやんわりと脅迫しているようにもみえた。

「そんなことをしたら、四郎兵衛番所が黙ってはいません。きちんと落とし前はつける、と言っておいてください」

弥平次は五月蠅《うるさ》そうに片手を振ると、牛太郎たちを促して、兵馬を乗せた戸板を廓の中へ運び入れた。

兵馬がかつぎ込まれたのは、水戸尻《いどじり》と呼ばれる吉原五丁町の南端で、遊廓の北端に構えられた大門から水戸尻までは、真っすぐに大路が通っている。

日本堤から衣紋坂を下って吉原大門を入ると、左右に広がる江戸町一丁目と江戸町二丁目のあいだの広い通りを待合の辻という。

待合の辻から真っすぐに南下している大路は、角町と揚屋町のあいだを通って、仲の町と呼ばれる吉原の繁華街になる。

仲の町を京町一丁目、京町二丁目に沿って進めば、突き当たりが水戸尻で、そこにはおはぐろどぶを見下ろすようにして、黒塗りの火の見櫓が立っている。

これから見れば上野が見ゆる、と唄われたのは、この火の見櫓ではないかと言われているが、少なくとも吉原では一番、見晴らしの利くところだ。

「あれは何だろう？」

水戸尻の薄闇に、赤々と燃えている灯火を見て、兵馬は戸板を担いでいる牛太郎に聞いてみた。

「秋葉常灯明といって、火避けのおまじないさ」

牛太郎は無愛想に答えたが、そろそろ戸板が重くなって、不機嫌になっているのかもしれなかった。

「ここに遠州の秋葉明神を祭って、大灯籠に常夜灯を焚いているのです。もしも常灯明の火が消えるようなことがあれば、吉原に火災が起こると言われ、この地に廓が移されてからは、灯籠の火を絶やしたことがありません」

牛太郎の無愛想を補うかのように、弥平次が側に寄ってきて説明した。

「おぬしたちは亡八などと言われながらも、神信心だけは忘れていないものとみえるな」

兵馬がこう言ったのは決して皮肉ではなかった。

「たしかにそうかもしれません」

弥平次は神妙な顔をして言い添えた。

「何を捨てた、これを捨てた、と突っ張ってみても、この世にあるかぎり、何かを信じなければ、生きてゆくことはできないのかもしれませんね」

死に神弥平次と呼ばれているこの男が、人質になっている兵馬に対して妙に素直なのが、かえって気になった。

「ところで、いつまでも戸板に乗っていることはないだろう。ここはもう廓の中だ。駒蔵が来るまで逃げはせぬ」

「それもそうですな」

弥平次が目配せすると、牛太郎たちはほっとしたように戸板を下ろした。

「すっかり芝居の筋書きが変わってしまって」

愚痴っぽくなるところを、弥平次はあやうく持ちこたえた。

「旦那を四郎兵衛番所の支配に引き渡しますが、悪く思わないでくだせえ。これからは、吉原のしきたりに従ってもらいます。旦那がどうなるかは、すべては駒蔵親分の出方次第となりますが、よろしゅうございんすね」

戸板から下ろされた兵馬は、前後左右を牛太郎たちに囲まれ、身動きが取れないようにして拉致され、揚屋町の奥にある板張りの密室に監禁された。

三

厚い板で囲われた密室には、一筋の光がさし入るほどの窓もなく、呼吸さえ満足にできないような息苦しさだった。

兵馬は幽閉された一夜をこの部屋ですごしたが、ここは遊女たちの折檻にでも使われていたのか、抜け落ちた長い黒髪に、喉頸を締めつけられるような悪夢に苛まれた。

板壁や床に血の匂いが滲んでいるのは、客の子種を宿してしまった遊女が、隠れて出産するために使われる部屋なのかもしれなかった。

生まれた子が女なら、遊廓の子として育てられ、花魁付きの禿《かむろ》となり、やがて遊女となって客の相手をするのだろうし、男なら牛太郎となって廓の掟に縛られたまま、この廓から出ることもなく、一生を終わることになるのかもしれない。

兵馬が助けたあの女も、あるいは秘密の出産によってこの世に生を受けた、凶運の子ではなかったのか。

冷たい床板の上に横たわっている兵馬の胸中には、さまざまな思いが去来したが、それが夢なのか現実なのかも定かではなかった。

光を遮断された密室では、時の経過もわからなければ、果たして眠ったのかどうかさえも判然としない。

あれから一昼夜が過ぎたのか、あるいはほんの小半刻しか経ってはいないのか、闇の中に幽閉されている兵馬には、容易にわかることではなかった。

「ようやくお迎えが来ましたね」

弥平次から声をかけられたときには、ひどい渇きのために声が出せず、開け放たれた扉から射し込んだ光に眩《くら》まされ、物のかたちを見分けることさえできなかった。

「たった一晩で、鵜飼の旦那は見る影もねえほど衰えたってな」

憎たらしそうに言う駒蔵の声を聞きつけて、兵馬は声のする方へ眼を向けたが、まばゆい光に慣れるまでにはしばらくかかった。

「いまは何刻になる？」

「もう八つ刻（午後三時）に近えだろう。まさか女郎の仕置き部屋でへこたれるような先生じゃねえ、と思って安心していたが、その弱りようじゃ、とんだ見込み違いだったかもしれねえな」

憎まれ口を叩いている駒蔵の顔もひどいもので、兵馬以上に疲労の色が濃かった。

「親分こそどうした。そのくたびれ顔は、見られたものではないぞ」

髪は乱れ、頬はげっそりと落ち、眼は血走って、額にはてらてらと脂が浮き出ている。

「なにを言いやがる。おめえさんの身代金を掻き集めるために、ゆうべは徹夜で鉄火場を開いたんだ。おめえさんから、つべこべ言われる筋合いはねえぜ」

しかし一晩の賭場で、遊女の身請け金を払えるほどの寺銭が集まるとは思えない。

「それだけではあるまい」

「まあいいや、話は後だ。こんなとこからは早く引きあげるにかぎる」

駒蔵は無惨なほどに疲れ果てて、その場にへたり込みそうになっている。

「こんなところとは、御挨拶でございますね」

折檻部屋の入り口には、鍵束を持った弥平次が、陰気な微笑を浮かべて立っていた。

「たしかに身請け金を受け取ったからには、あの女の身売り証文は焼却いたします。お二人に立ち会っていただきましょう」

弥平次は懐から女の身売り証文を取り出すと、片手に持っていた蠟燭の火にかざそうとした。

「待ってくれ。あの女のことは何も知らぬ。せめて名前だけでも確かめておきたい」

兵馬は弥平次の手から身売り証文を受け取ると、とりあえず女の出生地を覗いてみたが、そこには身許引き受け人として女衒《ぜげん》の名が記してあるだけで、どこの生まれともわからなかった。

「あの女は幼い頃から女衒に売られ、次々と鞍替(転売)されているので、身許はわからなくなっております。いくら捜しても無駄でしょう」

身許もわからなくなるほど、何度も転売されてきたのかと思うと、何を問われても口を開くことのなかったあの女に、なぜか底知れぬ哀れさを感じてならなかった。

「あの女の名前は?」

「まだ振り袖新造なので太夫名はありませんが、お座敷では薄紅《うすべに》と言っておりました」

「ここには、本名はふきとある。ずいぶんと地味な名だな」

「旦那が身請けをしなすったからには、好きな方の名で呼んでやってください」

兵馬は無言のまま、弥平次の手から火のついた蠟燭を受け取ると、ふきの身売り証文を炎の上にかざした。

めらめらと炎を立てて燃える身売り証文は、すぐに白い灰になってしまったが、わずかこれだけの紙切れが、若い女の一生を縛っているのかと思うと、むらむらとした怒りが沸いてくるのを抑えることができなかった。

「これで薄紅は晴れて身請けされたことになりました。幸せ薄い女ではございますが、末長く可愛がってくださいまし」

これが亡八者の仕来りかどうかは知らないが、弥平次は愛娘《まなむすめ》を嫁に出す慈父のような挨拶をした。

「待ってくれ、それは困る」

兵馬があわてて何か言おうとするのを、駒蔵は背後から拳で小突きあげるようにして、強引に引き止めた。

「とにかく薄紅は身請けしたってことよ。これ以上つべこべ言うことはあるめえ」

駒蔵はほんとうに怒っているらしく、小突かれた背中はひりひりと痛んだ。

「これで手打ちは済んだ。後腐れはあるめえな」

駒蔵はしつこく弥平次に念を押すと、兵馬を無理やり引き立てるようにして、まだ真昼のけだるさが残っている揚屋町に出た。

「気をつけて口を利いてもらわなきゃ困るぜ。相手は死に神の弥平次と言われている曲者《くせもの》だ。あいつがおとなしく出ているときに、横合いから余計なことを言って、せっかく漕ぎ着けた手打ちをこじらせてもらいたくはねえな」

揚屋町の黒塗り木戸まで出ると、駒蔵は恨みのこもった眼で兵馬を睨みつけた。

「それにしても、よく振り袖新造を身請けするほどの金が集まったな」

夜っぴいて金策に駆け回った駒蔵の苦労を、慰労するつもりで兵馬は言った。

「とんでもねえ難儀を持ち込んでくれたものだぜ」

駒蔵は急に疲れきった顔になって呟いた。

「ほんとうは、おめえさんがどうなろうと、知ったことじゃねえと思っていたんですぜ」

もとはと言えば、おめえさんが勝手に持ち込んできた難儀だからな、と駒蔵はなおも腹立たしげに付け加えた。

「今度の貸しは高くつくぜ。わかっていなさるかね」

「わかっている」

兵馬は素直に頷いた。

「ほんとうに、わかっていなさるのかね」

駒蔵は疑わしげに念を押すと、心身ともに疲労困憊した裏金づくりの苦労談を、ぽつりぽつりと話しだした。

「ゆうべは、花川戸の裏店を借りきって、久しぶりの賭場を開いたと思いねぇ」

駒蔵が思いつく金策といえば、せいぜい賭場でも開くことくらいしかなかったのか、と兵馬は痛々しい思いで胸が詰まった。

「急な賭場では、集まる者もあるまい」

兵馬のいたわるような声を聞いて、駒蔵はいくぶんか機嫌を直したらしかった。

「それが、そうでもねえのよ。久しぶりに駒蔵の賭場で遊びてえ、という客人が結構いて、急ぎの賭場としては大繁盛さ。ただし貧乏くせえケチな賭場で、寺銭のあがりもろくなものじゃあねえ。そこであの女、薄紅太夫に働いてもらったってわけよ」

「何をさせたのだ」

兵馬がつい気色ばむと、駒蔵はにやにや笑いながら言った。

「なあに、何もやらせやしねえよ。ただ賭場の真ん中に、座ってもらっただけのことさ」

薄紅を賭場板の上に座らせると、これまで湿っていた賭場がにわかに活気づいた。

「なにも賭け物として出したわけじゃあねえ。ただ客人たちが勝手にそう思い込んで、にわかに賭け金の額が跳ね上がっただけのことさ」

「あの女を、賭場のさらし者にしたのか」

兵馬は露骨に嫌な顔をした。怯えて声も出なかったあの女を、ぎらぎらした男たちの欲望にさらしたのか、と思うと、駒蔵の非情な仕打ちに腹が立った。

「なにもそう怒ることはあるめえ。それもこれも、無事におめえさんを引き取るための算段だぜ」

駒蔵は駒蔵で、兵馬の言い方に向かっ腹を立てた。

「あの女はやっぱり、根っからの遊廓育ちだぜ。しどけない風情に色気があって、ふるいつきたくなるような女っぷりだった。駒蔵の賭場はやはり面白え、と真夜中にもかかわらず大層な熱気さ」

駒蔵があまり自慢するので、兵馬はつい言うべきでない皮肉を口にした。

「しかしおぬしは、賭場を取り締まる側ではなかったのか」

駒蔵は細い眼を吊り上げて、獄門首にでもなったような表情をした。

「だからこちらも命懸けよ。へたをすりゃ、十手返上どころか、八丈の島送りにでもなるところだ。それとも余罪を叩かれて、獄門さらし首というところか」

そこまで覚悟して金策に走った駒蔵に、兵馬は感謝してもよいはずだった。

「賭場の客人には、どんな顔がそろったのか」

「みんな、おめえさんの知っていなさる顔ばかりさ。たとえば葵屋吉兵衛《あおいやきちべえ》、近江屋《おうみや》与平《よへい》、菊屋菊兵衛《きくやきくべえ》、寅屋寅次郎《とらやとらじろう》といった大尽たちと、天神の伊助、突っ張りの三次といった博徒たち、あとは潰れ百姓崩れのケチな野郎ばかりよ」

兵馬はその顔触れに驚いて言った。

「そんな連中の前に、あの女をさらし者にしたのか」

「湿った賭場を活気づかせるのに、ほかにどんな手を思いつけるか考えてもみねえ。おめえさんを請け出すには、丸一日という期限がついていたのだぜ。金がそろわなきゃ、いまごろおめえさんは遊郭の拷問部屋で、野垂れ死にをしていたところだ。そう綺麗事ばかり言ってはいられねえのよ」

「そうか」

兵馬は急に虚脱したような声で言った。

「みんなが痛みを分け合ったわけだな」

しかし、真夜中に開いた賭場の稼ぎで、吉原の遊女を請け出せるほどの金が作れるものではない。

四

明け方になって賭場を閉じてから、駒蔵は子分の亀六と与八に手伝わせて、寺銭の勘定をしてみたが、どう数えても身請け金の四半額にも達しなかった。

「親分、どうします。このままじゃ、あの旦那は寸試しのなぶり殺しになりますぜ」

うろたえた与八が、寺銭の山と、苦りきった駒蔵の顔を、交互に見比べながら言った。

「あわてるな。吉原者は、無益な殺しなどしねえ。あいつらは、つまらねえ見栄や怒りを捨てて、損益を取り戻す手立てを、真っ先に考える手合いだ」

駒蔵は腕組みをして考えていたが、すぐに亀六と与八の顔をじろじろと見まわしながら言った。

「賭場の看板に使ったあの女を、一番いやらしい眼で見ていたのは誰でえ」

亀六と与八は、互いの顔を盗み見るようにして言った。

「それは亀の兄いですぜ」

「いや、与八の方だ」

「ばかやろう。てめえたちが嫌らしい眼で見ていたのはわかっている。おれが聞きてえのは客人の方だ」

駒蔵に怒鳴られて思い出したのか、与八はぴたぴたと裸の膝を叩きながら言った。

「そうだ、亀の兄いよりも嫌らしい眼で、あの女をねちねちと見ていたのは、たしか天神の伊助ですぜ。まるで素っ裸に剝いで柔肌をなめまわしているような目つきでしたよ」

伊助の名を聞いて、駒蔵はますます怒りだした。

「あの野郎はケチで金離れが悪い。ただ嫌らしいだけじゃ話にもならねえ」

「そういえば、旦那方の中では……」

やっと事情を呑み込んだ亀六が、少し考えてから言った。

「葵屋の旦那が、あの女を見るなり目尻を下げっ放しでしたぜ」

「あの野郎、いい年をしてまだ懲りねえのか」

駒蔵は毒づいたが、葵屋吉兵衛の女好きはいまに始まったことではない。

「まあ、この際そんなこたあどうでもいい。ひとつ当たってみるか」

言い捨てると、駒蔵は賭場の始末を亀六にまかせて、日本橋富沢町にある葵屋吉兵衛のところへ乗り込んでいった。

「旦那様はいまお寝つきになられたばかりでございます。どなた様がおいでになっても、お取り次ぎはするな、と言いつかっております」

帳場に座っていた手代の松吉《まつきち》は、凄い形相をして乗り込んできた駒蔵に向かって、おそるおそる断りを入れた。

「どうせ旦那は朝帰りだろう。駒蔵がこれのことで話がある、と伝えてくれ。すぐに飛び起きてくるはずだ」

駒蔵は松吉の眼の前に、ぴんと小指を立ててみせた。

「そのようなことには、近ごろの主人は無縁でございます。どうぞお引き取りください」

手代の松吉は骨のあるところをみせたが、駒蔵は少しも動じなかった。

「ええ、じれってえな。これは葵屋にとっては大恩ある、鵜飼の旦那の生死にかかわることだ。急いで取り次がねえと、後できっと後悔するぜ」

吉兵衛の女遊びと兵馬の生死が、どうかかわっているのかはわからなかったが、松吉はしぶしぶと、葵屋吉兵衛に駒蔵の来訪を知らせた。

「お待ちしておりましたよ」

吉兵衛は白絹で仕立てた寝間着姿のまま、駒蔵を奥の寝所までいそいそと迎え入れた。

「ところで、あの女を身請けするには、どのくらい用意すれば足りますかな」

駒蔵から一応の説明を聞き終わると、吉兵衛はいかにも商人らしく、真っ先に身請けの金額を聞き出した。

「あっしが睨みを利かせている吉原者が相手だ、あまり吹っかけた値は言いださねえとは思うが、最低のところ、あと五百両ほど足りねえ」

「五百両ですと。それは高い」

「あの女は、まだ客も取ったことのねえ振り袖新造だ。花魁になれば、これからどれだけ稼ぎ出すかわからねえ上玉だぜ。五百両が千両でも安いもんだ」

駒蔵はまるで女衒のような言い方をしている。

「しかし、わたしがこれまで囲った女は、わずか五両ほどの手当で、喜んで尽くしてくれました。いくら何でも五百両は高すぎる」

つられて吉兵衛も、呉服地の取引でもしているような口ぶりになった。

「安く女をもてあそぶとは、ずいぶん罪なことをしてきたものだぜ。これまで女を泣かせてきた罪滅ぼしに、ここで五百両をぽんと出すのが、筋ってもんじゃあねえのかい」

駒蔵は理屈にもならない理屈を並べ立て、なんとか吉兵衛を口説き落とそうと必死になっていた。

「その話は、すこしおかしくありませんか」

吉兵衛は逆襲に出た。

「女を身請けするところまではわかります。しかしその後はどうなるんです」

吉兵衛はあの女を囲い者にしたいらしかったが、兵馬と女のかかわりが気になった。

「いまはそんなことを言ってる場合じゃあねえ。その金ができなけりゃ、鵜飼の旦那を請け出すことができねえのよ」

「吉原から男を身請けするなどという話は、聞いたことがございませんな」

女になら金を出してもよいが、男になど鐚《びた》一文も出すつもりはない、と吉兵衛は平然としてうそぶいた。

「あたしは商売人です。商売以外に無駄な金は使いません。女は道楽です。道楽があるから商売に励むことができるのです。他人様の義理を果たすために、苦労して稼いだお金ではありませんよ」

吉兵衛からそこまで言われては、さすがの駒蔵も怒る気が失せてしまった。

「その気持ちはわからなくもねえ」

徹夜で賭場を張り通した疲れが、どっと駒蔵を襲ったようだった。

「こうなりゃ鵜飼の旦那がどうなろうと、おれの知ったことじゃあねえ」

駒蔵は奥座敷の真ん中に大文字になってひっくり返った。

「もう意地も張りもねえ。どうにも眠くて我慢できねえんだ。ここで休ませてもらうぜ」

いきなり大鼾をかいて眠りはじめた駒蔵を見て、これまで平然としていた吉兵衛が、急にあわてだした。

「もし、駒蔵の親分。こんなところで眠られては困ります」

揺り起こそうとしたが、駒蔵は座敷の真ん中にでんと根を据えて、非力な吉兵衛では動かしようがない。

「かまわねえだろう。どうせおめえさんも寝るところだ。蒲団まで貸せとは言わねえよ」

鼾をかいていたはずの駒蔵が、眼を瞑ったまま物ぐさそうに言った。

「親分がここで眠ってしまったら、廓から逃げ出してきた花魁はどうなります？」

吉兵衛はまだあの女に未練があるらしい。

「血も涙もねえ亡八に連れ戻されて、死ぬような折檻を受けるだろうよ」

「鶏飼の旦那はどうなります？」

男に金は使わないと言いながらも、すこしは兵馬のことも気にかかるようだった。

「質に取られた身柄だ。質流れになったらどうなるかわからねえ」

「どうなるかとは？」

「むろん闇から闇へと葬られるのよ。吉原者は半端なことはしねえだろうぜ」

「それだけで済みますか？」

狡そうな眼を血走らせた吉兵衛は、臆病な声で駒蔵に聞いた。

「済むはずはねえ。約定を破ったおれを捜し出して、これも闇から闇への口だな」

駒蔵は他人事のように言った。

「するってえと、この店へ吉原者が押し寄せてくることになるのですか？」

「そうよ。死装束を着て戸板に乗った亡八が、これも白装束姿の牛太郎どもを引き連れて、念仏を唱えながら葬列をととのえてやってくるのよ」

吉兵衛は悲鳴のような声をあげた。

「それは困ります。商売の邪魔になります」

駒蔵は吉兵衛に取り合わず、

「おれは眠い。とにかく黙って眠らせてくれ。後はどうなろうと知ったことじゃあねえよ」

寝返りを打つようにしてそっぽを向いた。

「そもそもあたしには、何のかかわりもないことではございませんか」

吉兵衛は泣き言をこぼした。

「そんなこたあ、押しかけてきた亡八にでも言うんだな。ゆうべはおれの家まで、白装束の一団が押しかけてきた。あれは恐ろしい光景だったぜ」

あの男は、死に神弥平次と異名を取った亡八だからな、と駒蔵はさらに脅した。

「仁義礼智信忠孝悌の八徳を忘れたこの世の亡者に、商売の邪魔などと言っても通用しめえよ」

吉兵衛も黙って泣き寝入りするような男ではない。

「しかし、あちらも商売、こちらも商売、お互いに邪魔にならないようにするのが、商売人の礼儀というものではありませんか」

割り切った言い方をしたが、いつものような迫力はなかった。

「だから、そこはそれ、商売人らしく金で解決しようとしたわけだが、葵屋さんが嫌だと言うんじゃ、この上の商談は成り立たねえわけだ」

駒蔵は突き放したように言うと、もう一度寝返りを打って、大鼾をかく真似をした。

五

「手っ取りばやく言えば、薄紅に色気を出した葵屋吉兵衛を脅して、おめえさんの身代金を出させたわけだ」

駒蔵は猪牙舟の船端に背をもたせて、煙管の吸い口を咥《くわ》えながら、ゆうべから休みなく金策に走り回った苦労譚を語り終えた。

兵馬と駒蔵が乗った猪牙舟は、吉原に通う小舟が行き交う山谷堀を漕ぎ抜け、ゆったりとした大川の流れに乗り入れていた。

ゆるやかな波のうねりが、心地よく小舟を揺らすので、兵馬はついうとうとと睡魔に襲われ、駒蔵の長すぎる自慢話を、聞くともなしに聞いていた。

「だが、まだ終わっちゃいねえぜ」

これからあの女をどうするかだ、と駒蔵は兵馬の眠気を覚ますように、やけに気合の入った声で言った。

「身請けの金を出したのは葵屋吉兵衛だ。五百両といえば大層な額だろう。あの女は吉兵衛の囲い者になるのが、順当なところかもしれねえ」

駒蔵は煙管を口から離すと、ふわりと白い煙を吐き出した。

「ところが、あっしも身請け金の四半分は払っている。あっしがあの女を囲ったって、文句を言われる筋合いはねえ」

それに、あの女を請け出すのに、汗水垂らして奔走したのはこのおれだ、と駒蔵は勢い込んで付け加えた。

「あっしはあの薄紅と、所帯を持ちたいと思っていますが、どうでしょうかね」

柄にもなく真面目な顔で相談されて、兵馬はぷっと吹き出しそうになった。

「吉兵衛と駒蔵が恋の鞘当てか。ひどいことになったものだな。そのようなことになるくらいなら、あの女は吉原に戻した方がよかったのかもしれぬ」

兵馬はまるで他人事のような言い方をして、気負い立っている駒蔵を、なおのこと苛立たせた。

「おいおい、先生。それはねえぜ」

しばらく沈静していた駒蔵の怒りが、兵馬が気のない返答をしたことによってまた沸きあがった。

「おめえさんが、難儀を持ち込みさえしなけりゃ、あっしも葵屋吉兵衛も、ゆうべはぐっすりと眠ることができたんですぜ」

兵馬はにわかに冷酷そうな口調をして言った。

「まだ終わっていないのは、女の話だけではあるまい」

それは駒蔵にもわかっている。十手持ちの駒蔵が、裏店を借りきって賭場を開いたことが御上に知れたら、きつい処分は免れないところだろう。

「岡っ引きが牢に入れば、娑婆での恨みを晴らそうとする前科者たちから、牢内でなぶり殺しにされるそうだな」

牢内で囚人仲間からむごたらしく殺されても、記録の上では病死とされ、犠牲者は殺され損ということになる。

「それもある」

駒蔵は恐怖に駆られ、両腕で頭を抱え込んだ。

「葵屋吉兵衛の店先へ乗り込んでの強談判は、いわば脅迫および恐喝にあたる」

兵馬はいかにも眠そうな声で、意地悪く駒蔵の罪状を並べ立てた。

「それもみな、わたしゆえに犯した罪だ」

わかっているじゃねえか、と駒蔵は怒鳴った。

「べつに恩に着せるつもりはねえよ」

駒蔵は強がりを言ったが、恨めしそうな顔をして兵馬を睨んでいる。

「いや、ありがたく恩に着ておこう」

兵馬はようやく眠気から覚めたかのように、両腕を左右に突っ張って、大きく伸びをしながら言った。

「ところで、あの女の始末だが……」

一息入れながら、兵馬は駒蔵の顔色をじっくりと観察した。

「あの吝嗇で知られた吉兵衛が、五百両という大金を払ったところをみれば、薄紅と呼ばれる振り袖新造への執着は、尋常ではないとみるべきだろう。もしもあの女を、駒蔵の囲い者になどすれば、吉兵衛は嫉妬のあまり、おそれながら、と町奉行所に訴え出ないとも限らない」

兵馬は駒蔵の顔から視線を外さずに、ゆっくりと続けた。

「そうなれば、十手をあずかっている駒蔵が、御禁制の賭場を開いたこと、商家に押し入って脅迫し、五百両という大金を恐喝したことが、嫌でも表沙汰になる」

駒蔵は聞こえないような顔をして、煙管の雁首を船端でぽんと叩き、吸い殻の灰を大川の流れに捨てた。

「ふだんから憎まれている十手持ちが、もし牢にでも繋がれるようなことになれば、生きて娑婆に出てくることはできないという。その辺の事情は、わたしより駒蔵の方がよく知っているはずだ」

脅しっこなしだぜ、と言って駒蔵はそっぽを向いた。

「だからと言って、苦労して身請けした薄紅を、あの色欲の突っ張った吉兵衛の囲い者にするのは、夜を徹して奔走してきた駒蔵としては、どう考えてもおもしろくはあるまい」

あたりめえだ、と駒蔵は不愉快そうに一声怒鳴り、いつまでも臍を曲げている。

「そこで、しばらくのあいだ、わたしが薄紅を預かろうと思う」

おとなしくなっていた駒蔵が、それを聞いた途端に、また烈火のごとく怒りだした。

「冗談じゃねえぜ。横合いから鳶に油揚をさらわれてたまるかい」

まあまあ、と兵馬は両手をあげて、激昂する駒蔵を制した。

「誤解してもらっては困る。わたしが預かると言っても、あの女を囲い者にするとか、所帯を持つとかいう話ではない。わたしとて、ねぐらも定まらぬ浪人者。吉原育ちの女と暮らせるような収入もない」

おれだって同じことだ、と駒蔵は息巻いた。貧乏人は女と縁がねえってことか。

「あまり怒るな」

兵馬は片頬に苦笑を浮かべながら言った。

「しばらくほとぼりが冷めるまで、薄紅とやらをお艶のところで預かってもらおう、と思っているのだ。入江町の始末屋お艶なら、遊女の扱いには慣れている。口もきけないほど怯えているあの女にとっても、しばらくの休養になるだろう」

駒蔵には何も言わせず、兵馬は自信ありげに断言した。

「声を失った薄紅をしばらく保養させるために、始末屋お艶のところへ預けたと聞けば、おそらく色惚けした葵屋吉兵衛も納得するはずだ」

しかし、それほど甘いものではないことを、兵馬は身をもって知ることになる。

うごめく影に

一

「姐御はご機嫌ななめですぜ」

兵馬が辻駕籠を連ねて本所入江町へ乗り付けると、兵馬を見かけた始末屋の若い衆が、駕籠の中へ首を突っ込んで囁くように言った。

「悪いことは言わねえ。いまは姐御に近づかない方がようござんすよ」

若い衆の言い方には皮肉っぽい響きがあったが、兵馬は何か他のことに気を取られていて、それと気づかないらしかった。

「それは困ったな。じつはお艶に頼みがあって参ったのだが」

兵馬はどうしようかと迷っているようにみえたが、退屈そうに煙草を吸いはじめた駕籠屋を気遣って声をかけた。

「まあよい。とりあえずここで降ろしてくれ」

「へい、ようがす」

駕籠屋が威勢のよい声をかけて肩棒を抜くと、並んで走ってきたもう一挺の駕籠も、始末屋の店先まで乗り入れてきた。

兵馬は窮屈な駕籠から抜け出ると、気持ちよさそうに思いっきり手足を伸ばしたが、もう一挺の駕籠に乗ってきた客は、なかなか出てこようとはしなかった。

「旦那、これはどういうことなんです」

もう一挺の駕籠から乱れ出ている鮮やかな緋色の蹴出しを見ると、始末屋の若い衆は、険しい眼付きになって兵馬を睨んだ。

「お艶に頼みがあるというのは、この女のことなのだ」

女物の派手な衣裳を見た若い衆は、兵馬が何も言わないうちに、顔面から血の気が失せたように蒼くなっている。

「いけねえよ、旦那。この女はどう見ても、遊廓から足抜けしてきた遊女じゃござんせんか。仮にも始末屋の用心棒をなすっている先生が、色町の女を足抜きさせて、隠れ家へ咥え込んだりしては、無事にこの世間を渡ってゆくことはできませんぜ。ちったあ、姐御のお立場ってものを考えてやったらどうなんです」

若い衆の妙にお説教じみた言いぐさに、兵馬は憮然として答えた。

「いや、足抜きではない。この女はちゃんと吉原から身請けしてきたのだ」

それを聞いた途端に、若い衆はたちまち顔面を紅潮させて兵馬を罵倒した。

「やるに事欠いて、なんという仕打ちをなさるんで。遊廓から身請けしてきた色女を、姐御のところへ連れ込むんですか。だいたい旦那には、姐御がどうして機嫌が悪いのか、わかっていなさるんですかい」

血相を変えて責め立てる若い衆の顔を見ているうちに、この男が以前からお艶に惚れていたことを、兵馬はようやく思い出した。

「そう怒るな。これにはいろいろと事情があってのことだ」

「あんまり姐御をないがしろにするようなら、このあっしも黙っちゃいませんからね」

兵馬の不実をなじる若い衆は、まるでお艶の代弁者にでもなったかのように、必死な形相をして怒鳴り立てた。

「ゆうべ姐御は、一睡もしていないんですぜ」

黙っているどころか、この男は勝手な思いこみをして、よけいなことまで喋りすぎる。

「わかった、わかった。もうそのくらい言えば充分ではないか」

兵馬はバカバカしくなってすぐに降参した。

「ところで、安吉《やすきち》」

ようやく若い衆の名を思い出した兵馬は、しどけない格好をした薄紅を、手早く駕籠から引っ張りだすと、両手を合わせる真似をして安吉に頼み込んだ。

「お艶、いや、お艶姐御に、よろしく取りなしてくれないか。いくら機嫌が悪くても、かわいい子分の安吉が言うことなら、聞く耳を持っているかもしれぬではないか」

おだてられて気をよくした安吉は、兵馬と薄紅を交互に見比べていたが、

「まあ、見込みはねえと思うが、取り次ぐだけは取り次いでやってもいいぜ」

恩着せがましい言い方をすると、暖簾で仕切られた奥へ入って行った。

「気にするな。ここはわたしの懇意にしている家だ」

兵馬は、ぼんやりと立ちつくしている薄紅を背後に庇うようにして、打ち水で清められているお艶の店へ入り込んだ。

暮れ六つの鐘はすでに鳴り止んで、あたりには薄い夕闇が立ち籠めていた。

つい最前まで、長い夏の日差しは亥の堀川の川面を照り返していたが、いまは川端

のどこを見ても、夕陽の残照さえ映してはいなかった。

兵馬がお艶のもとへ帰るのに夕刻を選んだのは、誰が見ても遊女とわかる薄紅の姿を、あまり人目に晒したくないと思ったからだ。

どこにも身寄りのないこの女が、駒蔵の開いた賭場の景品となって、血走った目をした男たちのさらし者にされたということに、兵馬はやるせないほどの憤りを感じていた。

「もうあのようなことはさせぬ」

兵馬が薄紅の背を押すようにして始末屋の三和土《たたき》に入ると、血相を変えた安吉が奥から駆けだしてきた。

「駄目だ、駄目だ。姐御は旦那の顔など見たくない、と大変な怒りようですぜ」

いきなりそう言われて、兵馬は面食らった。

「お艶はなにをそのように怒っているのだ」

「なにをって、旦那」

安吉は呆れ返ったように言った。

「姐御のお気持ちがわからねえんですかい」

「わからぬな。お艶はそのように怒りっぽい女ではないはずだ」

もし安吉が言うことに間違いがなければ、お艶はいつもとはようすが違っていると言うほかはない。

「ちっ、鈍いな。旦那がこれだから、いつまでも姐御の心労が絶えねえんですぜ」

安吉は吐き捨てるように言うと、もうどうなっても知りませんぜ、といいましそうな顔をしてそっぽを向いた。

そのとき奥の暖簾をかき分けて、薄物の単衣《ひとえ》を着たお艶が顔を出した。

「おや、どなたさまでしたっけ。あまり久しぶりなので、お顔を忘れてしまいましたよ」

兵馬と眼が合ったお艶は、乱れてもいない髪をかき上げるような仕草をしながら、これまで決して口にしたこともない厭味を言った。

「じつは頼みたいことがあって参ったのだが」

言いかけて、兵馬はふと口を噤んだ。

「どうしたんです。言ってごらんなさいな」

お艶はもどかしそうに兵馬をせかした。

「いや、なに、お艶姐御は虫の居所が悪いと聞いたのでな」

兵馬は柄にもなく口ごもったが、言いにくいことを頼もうとしているのだ、という気持ちがないわけではなかった。

「そんなことを言ったのは、安吉でしょう」

お艶はいつものように屈託のない笑みを浮かべたが、三和土の片隅でようすを窺っている安吉を見つけると、困った奴、というように軽く睨んだ。

「いつまでも、そんなところに突っ立ってないで、町内の見廻りにでも行っておいで」

いつまでもぐずぐずしている若い衆を追い立てると、お艶はぴったりと兵馬の傍らに身を寄せて、恨めしげな顔をして囁いた。

「根津のお屋敷に出かけたまま、ちっとも帰ってこないんですもの。心配していたんですよ」

「そなたも知るように」

兵馬は神妙な顔をして言った。

「わたしはいつどのような密命を受けるかわからぬ宰領という身だ。一晩や二晩帰らなかったからといって、そのように騒ぎ立てることはあるまい」

安吉からさんざん厭味を言われた後なので、つい余計なことを言ってしまった。

「御用の筋だったんですって。嘘をおっしゃい」

お艶はたちまち柳眉を逆立てた。

「倉地の旦那にもお聞きしましたが、そんなことは何もおっしゃいませんでしたよ」

兵馬が御用の筋で働くときは、必ず倉地文左衛門から隠密に指令が下りる。御庭番の倉地が知らないところで、宰領の兵馬が単独で動くことはありえない。

「倉地どののところへ行ったのか」

兵馬は苦々しげに呟いた。

「影の仕事には立ち入るな、と言っておるのに」

するとお艶は意地になって、

「ええ、参りましたとも。倉地さまからは、いつでも来るがよい、というお墨付きをいただいておりますからね」

それほど倉地文左衛門とは親しいのだ、とばかりにそのことを強調した。

「危ない奴だ。倉地どのはあのように取り澄ました顔をしているが、かねてからお艶の裸に下心があるのだぞ」

かつて湯島天神の境内で、兇刃を振りまわしていた暴漢をお艶が取り押さえたとき、倉地文左衛門は兵馬と一緒にお艶の裸を見ている。

「あら旦那、あたしのことを、心配してくださるんですか」

お艶は嬉しそうに笑った。

「そのような意味ではない」

兵馬が慌てて打ち消すと、お艶はまたしても臍を曲げた。

「どうせあたしは、男の助平心を逆手にとって、喧嘩の始末をつけるしか能のない、やくざな女でござんすよ。旦那のように腕があって、智慧と度胸がありさえしたら、誰が好きこのんで、裸になんかなるものですか」

いまにも涙を流さんばかりに悔しがっている。

「待て待て、そのようなことは誰も言っておらぬ」

兵馬はお艶を持てあました。

「わたしには智慧も度胸もないから、いつもこのように、お艶にやり込められてばかりいるのではないか」

それに、と兵馬は話を戻した。

「倉地どのに近づきすぎては、お艶の身が危ないのだ」

「あら、どうしてなのです」

お艶はめずらしく意固地になっている。

「倉地どのは、お艶をわたしと同じように宰領として使いたいのだ」

それを聞いてお艶の顔がぱっと明るんだ。

「まあ、旦那と一緒に働けるなんて、まるで夢のような話ですわ」

バカなことを申すな、と兵馬は慌てて叱責した。

「公儀隠密の宰領などという影の仕事をしておれば、いつ殺されても文句は言えぬ。その上、さしてお手当も出ず、おのれの食い扶持はみずからの手で稼がねばならぬのだ。わたしをみるがよい。いつも貧乏をして、いまもお艶のところに居候をしているようなありさまだ。まったくもって肩身が狭い」

「まあ、なにをおっしゃるんです」

お艶は驚いて、兵馬にくだを巻くのをやめた。

「あたしは旦那に助けていただいてるんですよ。肩身が狭いなんておっしゃらないで」

お艶は兵馬を傷つけたのではないかと、気にしているようだった。

「いまの境遇に文句を言っているのではない。お艶に宰領などという危ない仕事をさせたくはないのだ。倉地どのはお艶に眼をつけておられる。あまり近づかない方が無難ではないか」

兵馬が身を案じてくれているのだと知って、お艶はすぐに機嫌を直したらしかった。

「ところで、頼みって何なんです」

お艶はどんな願いでも聞いてやる気になっていた。

「じつは、この女のことだが」

兵馬が後ろをふり返って薄紅を指さすと、お艶はそしらぬ顔をして言った。

「あら、そこにどなたかいらっしゃるんですか」

すでに夕闇が深く垂れ込めてはいたが、まだ人の輪郭が見えなくなるほどの濃い闇ではなかった。

お艶は兵馬の姿を一目で見分けたのだし、薄闇の中にいる兵馬にも、お艶の肌を覆っている薄物に、濃い紫に白抜きの千鳥をあしらった紋様が、染め抜かれているのを見て取ることができる。

見えているものを見えないかのように言うことで、お艶は薄紅への敵愾心を露わにしているのかもしれなかった。

「何も言わずに、この女を預かってもらいたいのだ。いや、居候が増えることが迷惑なら、代わりにわたしが出て行ってもよい」

安吉にさんざん脅された後なので、兵馬はつい遠慮して、しどろもどろになってお艶に頼み込んだ。

そのことが、かえってお艶の疑惑を掻きたてた。

「あなたの頼みなら、どんなことでも聞いてあげるつもりでいましたが、こればっかりはお断りです」

お艶はまたしても柳眉を逆立てた。

「いつも貧乏をしているなどと言いながら、どこで工面したお金か知りませんが、吉原で馴染みになった遊女を身請けして、あたしのところへ連れ込むなんて、あんまりひどい仕打ちじゃございませんか」

薄紅のことを安吉から聞いているな、と兵馬は思ったが、どうやら安吉はお艶に余計なことを吹き込んでおきながら、肝腎なことを言い忘れているらしい。

「身請けしたといっても、わたしにそのような大金を払えるわけがない。吉原の揚屋と話を付けたのは花川戸の駒蔵で、身請け金を工面したのは富沢町の葵屋吉兵衛だ」

「そして女の身柄は、あなたが引き取ったというのですか。よくできすぎたお話ですわね」

お艶は皮肉たっぷりに言ったが、笑って誤魔化せるようなことではなかった。

「あなたたち殿方が、どういう魂胆で結ばれているのかは知りませんが、一人の女を三人で共有しようなんて、ずいぶんと趣味が悪すぎやしませんか。あたしは岡場所の始末屋はしていますが、妾宅や置屋を営んでいるわけではありません。この女をお預かりすることは、はっきりとお断りしておきます」

お艶はきっぱりとした口調で言ったが、張りつめた眼には悔しさがあふれていた。

「それは困る」

兵馬は身勝手なことを言った。

「ここに置いてくれと頼むのは、この女を吉兵衛や駒蔵の魔手から守ってやりたいからだ」

「そして、あなたが独占しようというわけね」

切り返すようにお艶は言った。

「いいかげんにしてくれないか。いつものお艶らしくないぞ」

兵馬はとうとう音を上げた。このような争いとなると、どう足掻《あが》いても兵馬に勝算はなかった。

二

事情さえ呑み込めれば、お艶は聞き分けのよい女だった。

「そういうことなら、はじめから筋道を立てて話してくだされればよかったのに」

兵馬から女とのいきさつを聞き終わると、お艶はすぐに機嫌を直した。

「話そうにも、わたしに何も言わせてくれなかったではないか」

兵馬は恨めしそうに抗弁した。

「さんざん心配させておいて、藪から棒に若い女を連れ込まれては、思わずカッとなるのは当たり前ですよ」

お艶はてきぱきとした口調で、

「そういうことなら、あたしがお預かりした方がよいでしょう。うちには大勢の若い衆がいますから、こんな綺麗な娘さんがいたのでは、あの人たちには眼の毒です。寝間はあたしと一緒にして、ゆっくりと休ませてあげる必要があります。しばらくはあなたも近づかないようにしてください」

事情は呑み込んだものの、お艶はまだ兵馬と薄紅の仲を疑っているらしい。

「この女はよほど酷い目に遭ったらしく、声を失っているのだ」

いくら問い詰めても、この女からは何も聞き出すことはできない、と兵馬は付け加えた。

「つまり、あなたに都合の悪いことも、黙っていてくれるというわけね」

お艶は意地の悪いことを言って、ぐうの音も出ない兵馬をやり込めた。

「冗談ですよ。じゃあ薄紅さん、寝間へ行きましょうか」

お艶は兵馬にいたずらっぽい流し目を送ると、疲れきっているらしい薄紅の背に片手を添えて、奥の間へ連れてゆこうとした。

すると薄紅は、お艶の手からするりと逃れて、呆気にとられている兵馬の背にぴたりと張り付いてしまった。

「恐がることはないわ。一緒にいらっしゃいな」

お艶が手招きすると、薄紅は兵馬の背に顔を埋めるようにして、背後からしっかりと抱きついた。

「また、これだ」

兵馬は閉口したように呟いたが、お艶の顔はたちまち蒼白になった。

「そういう仲だったのね」

お艶は怒りも忘れたかのように、地の底から響いてくるような低い声で呟いた。

「違う。それは誤解だ」

吉原田圃で牛太郎たちから逃れようとしたとき、あるいは目明かし駒蔵の裏店で、兵馬から引き離されようとされたとき、この女はぴたりと兵馬に抱きついて離れなかった。

「たぶんこの女は、廓に生まれて廓で育った生粋の遊女で、廓の外に世間があるということさえ、知らないのではないだろうか。廓から抜け出して、はじめて遇ったわたしの他に、こちらの世界では頼るものがないのだ」

男を誑《たら》し込むのが商売の色里で育てば、男に抱きついたり頬ずりしたりするのは当たり前、それはこの女が生まれながらにして身につけてしまった習性であって、いまさら咎める方が罪というものだ。

兵馬は必死になって抗弁したが、目の前で思いがけない濡れ場を見せつけられてしまったお艶は、容易に機嫌を直しそうもなかった。

お艶がぽんぽんと啖呵を切っているあいだは、いくらやり込められても困ったとは思わなかったが、お艶に蒼い顔をして黙り込まれては、この不器用な男には打つ手がなかった。

すると、どこから聞こえてくるともなく、忍び音《ね》にすすり泣く女の声が、途方に暮れていた兵馬の耳朶に伝わってきた。

それはかならずしも激しい嗚咽ではなかったが、抑えに抑えた声には、身を切るような哀切な響きが籠もっていた。

お艶が泣いているのかと思って、兵馬はそっと窺ってみたが、入江町の岡場所を仕切っている勝ち気な女の眼に、弱々しい涙など浮かんでいるはずはなかった。

そのとき兵馬は、抱きついていた女の手がすっとゆるんで、そのまま力なく、だらりと垂れるのを感じた。

薄紅はそっと兵馬から離れると、乱れた蹴出しを引きずるようにしてお艶に近づき、お艶の膝頭を抱くようにして、そっと顔を上げた。

お艶を見つめた眼から、ひとしずくの涙がしたたり落ちた。忍び音にすすり泣いていたのは、身の置きどころをなくした薄紅のようだった。

「あなたが悪いわけではないのよ」

お艶はしばらく呆然としていたが、すぐに身を屈めて、薄紅をぎゅっと抱きしめた。

「かわいそうに。言いたいことがたくさんあるでしょうに。あなたの気持ちはわかったから、もう心配しなくてもいいのよ」

それを聞いた薄紅は、お艶の膝にわっと顔を埋め、柔らかい身体を絡みつけるようにして抱きついてきた。

それは浅草田圃で、震えながら兵馬に抱きついてきたときと、ほとんど同じような仕草だった。

どうやら薄紅は、この世に兵馬以外にも、頼れる者を見いだしたらしかった。

お艶はおののく薄紅を、もう一度ぐっと抱きしめると、きりりとした顔になって兵馬を見上げた。

「つまらないことを勘ぐって、あたしが悪うござんした。あらためて、この娘《こ》を預からせていただきます」

さんざんくだを巻いてきたことへの照れ隠しか、まるで仁義を切るような言い方をして、薄紅の庇護を確約した。

しかし、これで万事がうまく収まったと兵馬が思ったのは、いささか安易にすぎたかもしれない。

後になってみれば、これは兵馬の巻き込まれた奇妙な事件の、ほんの発端にすぎなかったのだ。

三

「姐御、なんだかようすが変ですぜ」

岡場所の見廻りから帰ってきたお艶に、若い衆がそっと耳打ちしたのは、まだ宵の口をすぎたばかりの頃だった。

「なにか揉め事でも持ちこまれたのかい」

お艶は入江町の印し半纏《ばんてん》を脱ごうとして、袖を抜いたばかりのところだった。

「いいえ、そんなことじゃありません。薄気味が悪いことに、深編み笠で顔を隠した連中が、店のようすを窺っているようなんで」

あれは夜盗の手先なのではないか、と若い衆は言った。

「まさか、何の財産もないあたしのところへ、泥棒に入ろうなんて酔狂な奴がいるはずはないじゃないか」

お艶は相手にしなかったが、若い衆の懸念は晴れそうもなかった。

「それが、どうやらお武家らしいのです」

若い衆はしきりに首をひねった。

「お武家なんぞは、泥棒よりも縁がないね」

お艶はぽんぽんと言い返したが、ふと遅れて入ってきた兵馬を見て、ああこの人もお武家だったんだ、と思って顔を赤らめた。

「旦那はお武家と言っても特別ですよ」

弁解がましく愛想笑いをして誤魔化すと、兵馬は憮然とした顔で言った。

「なにが特別なのか知らぬが、いったいどうしたというのだ」

お艶が兵馬に取り合わないでいると、

「武家の泥棒らしいのが、しつこく家のようすを窺っているんですよ」

こういった手合いを撃退するのが、用心棒の仕事ではないですかい、と若い衆は不平顔をして兵馬をなじった。

「近頃は食い詰め武士も多いからな」

兵馬は自嘲するように言った。

「そんなつもりで言ったわけじゃありませんぜ」

若い衆は急いで弁解したが、むろんそんなつもりで言ったのだ。

兵馬が居候になってから、お艶姐御が妙にそわそわするようになったことが、若い衆にはどうにも気に入らなかった。

「しかし、このあたりに夜盗が出るという噂も聞かぬが」

兵馬も不審そうな顔をした。

「岡場所の女に振られたのは、入江町を仕切っている始末屋のせいだと勘違いして、逆恨みでもしているのかもしれませんよ」

そんな情けない連中はほっとけばいいんです、とお艶はこともなげに言った。

しかし、そういうことはよくある話で、いよいよ暴力沙汰ともなれば、そのときこそ兵馬の出番になるわけだ。

「とにかく気をつけた方がいいですぜ」

若い衆はしつこく念を押すと、上目遣いで兵馬を睨みつけるようにして、中二階のねぐらへ引きあげていった。

「わたしが居候をしていることで、お艶に迷惑をかけているようだな」

兵馬はすまなそうな顔をしてお艶に言った。

「これまでと同様に、お艶が始末屋の秩序を保ってゆくためには、どうやらわたしがここを出た方がよさそうだ」

「まあ、なにをおっしゃるんです」

お艶は驚いたように言った。

「若い衆の躾けがゆき届かないのは、みんなあたしが悪いんです。あの連中だって、けっして悪気があって言っているわけではないんですよ。出てゆくなんてことは、二度とおっしゃらないでくださいな」

いつも凛としているお艶にしてはめずらしく、なぜか哀願するような口調になっている。

「しかし、よい年をした男と女が、いつまでもこのままでいることはできまい」

兵馬はやむを得ず、核心に触れるようなことを言った。

「あたしはいつまでも、このままでいいんですよ」

お艶の眼が、口にできない何かを訴えていた。

「そうはゆくまい。いつまでもわたしが此処にいては、お艶の立場がますます苦しくなる」

兵馬と若い衆の板挟みになって、始末屋の仕事もやりづらくなるだろう。

「あたしは、欲張りな女なんでしょうか」

お艶は切なそうな眼をして言った。

「あなたといつまでも一緒にいたいと思いながら、元の亭主がはじめた始末屋の仕事を、畳んでしまうこともできないんです」

お艶は始末屋となって看板を張り、岡場所の女たちや、舟饅頭や夜鷹たちと、あまりにも深くかかわってしまっている。

もしお艶が入江町の岡場所から手を引けば、男たちに身を売ってわずかな稼ぎを得ている夜の女たちは、天神の伊助か、あるいはそれよりもさらにたちの悪い連中の、食い物にされてしまうだろう。

「それに」

兵馬はぶっきら棒に付け加えた。

「お艶が始末屋をやめてしまったら、どのようにして日々の食い扶持を稼ぐのだ。たとえわたしと一緒になったとしても、その日暮らしの浪人者の稼ぎでは、ふたりともたちまち干上がってしまうぞ」

兵馬の暮らしが、何とか平穏を得ているのは、始末屋を営んでいるお艶のところに転がり込んで、居候を決め込んでいるからにすぎない。

ここから出てゆくといっても、兵馬には何処という当てがあるわけではなかった。

「ふたりして路頭に迷うのも、きっと楽しいことでしょうね」

お艶はまるで無知な乙女にでも戻ったかのように、とろんと澄みきった、夢見るような眼をして頰笑んだ。

「でも、そういうこともできないまま、この世のしがらみに縛られて生きてゆくのが、浮き世というものなのかもしれないわね」

お艶は深い吐息をつくと、まるで心中でもしかねないような、切迫した顔をして呟いた。

「あなたと出逢うのが遅すぎたわ。あたしたち、どうして今頃になって、出逢ってしまったんでしょうね」

四

まだ暁闇には遠かったが、お艶や若い衆が熟睡していることを確かめると、兵馬はそっと足音を忍ばせて、住み慣れた入江町の裏木戸を出た。

お艶があのように取り乱したのは、ほんの一夜を借りるつもりだった兵馬の逗留が、思いのほか長引いてしまったからではないかと思われたからだ。

お艶は滅多なことで、男に情を移すような女とは思えなかったが、やはり男女の恋情に関して木石ではなかったわけだ。

それどころか、ふだん抑えられているだけに、ひとたび出口を見いだせば、その思いは強く激しいものになるらしい。

兵馬がこのままずるずると留まっていれば、岡場所の始末屋をしているお艶の仕事が、破綻をきたすようなことにもなりかねなかった。

これまでさり気なく振る舞ってきた兵馬にしても、妖艶で気っぷのよいお艶のような女と朝夕をともにしていれば、おのずから恋着の情が湧いてこないはずはなかった。

しかし、兵馬がお艶のところに居着くことになれば、これまで微妙な均衡を保ってきた始末屋の若い衆のあいだに、無用な波風を立てることにもなりかねない。

あの連中は、叶わぬ恋と知りながら、揃いも揃ってお艶に惚れているからな、と兵馬は苦笑せざるを得なかった。

お艶が兵馬に気を遣えば遣うほど、兵馬を見る若い衆たちの眼が、しだいに険悪になってゆく。

そのことがわからないほど、お艶がのぼせているわけではないことが、救いといえば救いかもしれないが、その分だけ、お艶の心労が重なっていることも確かだった。

長年にわたって始末屋を営んできたお艶が、浮き世のしがらみに雁字搦めに縛られて身動きが取れなくなっているならば、ここは兵馬の方から身を引くほかはない。

これでお艶と切れ、そして小袖とも切れることになるのだな、と思えば、兵馬にもいささかの感慨がないわけではなかった。

おれはいつもこのようにして、わずかばかりの係累を切り捨ててきたのだな、と思いながら、兵馬は悄然として、夜の名残のような霧が立ち籠めている闇の中を歩いていた。

そのときまで、横川を漕ぎ寄せてくる小舟に気がつかなかったのは、兵馬がいつになくしんみりとした物思いにふけっていたからに違いない。

いくら川霧が濃く立ち籠めていたとしても、舟を漕ぐ艪の音が、兵馬の耳に聞こえなかったはずはない。

昼のあいだならともかく、人々が寝静まっている闇の中を、小舟が漕ぎ寄せてくるなどということは、普通ならあり得ない話だ。

兵馬が訝しげな眼を艪の音に向けると、川面を照らす淡い星明かりに照らされて、小舟に乗っている男たちの姿が、おぼろげに浮かび上がった。

怪しいことに、全員が黒頭巾をつけて顔を隠している。

兵馬はふと、始末屋の若い衆が、深編み笠を着けた男がしきりにお艶の店先を窺っている、と言っていたことを思い出した。

小舟には大小を腰に差した数人の男たちが乗っている。

物腰からみれば武家のようでもあり、頭巾で顔を隠した格好は夜盗に似ているが、浪人や無頼漢というわけでもなさそうだった。

もしどこかの藩士たちだとしたら、夜中に舟を仕立て、徒党を組んで横行するとは穏やかでない、と兵馬はすぐに御庭番宰領らしい疑惑を抱いた。

兵馬は意を決すると、河岸に沿って見え隠れに小舟の後を追った。

もし若い衆の言うことに間違いがなければ、お艶の店を偵察にきた連中が、夜になるのを待って押し入ってゆくことも考えられる。

しかし、思っていたよりも舟足は速く、入江町にそびえ立つ時の鐘のあたりで、兵馬は小舟の行方を見失ってしまった。

「奴らは何処へ」

思わず駆けだそうとして、兵馬は異様な気配につと足を止めた。

「あれは」

兵馬が見たのは、小舟から横川の河岸に跳ね上がるようにして、闇の中を疾走してゆく黒頭巾たちの影だった。

兵馬は声を殺して黒頭巾たちの後を追った。いずれも覆面で顔を隠しているが、足さばきの確かさからみて、ただの夜盗とは思われない。

「若い衆の言っていたことは、ただの杞憂ではなかったらしい」

兵馬は股立ちを取って、太刀の目釘を濡らし、いつでも闘える用意をすると、ひそかに賊どもの後を追った。

黒頭巾たちは、お艶の家の前で立ち止まると、あっという間に表戸をこじ開け、ばらばらと奥に消えた。

「起きろ。この家に賊が入ったぞ」

兵馬は賊どもに続いて、破られた表戸から店の中へ駆け込み、大声をあげてお艶や若い衆をたたき起こした。

「ちっ、覚られたか」

兵馬の声を聞きつけたのは、始末屋の若い衆よりも賊どもの方が早かった。

賊の三人ほどが途中から足を止め、刀を抜いて兵馬を待ち受けたが、残る数人はそのままお艶の寝所がある奥へ向かった。

「待て。この家には何も盗るものなどないぞ」

追いすがろうとする兵馬を、抜刀した男たちが三方から取り囲んだ。

「よせ。手向かうと怪我をするぞ」

賊の一人が威嚇するように叫んだが、兵馬はかまわず奥へ踏み込んだ。

「やらぬ」

左右から斬り込んできた賊を、とっさに体《たい》をひねって避け、たたらを踏んで前にのめったところを、鞘ごと抜き取った脇差のこじりで突き上げた。

残る一人には左脚を軸にして右足を飛ばし、脾臓のあたりを蹴りあげた。

うめき声とともに、抜刀したままの賊がどっと崩れた。

「おのれ、よくも」

一瞬にして二人の仲間を倒された賊は、さすがに兵馬の動きを警戒して、容易に斬り込んではこなかった。

腕はこの男が一番できるらしい。

兵馬は左手の親指を滑らして脇差の鯉口を切った。

太刀ではなく脇差を兵馬が選んだのは、相手の腕を侮ったからではなく、狭い家屋の中で斬り合うには、長い刀身を抜いたら自在な動きができなくなるからだ。

そのとき、奥の方から、

「何をするんだよ」

と鋭く叫ぶ、お艶の声が聞こえてきた。

「みんな、出てくるんじゃないよ」

始末屋の若い衆に向かって言っているらしい。

耳をつんざくような、鋭い金属音が聞こえるのは、お艶が賊どもと、激しく斬り結んでいるのだろう。

「こ奴らのねらいは、お艶だったのか」

兵馬は臍《ほぞ》を嚙む思いで呟くと、刃を交えていた賊をその場に置き捨て、奥へ向かって突き進んだ。

「お艶っ」

叫びながら寝所に踏み込むと、兵馬の声に驚いた賊の一人が、振り向きざまに斬りかかってきた。

とっさに避けることもできず、兵馬は反射的に、鯉口を切っていた脇差を抜いて横に払った。

さして深く斬ったわけでもないのに、賊は横腹を押さえて屈み込み、押さえた指のあいだから鮮血が噴き出した。

「お艶。斬られたのか」

賊どもに土足で踏みにじられた寝所は、ずたずたに切り破られた障子や襖で足の踏み場もない。

お艶が賊どもに投げつけたのか、括り枕や寝具が部屋中に散乱している。

「旦那。来てくれたのね」

兵馬を見たお艶は、すぐに嬉しそうな声をあげたが、身にまとっている薄物の単衣は切り裂かれ、露わになった白い肌に鮮血が滴っていた。

賊どもと激しく渡りあったのか、お艶が手にしている抜き身の脇差は、数カ所が刃こぼれしてぼろぼろになっている。

「おのれら、たった一人の女に、大勢で寄ってたかって刃物をふるうとは、恥ずかしくはないのか」

兵馬は思わず怒声を発し、立ちはだかる賊どもを掻き分けるようにして寝所の奥へ踏み込むと、お艶に刃を向けていた黒頭巾の脇腹を、声もかけずに突き刺した。

刺された賊は、苦悶の声をあげることもなく、ずるずるとその場に崩れた。

「お艶。そなたの寝間を、血で穢《けが》してしまったな」

兵馬は倒れた男の脇に廻り込み、傷ついたお艶を背後に庇った。

「かまいませんよ。ちょうど畳替えをしようと思っていた矢先ですから」

お艶にはまだ冗談を言う余裕が残っていた。

「その男、凶暴につき」

兵馬に続いて寝所に駆け込んできた賊の一人が、血相を変えて叫んだ。

「おのおのがた、とくとお気をつけめされよ」

兵馬を阻もうとして斬りかかった二人の仲間が兵馬に当て殺されるのを、眼の前で目撃した例の男だった。

「外に出ろ。ここでは闘うこともできぬぞ」

　兵馬が腰に構えた脇差を突きつけて一喝すると、賊どもは無言のままじりじりと後退して、夜霧が流れている路上に押し出された。

「おっと、忘れ物をしないことだ」

　兵馬は賊どもに脇差を突きつけたまま、物ぐさそうに顎をしゃくって、廊下や軒先でうめいている賊たちを指し示した。

　兵馬に倒された賊はあわせて四人。一人ずつ背負うようにして動けなくなった仲間を助け起こすと、空身の賊は頭目と思われる一人だけになった。

「今夜はとりあえず引き上げよう」

　頭目らしい男は、兵馬に切っ先を向けたままじりじりと後退し、負傷した仲間たちを先に逃がそうとしているらしい。

「おぬしには、武士としての気構えがあるようだな」

　兵馬はゆっくりとした動作で、左手に持ち替えた脇差を鞘に収めると、そぼろ助廣の柄に手を添えて、無外流走り懸かりの構えに入った。

　やや腰の重心を落とした兵馬の構えを見て、にわかに黒頭巾の顔色が変わった。

「待て。おぬしは無外流を使うのか」

「ならば何とする」

兵馬は冷たく言い放ったが、脇差の小技を捨てて、得意の走り懸かりを使おうとしたのは、この男が容易にあしらえる相手ではないと踏んだからだ。

「そうか」

相手は数歩下がって刀を引いた。

「今夜のところは、これでやめておこう。おぬしとは、他日また剣を交えることになるやもしれぬ」

勝手なことを言うと、黒頭巾で顔を隠した男は、抜き身の刀を襦袢の袖口で拭ってすっと鞘に収め、搔き消すようにして暗闇の中へ消えた。

遠ざかってゆく櫓の音が、横川の水辺から聞こえてきた。

あの連中はいったい何だったのか、という訝しさを抱いたまま、兵馬は賊に斬られたお艶の容態が気になって、大急ぎで始末屋の表口に駆け戻った。

五

「姐御、大丈夫ですかい」

「ひでえことをしやがる。雪よりも綺麗な姐御の肌に、よりによって刀傷を負わせるなんて。あいつら、絶対に許せねえ」

「姐御を襲ったのは、昼間の奴らだろうぜ」

「あのとき気がついていれば、こんなことにはならなかったんだ」

今頃になって寝間から這い出してきた若い衆が、お艶を取り囲んでがやがや騒いでいたが、返り血を浴びた兵馬が戻ってくると、言いあわせたようにすっと道を空けた。

踏み荒らされた寝間の中央に寝具を敷き、お艶はうつ伏せになって横たわっている。斬られた傷口を庇っているからに違いない。

「お艶、どこを斬られたのだ」

言いかけて、兵馬はすぐに口を噤んだ。

刀で斬られた瞬間に痛みは感じない。しばらくすると、脳天を貫くような激痛に襲われる。お艶はうつ伏せになって、凄まじい痛みに堪えていたのだ。

「たいしたことは、ありませんよ」

兵馬の声を聞くと、お艶は血の気が失せた顔に笑みを浮かべた。

「みんなはもう寝ておくれ。まだ夜明けまでには間があるからね」

お艶は気丈に言ったが、いまさら寝ろと言われても若い衆は承知しない。

「だって、姐御」

いつまでも若い衆が愚図愚図していると、兵馬は無言のまま、お艶が身にまとっていた薄物を、ぴっと引き裂いた。

剝き出しにされたお艶の白い肌を見て、若い衆は気色ばんだ。

「何をなさるんで」

「酒はあるか」

兵馬は若い衆を見返りもせずに言った。

「酒など飲んでいるときですかい」

若い衆のひとりが思わず金切り声を出した。

「傷口を洗う酒だ。それに真っさらのさらし木綿も忘れるな。愚図愚図していれば、傷口から毒が入って壊疽《えそ》になってしまうぞ」

兵馬は裸にされたお艶の上に屈み込んで、柔肌に刻まれた刀傷を調べた。

「みんな、出てお行き」

お艶が命ずると、やっと気がついた若い衆はすごすごと寝間を出た。

「薄紅さん。もう出てきてもいいよ」

お艶が声をかけると、部屋の片隅に投げ散らされていた夜具の下から、蒼白な顔をした薄紅が這い出してきた。

「そこに隠れていたのか」

　お艶が斬られたことで、気が動転していたせいもあるが、迂闊にもこのときまで、兵馬は薄紅がいることに気づかなかった。

「あの連中は、薄紅さんを狙ってきたのですよ」

　お艶が言いかけたところへ、土瓶に入れた酒を持って、先ほどの若い衆が入ってきた。

「ゆうべ先生が飲み残した酒ですが」

　兵馬は渡された酒を口に含むと、目釘を霧で濡らす要領で、お艶の傷口へ霧状になった酒を吹きかけた。

「うっ」

　お艶は苦悶するかのように身をくねらせた。

「滲みるか」

「ええ。いい気持ちよ」

　酒の霧をあびたお艶の肌は、薄暗い行燈の灯に照らされて妖しく光っている。

「いずれも急所をはずれたかすり傷だ。うまくいけば疵痕《きずあと》も残るまい。さすがに始末屋のお艶。よほど巧みに身をかわしたとみえるな」

兵馬がお艶の身ごなしを褒めると、酒に濡れた白い肌にほんのりと赤みがさした。

「こりゃ、眼の毒だ」

酒を持ってきた若い衆は、これは役得とばかりにお艶の裸を堪能していたが、思いがけない姐御の妖艶さに圧倒されたのか、眼のやり場に困って逃げ出してしまった。

「綺麗ね」

するとそのとき、どこからともなく若い女の声が聞こえてきた。

「お艶さんの肌、とっても綺麗よ」

驚いて声のした方を見ると、深紅の肌襦袢を身にまとった薄紅が、薄闇の中でうっとりとしたように眼を輝かせている。

「声を出せるようになったのか」

「そうなのよ」

恥ずかしげに黙り込んでしまった薄紅に代わって、お艶がてきぱきとした声で答えた。

「いつからのことだ」

「賊に襲われたときよ」

薄紅さんは、あの男たちを知っているらしいんです、とお艶は言った。

「そうよね」

半身を起こしながら、お艶は薄紅に念を押した。

「あたし、声を失っていたわけではないんです」

薄紅は低い声で答えたが、兵馬の眼を避けるかのようにうつむいてしまった。

「でもあなた、あのとき賊たちに向かって、何も喋っていないわ、だから助けて、と叫んだでしょう。あれはどういう意味なの」

お艶はうつむいている薄紅の顔を覗き込むようにして言った。

「お願い。聞かないでください」

薄紅は哀願するかのように、左右にゆっくりと首を振った。

「しかし、くわしい事情がわからなければ、そなたを助けてやることもできぬのだ」

兵馬は若い衆が持ってきた純白のさらし木綿を、ぴっと引き裂きながら言った。

「言えば殺されてしまいます」

お艶の傷口をさらし木綿で巻きながら、兵馬は柔らかい口調で薄紅に反問した。

「だから一言も口を利かなかった、と申すのか」

薄紅は蒼白な顔をして何度も頷いた。

「たしかにおまえは何も喋らなかった。しかし、それでも奴らは、おまえを殺しに押しかけてきたではないか」

お艶の上半身を包帯で縛りながら、兵馬はふたたび黙り込んでしまった薄紅を、辛抱強く説得した。

「そのために、お艶は危うく殺されかけた。わたしも斬らなくてもよい相手を斬ってしまった。一夜の宿を貸してくれた目明かしの駒蔵は、おまえを無理に請け出すことで、吉原の亡八に渡世の借りができた。葵屋吉兵衛に至っては、何の関わりもないのに、五百両という大金を強請《ゆす》り取られた。いずれもそれぞれが勝手にやったわけで、おまえが気にすることではないが、こうなった事情くらいは、聞かせてくれてもよいのではないか」

兵馬が穏やかな口調で話したにもかかわらず、黙ってそれを聞いていた薄紅の眼に、たちまち大粒の涙が浮かんだ。

「何も泣くことはない」

兵馬が慰めるように言うと、薄紅はその場にわっと突っ伏し、まるで身も世もないように、悲痛な声をあげて泣きじゃくった。

「あたしなんか、あのとき死んでしまえばよかったんです」

上半身に白いさらしを巻かれたお艶が、叱りつけるような声で言った。

「どうして死にたいなんて言うの」

薄紅は涙声になって、いかにもつらそうな口調で訴えた。

「あたしが生きていたら、困る人がいるんです」

「だからあんたを殺そうとしたのね。あんな奴らに負けては駄目よ」

お艶が優しく励ますと、薄紅はかえって気が高ぶって、賊どもに襲われた事件の手がかりになりそうなことを口走った。

「だって、花魁が死んでしまったんですもの、あたしなんて生きていても仕方ないわ」

薄紅は死に魅入られているのだろうか。

「それはいつのことなの」

お艶がもの静かに問いただしても、薄紅はまるで脈絡がないと思われることを、ものに憑かれたように喋りたてた。

「だからあたし、逃げてきたんです。花魁は好きな人と一緒に死ねて本望でしょうけど、あたしは死ぬのが怖くて、あそこから逃げ出したの。絶対に口を開かないと約束したのに、あの人たちには信じてもらえなかったみたいなんです」

薄紅はこれまでもやもやとして胸につかえていたことを、一瀉千里に吐き出しているようだった。

「わからぬな」

兵馬は訝しそうに首をひねった。

にわかに喋りはじめた薄紅は、よほど気が高ぶっているとみえて、言うことが錯綜していて意味が通らない。

吉原遊廓から逃げてきた女を、抱え主の弥平次に掛け合って身請けし、ようやく落ち着いたかと思えば、こんどは武士か夜盗かわからない一団に襲われて、命まで奪われようとしている。

薄紅をねらう連中の手口が、だんだんと荒っぽくなってきたな、と相手の正体も目的も知らされていない兵馬は、はたと途方に暮れざるを得ない。

いずれにしても、たまたま兵馬が抱え込んでしまった薄紅の背後には、得体の知れない影がうごめいていることは確かだった。

声は聞けども

一

「始末屋お艶が斬られたってえのは、ほんとうですかい」

花川戸の駒蔵は耳が早い。

黒頭巾の賊に襲われた一夜が明け、いまだに入江町が騒然としているところへ、駒蔵は子分の亀六を引き連れて駆けつけてきた。

「しかもその場には、先生もいなすったということじゃねえですか」

どこから聞き込んだのか、駒蔵は皮肉っぽい眼をして、兵馬の顔をじろじろと見た。

「面目ない話だが、そのとおりだ」

兵馬は仏頂面をしたまま、五月蠅そうに空返事をした。

「わからねえな」

駒蔵はわざとらしく首をひねると、

「お艶の色気も通じねえような、無粋な奴らがいるんですかね」

いやらしい眼つきをして、さぐりを入れてきた。

「生憎なことに、襲われたのはあやめもわからぬ闇の中だ。女の色気など見分けられようはずはない」

駒蔵のあけすけな厭味に、兵馬はまじめな顔をして答えた。

「それじゃ、ゆうべ襲ってきたのは、始末屋お艶のうわさを知らねえ奴らに違いねえ」

美しい肌を惜しげもなく見せ、度肝を抜かれた暴漢を素っ裸になって取り押さえたお艶の武勇伝は、賭場や岡場所に出入りしている連中で知らぬ者はない。

「それを知らねえとなれば、この業界とは縁のねえ素人の犯行ってことだ」

駒蔵は得意げに獅子鼻をひくつかせた。

岡っ引きらしい推理を働かせて、お艶を襲った賊どもの素姓を絞り込んだつもりになっているが、それはこの男のいつもの癖だ。

「しかし、無外流の先生がついていながら、眼の前でお艶が斬られたってえのが、よくわからねえ。入江町を襲ったのは、よっぽど腕の立つ奴らだったんですかい」

駒蔵はわざと底意地の悪い言い方をして、兵馬の顔色を窺っている。

「わたしはその場に居合わせたわけではない。異変を知って駆けつけたとき、お艶はすでに賊どもと斬り結んでいた。大勢に取り囲まれてめった斬りにされては、いくら修羅場を踏んできたお艶でも、怪我くらいするのは当たり前ではないか」

つい弁解するような口調になって、兵馬は不機嫌そうに、ぎゅっと口を結んだ。

「ところで、薄紅太夫は無事ですかい」

こちらの方が本題だと言わんばかりに、駒蔵は兵馬の耳元に口を寄せた。

「なにごともない」

兵馬は憮然として答えた。

「どうやらおめえさんは、とんでもねえ女を、抱え込んでしまったのかもしれねえぜ」

駒蔵は脅すような口調で言ったが、それは岡っ引きらしい勘ぐりで、まだそのことに確信は持てないらしい。

「あっしの聞き込みによるってえと」

下っ引きの亀六が、苦りきった顔になった駒蔵のあとを受けて説明した。

「廓から脱けたという遊女を、お武家らしい連中が血眼になって、捜しまわっているってえことですぜ」

よけいな差し出口を叩くな、と亀六を叱り飛ばすと、駒蔵は面倒くさそうに付け足した。

「そういった、おかしな聞き込みがあるのよ」

たしかにおかしい。逃げた遊女を追うのは、吉原者の亡八か牛太郎の仕事で、瘠せても枯れても武士が請け合うべきことではない。

「それに、あの話はとっくについているはずだぜ。抱え主の弥平次には身請けの金を渡してある。いまさら蒸し返されるような筋合いのものじゃあねえ」

駒蔵は不審そうに首をひねった。

「しかし、その女が薄紅とはかぎるまい」

兵馬が軽く受け流すと、駒蔵は憤然として、

「それが薄紅に違いねえから、やきもきしているのよ。ふざけやがって。ようやくの思いで身請けした女だ。わけのわからねえ浅黄裏《あさぎうら》なんぞに、横取りされてはたまらねえぜ」

威勢のよい啖呵を切ったが、

「さわらぬ神にたたりなし、ということもある。こいつは下手にかかわらねえ方が無難かもしれねえな」

なぜか急に弱気になって、へなへなとその場に座り込んだ。

「どうした。いつもの駒蔵らしくないぞ」

慰めようとした兵馬には耳も貸さず、駒蔵はぶつぶつと呟くように言った。

「妓楼に雇われた痩せ浪人どもが、廓から逃げ出した女郎を捜しているんだったら、あっしの手でどうとでもなる。しかし亀六の調べでは、薄紅を捜しているという浅黄裏は、どこかの藩にでも属している、れっきとしたおさむれえらしい」

駒蔵は悔しそうに低くうめいた。

「そうなりゃ、町奉行所には手出しができねえ。奴らが夜盗まがいに黒頭巾で顔を隠していたのは、身分や出所を知られたくねえからよ。しかも数人が組になって動いているところを見れば、藩の政争か、なにかの謀叛にでもかかわるようなことかもしれねえ。一介の目明かしにすぎねえ花川戸の駒蔵としては、こいつはちょっと相手がでかすぎるぜ」

「だから手も足も出ないというのか」

兵馬は冷たい声を投げかけた。

「十手持ちになる以前、隠れ賭場を開いていた頃に比べたら、駒蔵の尻の穴も、ずいぶんと小さくなったものだな」

駒蔵を挑発するかのように、兵馬は皮肉を込めて言った。

「御上から十手を預かるようになって、花川戸の駒蔵もただの飼い犬に成り下がったのか。長いものに巻かれているうちに、おのれの意地を通す心意気を忘れたのか」

駒蔵の顔がどす黒く濁った。

「それ以上のことは、言っちゃあいけねえ」

むっくりと野獣のような猪首をもたげると、

「あっしは、おめえさんの身を案じて言っているんだぜ。せっかくそれだけの腕を持ちながら、いつも貧乏くじを引いてばかりいるおめえさんを、あっしは危なっかしくて見ちゃいられねえのよ」

駒蔵は獰猛な顔になって、吼えるような声をあげた。

「なにも拙者に付き合ってくれとは言っておらぬ」

兵馬が冷たく突き放すと、駒蔵は本気になって怒りだした。

「めんどうを持ち込んでくるのは、いつもおめえさんの方だってことを、忘れてもらっちゃ困るぜ。はばかりながら、花川戸の駒蔵だ。誰の指図も受けているわけじゃあねえ。おれがその気になりゃあ、無宿人のおめえさんを、鉄砲州に送り込むことだってできるんだぜ」

駒蔵の剣幕に驚いた始末屋の若い衆が止めに入った。

「こんなところで大きな声を出されては、奥の怪我人に障ります。もう少し穏やかに願えませんか」

「何だって」

駒蔵は若い衆の胸ぐらをつかんで脅しあげた。

「ひよっこが、生意気な口を叩くんじゃねえ」

そのまま太い腕でぐいと締めあげると、若い衆は蒼くなった。

「八つ当たりはやめてくだせえ」

なりゆきを見ていた若い衆が、駒蔵を取り囲むようにして騒ぎ立てた。

「うるさいねえ。いったいどうしたのさ」

入江町の半纏を肩に羽織ったお艶が、奥の寝間から白い顔を見せた。

「気にするほどのことではない」

兵馬が怪我人に気を遣って声をかけると、お艶は病床からゆっくりと起き上がって、意外にしっかりとした足取りで近づいてきた。

「もう動いてもいいんですかい」

胸ぐらをつかんでいた若い衆を、その場にぽんと突き放すと、駒蔵は悪戯でも見つかった悪ガキのような、間の悪そうな顔をしてお艶の方へ向き直った。

「鶏飼の旦那に介抱してもらえば、お医者さまより草津の湯より、すぐに覿面《てきめん》の効果がありますのさ」

お艶は冗談のように言ったが、剣術修行の中には戦陣での応急手当も含まれており、兵馬は刀傷の治療法を学んでいる。

「おやおや、こいつはご馳走さん。あんまりのろけると身体に悪いぜ」

現金なもので、駒蔵は若い衆に凄んでいたときとはまるで人が変わったように、いかにも洒脱な口を利いてお艶の冗談に応じている。

「動いたら傷口が開くぞ」

兵馬は厳しい口調で怪我人を叱りつけた。

「あちきがついておりますから、大丈夫でありんすえ」

お艶の背に隠れるようにしていた薄紅が、肩越しに流し目を遣って兵馬を見ると、いかにも遊女らしい色気たっぷりの笑みを浮かべた。

「おめえは、口が利けるのか」

はじめて薄紅の声を聞いた駒蔵は、驚きのあまり、細い眼を皿のように見開いた。

「なんてこった。あのときおめえが少しでも喋ってくれれば、賭場の賭け金をもっと引き上げられたのに」

駒蔵は恨めしそうな顔をして唸ったが、お艶に流し眼を遣って咎められると、肩をすくめて黙り込んだ。

「薄紅さんは、旦那にお話をしたいことが、あるって言うんですよ」

その場を取りなすかのように、軽い笑みを浮かべてお艶が言った。

二

「こいつはますます、わからなくなってきたぜ」

大あわてで入江町を飛び出した駒蔵は、一歩先をゆく兵馬の顔を覗き込むようにしてぼやいてみせた。

「あの女は、何かの影に怯えておるのだ。そのような者に、辻褄の合った説明を求める方が無理であろう」

肝腎なところになると、なぜか薄紅の話は脈絡が繋がらなくなる。

「そんなもんですかね」

駒蔵は仏頂面をして唇の厚い口を結んだ。

「おぬしのように、面の皮の厚い者にはわかるまい」

入江町を出た兵馬と駒蔵は、どぶ臭い水が澱んでいる本所北割下水を、荒井町に向かって歩いていた。

「しかし外の世界も知らねえくせに、どうあっても遊廓へ戻りたくねえというのはおかしくはねえかい」

薄紅は童女の頃から吉原で育てられ、二八《にはち》の春（十六歳）を迎えるこの歳になるまで、廓の外に出たことはないという。

「たぶん薄紅は何もわからずに事件に巻き込まれたのではあるまいか。さすれば、あの女の抱え主であった弥平次が、何かを隠しているとみるほかはない」

いまから考えてみれば、大袈裟な死装束まで着けて乗り込んで来た弥平次が、無茶な横車を押し通した駒蔵の要求を、あっさり呑んだということも頷けない。

「御上から十手を預かるこのおれに、隠しごとをするとは太え野郎だ」

駒蔵は憤然として毒づいたが、仁義礼智信孝忠悌の八徳を捨てた亡八に、そのようなことを要求する方が無理というものだ。

「しかし、とりあえず、死に神の弥平次から事情を聞いてみないことには、お艶を襲った夜盗どもの見当さえつかぬではないか」

「死に神め。なにか都合の悪いことでもあるのかもしれねえ」

兵馬と駒蔵は、これから吉原へ乗り込んで、薄紅の抱え主だった死に神の弥平次に、遊女失踪の裏事情を聞き出すつもりで、お艶の護衛役として、下っ引きの亀六を入江町に残してきた。

死に神などという陰気な名で呼ばれているが、見かけによらず喋りすぎるようにみえたあの男は、肝腎なことには触れずにやり過ごすという、廓者らしい話術を心得ているらしい。

わざわざ訪ねて行ったところで、果たして亡八の弥平次が、真相を語ってくれるかどうか、兵馬には確信がなかった。

「薄紅の話によってわかったことは」

兵馬は薄紅の語った脈絡のない話を、きわめて大まかにまとめあげた。

「あの女は何か怖ろしいものを見て、しかもそのことを口封じされているということだ。異常なまでの怯えの元凶は、たぶんそのあたりにあるのであろう」

薄紅の話に取りとめがないのは、無意識のうちに、肝腎なことを喋ってはならないという抑制が働くからで、その恐怖を取り除いてやらないかぎり、本人の口から真相を聞き出すことはできないのではないか。

「それにあの女は、ほんとうに何も知らぬのかもしれぬ。たまたま巻き込まれてしまった事件に心底から怯えて、わけもわからずに逃げ回っているのではあるまいか」

「たぶん、そんなところだろうぜ」

駒蔵は匙を投げたように言った。

荒井町の路地を右に曲がって、突き当たりにある松浦肥後守《まつうらひごのかみ》の下屋敷の土塀に沿って左に進めば、細長い最勝寺に隣接している北本所表町に出る。

そこから大川端に左手に見て、細川若狭守《ほそかわわかさのかみ》の下屋敷までくると、大川に架かる七十六間の吾妻橋が見えてくる。

大川を渡れば浅草広小路で、その手前にある花川戸の木戸口まで、下っ引きの与八が出迎えに来ていた。

「親分、いかがでやんした」

不機嫌そうな駒蔵の顔を見て、与八は恐る恐る声をかけた。

「どうもこうもねえ。とんだ無駄骨折りさ」

「いえ、なに、つまり、薄紅太夫は無事だったんですかい」

「入江町には鵜飼の旦那がついていなさるんだ」

駒蔵は皮肉っぽい口調で言ったが、むろん与八には通じない。

「そいつは安心で」

与八は兵馬を見ると、これはご苦労様で、と言いながら、ぺこぺこと頭を下げた。

「薄紅は無事だったが、代わりに始末屋お艶が斬られた」

吐き捨てるように言うと、駒蔵は乾いた地面にぺっと唾を吐いた。

「ええことに、なりやしたね」

与八は一瞬、声を失ったが、ようやく口が利けるようになると、兵馬の顔にちらちらと眼をくれている。

「入江町には亀六を残してきたが、もしまた賊に襲われたらひとたまりもあるめえ。あと二、三人ばかりかき集めて、おめえもすぐに入江町の守りにまわれ」

与八はにわかに緊張して、膝頭をぶるぶると震わせている。

「で、親分はどうなさるんで」

「亡八の野郎をとっちめて、ほんとうのことを吐かせるのよ」

駒蔵は息巻いたが、与八は怯えたように声を震わせてかき口説いた。

「だって、親分。吉原の廓内で事を荒立てたら、大変なことになりますぜ」

「十手の前で隠し事などされたら、御上の御威光は丸つぶれだ。この駒蔵が御上に代わって、御威勢を畏れねえ横着者に、思い知らせてやるまでのことよ」

嘘をつけ、と思ったが、兵馬は口には出さなかった。

「でも、なんだか見当外れのような気がしますが」

与八がうっかり口を滑らすと、

「べらぼうめ。誰に向かって口を利いているんでえ」

とうとう駒蔵の癇癪玉が破裂してしまった。

三

「これはこれは、お久しぶりでござんす」

揚屋に上がって案内を求めると、楼主の弥平次が挨拶に出た。

「なにが久しぶりだ。たった一日前に顔を合わせたばかりじゃねえか」

駒蔵は初めから喧嘩腰に出たが、弥平次は軽く受け流した。

「この色町は一夜が千夜。娑婆で千夜も逢わなけりゃ、喧嘩相手も懐かしく思われるものでござんすよ」

弥平次は揉み手をしながら愛想笑いを浮かべた。

「今日は遊びにお越しで。うちにはいい児《こ》がございますよ」

白い経帷子を着た死に神の弥平次が、まるで遣り手婆のような口を利くと、なんとも言えぬ不気味さがただよう。

「おぬしは客の前には出ぬ方がよいな」

死に神の異名は伊達ではないらしい、と思いながら、兵馬はつい忠告めいたことを口にしてしまった。

「あたしはいつも裏方で、みなさんの前に顔を出すことはありませんが、わざわざ駒蔵親分が見えたと聞いて、急いで参上したような次第で」

見かけの不気味さとは裏腹に、弥平次は相変わらずへらへらとした口を利いている。

「遊びになんか来たんじゃあねえ」

駒蔵は苛立って声を荒げた。

「隠し事などしやがると、おめえさんの為にならねえぜ。今日はとっくりと聞きてえことがあって、おめえさんを名指しでやって来たのだ」

「花魁の御指名ならともかく、死に神の指名とはめずらしいことで」

「いつまでふざけた口を叩いてやがるんでえ。いい加減にしねえと、廓の中から縄付きが出るぜ」

駒蔵は低い声で弥平次を脅したが、前後左右から廓者の鋭い眼が光っていることを、知らないわけではなかった。

兵馬は揚屋に上がるとき、茶屋に腰の大小を預けている。刀を持たなければ、素手で倒すことのできる相手は、せいぜい二、三人、それ以上になると体力が持たんな、と兵馬は思った。

「まあまあ、そう事を荒立てずとも、穏やかに話を聞いたらよいではないか」

兵馬としては、なぜ薄紅が黒覆面の武士たちに命を狙われているのか、それさえ聞き出せればよいと思っている。

「駒蔵のように、そう怒ってばかりいては話ができまい」

まあまあと取りなすと、これまで弥平次に向けられていた駒蔵の矛先が、にわかに方向を転じて兵馬へ向かった。

「たしかにこの数日、おれはむかっ腹ばかり立てているが、はばかりながら、こうなったのは、いってえ誰のせいだと思っていなさるかね」

ぐいと猪首を突き出すと、恨みがましい眼をして兵馬を睨んだ。

「そのことで、御亭主にお聞きしたいことがあるのだが」

兵馬はひとり息巻いている駒蔵を無視して、じかに弥平次へ話しかけた。

「そういうお話でしたら」

弥平次は相変わらずへらへらしていたが、眼の底には真摯な光が宿っていた。

「盗み聞きのできないよう、特別な工夫を凝らした部屋がありますので、そちらへお越し願えませんか」

白い経帷子を着た弥平次が先に立って、長い廊下の奥の一間へ案内した。

「はじめから、こうすりゃよかったんだ」

駒蔵はぶつぶつと文句を言いながら、漆喰で厚く塗り籠められた周囲の壁を、薄気味悪そうに見まわした。

ひょっとしたら、このまま仕置き部屋にでも閉じこめられて、二度と日の目を見られなくなるのではないか、と不安に駆られたのだろう。

「お話とは、薄紅のことでございますね」

厚い漆喰の壁を背にした弥平次が、改まった口調になって切り出した。

「わかってるんじゃあねえか。おれは御用の件で忙しい身だ。つまらねえ手間は、取らせねえでもらいてえ」

駒蔵は勢いにまかせて虚勢を張った。

薄暗い塗り籠めの中に入ると、弥平次の経帷子は白く浮いて、まるで幽鬼のように闇の中にただよっている。

「じつは、わたしどもでも、困っておりまして、ここは鵜飼さまの腕を見込んで、ひとつご相談にあがろうかと、思案していたところでございます」

意外なことを持ちかけられた。

「なにを困っておられるのか」

兵馬は当惑げに問い返した。

「薄紅のこともそうですが、わたしどもでは、その件で大変な損害をこうむりまして、揚屋稼業を畳まなければならないほどの、痛手を負っておりますのです」

弥平次は旧知の駒蔵をわざと無視して、もっぱら兵馬に向かって話しかけている。

「先日、鵜飼さまを戸板に乗せて運び込んだり、女郎の仕置き部屋に押し込めて放置したりしたのも、あなたさまの腕と度胸とお人柄を、試してみたのでございます」

駒蔵が苛立たしげに舌打ちした。

「まだろっこしいことをしやがって、いってえ何を言いてえんだ」

するとと思いがけないことに、弥平次はみごとな喉を鳴らして、揚屋の座敷で披露するような小唄を謡いだした。

声は聞けども
姿は見えじ
君は深みの
きりぎりす

「なんでえ、それは」

駒蔵は怒るのも忘れて唖然としている。

「吉原とは、こういうところでございますよ」

弥平次はけろりとして言うと、

「あるいは、こんなものは如何ですかな」

女郎屋の楼主にしておくには、もったいないような美声で謡いはじめた。

花は散りても
また春咲くが
君とわれとは

ひとさかり

ふざけやがって、と駒蔵はふて腐れたが、色事や遊びにうとい兵馬は、小唄の意味をはかりかねて腕組みした。

「判じ物だな」

「さようでございます。いまのところは、こんな小唄で、わたしどもの困窮をお察し願うほかはありません」

「おい、待てよ。そいつは、こんな小唄ともかかわりがありはしねえかい」

駒蔵は弥平次と張り合うかのように、冷酒で喉を湿らせて謡いだした。

君と寝ようか
五千石取ろか
なんの五千石
きみと寝よう

「さすがは駒蔵の親分、ずいぶんと察しが早い」

弥平次は皮肉な眼を駒蔵に向けた。

「するってえと、おめえさんが抱えている花魁と、吉原通いが病みつきになったどこかの殿様が、恋の駆け引きで深みにはまり、恋と五千石とを秤にかけて、花と散ることを選んだってえのかい」

駒蔵は半信半疑で言ったのだが、それを聞いた弥平次は、死に神という異名のとおり、ぞっとするほど陰気な顔をして、

「ひどいことになったものです」

すっかり肩の力を落として下を向いてしまった。

四

宝暦元年、五千石の旗本三浦肥後《みうらひご》が、吉原の花魁と浮き名を流し、五千石の所領を棒に振った。

駒蔵の謡った小唄は、その事件を扱って一世を風靡したものだが、それから三十数年が経過した頃には、唄も事件もすっかり忘れられてしまった。

ところが天明五年七月、こんどは四千石の寄合旗本藤枝外記《ふじえだげき》が、吉原大菱屋の抱え

太夫綾衣《あやぎぬ》と、浅草田圃の御鷹衆に属する餌指《えざし》の納屋に忍び込んで心中した。

この事件が世に知られると、三十数年前に流行ったあの小唄が、まるで長いこと潜伏していた流行病《はやりやまい》のように、ふたたび江戸の市中を風靡した。

この小唄が江戸の町に流行ったのは、天明三年の大飢饉で三十数万人という餓死者を出し、さらに浅間山の大噴火で二万余人の死人が出てから、わずか二年後のことだった。

小唄が流行した前年の天明四年三月二十四日には、江戸城内で新番頭佐野善左衛門《さのぜんざえもん》政言《まさこと》が、若年寄田沼意知《たぬまおきとも》を斬るという事件が起き、その直後から米の値段が下がったので、佐野善左衛門は世直し大明神と騒がれた。

藤枝外記の心中事件から二年後の天明七年五月、諸物価が異常に高騰した江戸で、大規模な打ち壊しが起こった。

世の中のしくみが、がらがらと音を立てて崩れてゆくようでもあり、またどれほどの犠牲を払おうとも、根本のところは何ひとつ変わらないのではないか、と思われていた時期でもあった。

君と寝ようか五千石取ろか、という小唄を聞けば、三浦肥後を唄ったものであることは知らなくとも、藤枝外記と綾衣の心中事件を、思い浮かべない者はいないほどだ。

しかし天明五年に心中した花魁は、大菱屋の抱えで、弥平次が経営している妓楼とはかかわりがない。

「おいおい、大袈裟な愁嘆場はやめてくれ。薄紅はまだ死んじゃいねえぜ。それに薄紅は花魁じゃあるめえ。まだ遊女としては半人前の、振り袖新造じゃねえか」

駒蔵は弥平次の急変ぶりに戸惑っているようだった。

「察するところ」

兵馬は組んでいた腕をほどきながら言った。

「薄紅を殺そうとしているのは、恋に狂ったどこかの殿様の家臣たちで、花魁さえ消してしまえば、家名断絶を免れるとでも思っているらしいな」

もと弓月藩の藩士だった兵馬は、改易を恐れる藩の執政どもが、いざとなればどのような悪辣な手段をも辞さないことを知っている。

兵馬が浪々の身を余儀なくされているのは、幕閣の疑惑にさらされた弓月藩が、改易を免れるための捨て石として、兵馬を利用し、そのあげく、蜥蜴の尻尾のように、厄介者となった兵馬を切り捨てたからだと言ってよい。

「鵜飼さまのご推察は、当たっているようでもあり、当たっていないようでもありますが、おおよそのところは、そのようなことでございます」

弥平次は曖昧な言い方をしてお茶を濁した。

「なんでえ、なんでえ。折り入って相談してえなどと言いながら、何もかも曖昧なままじゃ、話にも何にも乗れやしねえぜ」

もやもやとした思いに苛立った駒蔵は、またもや弥平次に食ってかかった。

「待て待て。すこし静かにしてくれぬか」

兵馬は胸に浮かびかけた考えをまとめようとして、いきり立つ駒蔵をまあまあと抑えた。

「薄紅はまだおぼこに近い。どこぞの殿様が領地や家名を捨ててまで心中を誓うほど、男を蕩かす手練手管に長けているとは思われぬ。さすれば、薄紅と花魁とは同じ女ではあるまい。殿様を狂わしたという花魁は、どこか別にいるのであろう」

兵馬は弥平次に向き直ると、経帷子を着た死に神の顔を真っ正面から見据えた。

「お察しの通りでございます」

弥平次はいかにも恐れ入ったように頷いた。

「わたしどもでは、大変な損害でございますよ」

殿様が吉原の花魁にうつつを抜かし、放蕩三昧に陥ったとしたら、まともに被害を受けるのはその家中だろう。

「どうやら話が逆なような気もするが」

兵馬が怪訝そうな顔をすると、弥平次は、とんでもない、というふうに手で制した。

「おかげでわたしどもでは、表看板にしていた花魁を失って、お客の入りもさっぱりです」

声は聞けども姿は見えず、と駒蔵は皮肉っぽい調子で小唄の文句を口ずさんだ。

「花魁のゆくえは、いまも知れぬと申されるか」

しかし殿様との浮き名を流した花魁は、振り袖新造の薄紅ではない。

「それだけでは、なぜ薄紅が殺されねばならぬのか、納得がゆかぬな」

兵馬は首をひねった。

「口封じのためでございますよ」

弥平次は憤然とした口調で言った。

「まったく、わたしどもでは泣き面に蜂。薄紅には可哀相ですが、あの児が廓にいるかぎり、わたしどもまでが逆恨みを受け、血気に逸る御家来衆から、つけ狙われることにもなりかねません」

「何だって」

駒蔵はいきなり罵声をあげて、弥平次に詰め寄った。

「それで、邪魔になった薄紅を手放したってわけかい。厄介払いをしようとしていた半端女郎の身請け金に、この駒蔵から五百両という大金をふんだくるとは、おめえもなかなかいい度胸をしているぜ」

いきり立つ駒蔵を、弥平次は死に神のような眼で冷たく一瞥すると、

「お言葉ですが、薄紅に五百両という値をつけたのは、親分さんの方でござんしょう。いわれのない言いがかりは迷惑でござんす」

すぐに兵馬の方へ眼を戻した。

「困ったことに、殿様の不始末から改易となるのを恐れた御家来衆は、無謀にも吉原を相手に、合戦でもしかねないような勢いなのです」

「そうなれば只では済むまいな」

むろん吉原では、四郎兵衛番所の寄り合い衆が、そのようないざこざが起こるのを、黙っているはずはない。

もし吉原と武家の一党が合戦に及べば、たとえ勝敗がどちらに傾こうとも、諍《いさか》いの火元となった弥平次への制裁は、免れないところだろう。

「鵜飼さまへの御相談とは、そのことでございます。あなたさまの腕と度胸を見込んで、わたしどもの用心棒になっていただきたいのです」

兵馬はこめかみをぴくぴくさせた。

「断る」

ほとんど怒りに近い拒絶だった。

「何故でございます。鵜飼さまは、用心棒を稼業になさっているとお聞きしておりますが」

弥平次は容易に引き下がるような男ではなかった。

「賭場の用心棒ならしたこともあるが、遊廓の用心棒などしたことはない」

よくも悪しくも、用心棒稼業を始めたそのときから、隠れ賭場を開いていた駒蔵との腐れ縁が始まった。

「なぜ毛嫌いなさるのか。賭場も遊廓も一緒でございますよ」

弥平次は強引な論法でどこまでも粘った。

「わたしには生憎と先約がある」

かたくなに遊里を嫌っているわけではない。そう言えば、始末屋の用心棒をすることには抵抗がなかった。

「入江町の岡場所でございましょう。あそこは吉原より、ずっと格下でございます。鵜飼さまへのお手当も、ほとんど出てはいないと聞いておりますが」

お艶の居候となっている後ろめたさから、取りあえず用心棒面をしているだけで、兵馬には賃仕事で雇われているという意識はなかった。

「帰る」

兵馬は憤然として席を蹴った。

「お気に障られたらお許しください。わたしどもでは、できるだけのことを致すつもりでございます。お手当も充分に差し上げようと申したのです」

弥平次は慌てて引き留めようとしたが、兵馬は無言のままぐいぐいと歩を運んで、いささかも振り返ることはなかった。

「待ってくれ」

兵馬の後を追って、駒蔵は漆喰で塗り固められた暗い部屋から飛び出してきた。

「まだ何も用が済んではいねえぜ。短気を起こしちゃいけねえ」

駒蔵はめずらしく息を切らせている。

「相手の正体もわからず、奴らがどうして薄紅の命をねらうのかもわからなけりゃ、いくら先生でも打つ手はあるめえ。ほんとうに堪え性のねえお人だぜ」

兵馬は振り向きもせずに言った。

「相手が主家を持つ武士だとわかれば、それだけでも手掛かりを得たと言ってよい。

武士には武士の作法がある」

「そいつは頑なというものだ」

駒蔵は小走りになって兵馬の傍らに駆け寄ると、袖口を引っ張りながら、兵馬の耳元に口を寄せて囁いた。

「ここはひとつ、死に神の用心棒を、引き受けた方がいいですぜ。吉原の事情がわからなけりゃ、今度の一件は片づきそうもねえ。あっしは外からの聞き込みを続けるが、先生は吉原に留まって、内情を探ってくだせえ」

兵馬はふと足を止めた。いつも怒りっぽい駒蔵が、めずらしく冷静な口を利いていることに気がついたのだ。

「しかし、賊どもがねらっているのは、吉原ではなくお艶のところだ。奴らは何よりも主家の改易を恐れているはず。薄紅の殺害に失敗したからといって、このまま引き下がるような手合いではあるまい。お艶には恩義がある。薄紅はどこにも身寄りのない天涯孤独な女ではないか。わたしがゆかなければ、誰があの二人を守るというのだ」

こうしているあいだにも、お艶たちは賊どもの襲撃を受けているのではないかと、気がかりになる。

「そのためにも、先生には吉原に残ってもれえてえんだ。入江町のことは、あっしの手にまかせてくだせえ。はばかりながら、花川戸の駒蔵だ。あっしが一声かけりゃあ、江戸の隅々から集まってくる子分どもは、おそらく百人を下らねえはずだ。入江町の木戸口と言わず、お艶姐御の身辺は、あっしの子分たちに守らせますぜ」

駒蔵は大きな口を叩いたが、実際に集めることのできるのは、せいぜい二、三十人くらいのものだろう。

それもあまり頼りになる連中ではない、と思ったが、兵馬はそれでもと思い直して、薄暗い廊下の真ん中で立ち止まった。

「ありがとうございます」

いつの間にあらわれたのか、白い経帷子を着た死に神の弥平次が、ふわりと兵馬の正面にまわりこんで低頭した。

「鵜飼さまが用心棒を引き受けてくだされば、花魁の失踪で傾きかけたあたしどもの妓楼も、何とか立ちゆくことができるかもしれません」

それを聞いた駒蔵が、傍らから弥平次を押しのけるようにして怒鳴った。

「おいおい。おめえさんが出てくるのはまだ早えぜ。先生は引き受けるとも、引き受けねえとも言っているわけじゃあねえ。下手におめえさんが出しゃばると、この話は元の木阿弥になるぜ」

弥平次と駒蔵がいがみ合っているのをよそに見て、兵馬は冷めきった声で言った。

「いや、残ろう」

「ほんとですかい」

駒蔵が素っ頓狂な声をあげた。

五

「花魁の名は雛菊《ひなぎく》と申します」

兵馬と二人だけになると、弥平次は問わず語りに話しはじめた。

「吉原でも一、二を争う売れっ子で、お客の気を引くことにかけては、花をも欺く色気あり、と言いたいところですが、どちらかと言えば思い込みの激しい方で、お客様のえり好みはする、気に入った相手にはとことん尽くすという、気性の激しい女でした」

雛菊は兵馬に請け出された薄紅の姉女郎で、二人はまるで一対の花のような女たちでした、と弥平次は説明した。

「先ほどは駒蔵親分の手前、花魁が失踪したと申しましたが、じつはあたしどもで抱えておりました雛菊は、すでにこの世の人ではないのです」

それで弥平次は経帷子を着ているのか、と思ったが、考えてみれば、亡八と呼ばれている楼主に、そのような殊勝さがあるはずはなかった。

「して、雛菊と呼ばれた花魁は、どのような死に方を致したのか」

兵馬は先を促した。

「それが愚かなことに、廓を脱ける手引きをした色男のために、殺されてしまったのでございます」

弥平次は如何にもいまいましそうに言い放った。

「で、花魁を殺したというその男は、その後どう致したかな」

薄紅とのかかわりを知りたい兵馬には、そちらの方が気になった。

「雛菊の胸を一突きすると、返す刀で腹を切ったようですが、それから一刻以上ものあいだ、二人は真っ赤な血の海の中を、血達磨になってのたうち回っていたということです」

ことの凄惨さに対して、弥平次の言い方が冷淡にすぎるような気がして、兵馬はまじめな顔で問い返した。

「それは殺しではなく、無理心中というものなのではないかな」

遊女の心中立てはめずらしくもないが、中にはほんとうに心中してしまう女もいる。

「たしかに、世間ではそう呼ぶらしゅうございますが、もし相対死でしたら、男女の死体が残されているはずでございましょう。しかし、あたしどもが浅草田圃で見つけましたのは、花魁の死体ばかりでございました」

それがあの晩のことだったのか、と兵馬は薄紅と出逢った夜のことを思い出した。

「相手の男は腹を切ったと申したではないか。傷が浅くて死にきれなかったのか」

もしそうだとしたら陰惨な話だ。心中に憧れる若い男女の気が知れない。

「その場に残されていた死体はひとつだけです。相手の男がその後どうなったのか、あたしどもには生死のほどもわかりません。真相を知っているのは、雛菊の妹女郎、薄紅だけではないでしょうか」

弥平次がいきなり薄紅の名を出したので、兵馬は驚愕のあまり、話の脈絡がわからなくなった。

「何と、振り袖新造の薄紅が、そのような凄惨な場にいたと申すのか」

あの晩は、おぼろ月夜でよく見えなかったが、そう言われてみれば、派手やかな薄紅の衣裳は、真紅の血潮に染まっていたような気がする。

「二人はまるで一対の花のように、いつも一緒でございました。雛菊が最期を遂げたあの場所に、妹女郎の薄紅がいなかったはずはございません」

そうなれば、雛菊の脱廓にも、薄紅が一役買っていたということか。

「遊女が廓から脱けるのは、容易なことではないと言われているが、どうやら実情はその反対になるようだな。吉原は外から入るには大門をくぐる他に入り口はないが、内から外に出る分には、さして難しいことではないらしい」

吉原の廓を娑婆から遮断しているおはぐろどぶには、九つの刎ね橋が架けられており、橋の開閉は、すべて廓の中から操作する仕掛けになっているという。

兵馬が死体を運ぶ戸板に乗せられて、吉原の刎ね橋を渡ったとき、橋を上下に動かすからくり仕掛けを、薄紅が知ってしまったと聞いたことがある。

「二人の女は、水戸尻の刎ね橋を下ろして逃げたのか」

「さようでございます。鵜飼さまが浅草田圃から廓入りした道筋を逆にたどって、浅草田圃へ逃げ出したのでございましょう」

しかし兵馬には、どうしても納得がいかなかった。

「たったそれだけのことで、なぜ薄紅が命まで奪われなければならぬのか」

「お武家さまのことは、あたしどもにはわかりかねます」

むろん、弥平次にわからないはずはない。保身のためにはなりふり構わぬ武家の流儀を、暗に非難しているのだ。

「しかし、浅草田圃で薄紅を追ってきたのは、他ならぬおぬしたちではなかったか」

薄紅は牛太郎たちの魔手から逃れようとして、たまたま浅草田圃を通りかかった、見ず知らずの兵馬を頼ったのだ。

「あれは命の危険にさらされている薄紅を、残忍な浅黄裏の魔手から保護するためでございました」

弥平次は意外なことを言いだした。

「いまになって綺麗ごとを申すな。あの女は声を失うほどの恐怖に駆られ、おぬしたちに連れ去られるのを嫌がっていたぞ」

「それは脱廓の仕置きを恐れてのことでございましょう」

吉原の仕置きがどのようなものか、死骸を運ぶ戸板に乗せられて担ぎ込まれた兵馬は、その一端を知らないわけではない。

「しかしそれだけではございません。薄紅がそのとき何を見たのか、誰にどう脅されたのか、あたしどもに問い詰められることを、死ぬほど恐れたからでございましょう」

「なにか、すっきりとせぬな」

ぬらりくらりと話をそらしてしまう弥平次から、ことの真相を聞き出そうとしても、これ以上のことはわからないだろう、と兵馬は思った。

「ところで、わたしを廓に引き留めたのは、どのような用件であろうか」

まさか、また人質に取ろうというわけではあるまいな、と兵馬はめずらしく冗談口を叩いた。

「あなたさまの腕を見込んで、と申しました」

弥平次は、にこりともせずに言った。

「鵜飼さまには、剣術の指南をお願いしたいのです」

「ほほう、それはまた奇特なことだ。花魁に剣舞でも習わせようという趣向かな」

むかし京の都では、白拍子《しらびょうし》と呼ばれる男装の遊女が、もてはやされていたと聞いたことがある。

絶世の美女が、立烏帽子に水干《すいかん》を着け、柳のような細腰に黄金造りの太刀を帯び、しずしずと舞う妖艶さに、都人は貴賤を問わず、心をとろかしたという。

「これはなかなか御冗談がきつい。雛菊が死に、薄紅がいなくなったあたしのところには、静御前にあやかれるような美しい遊女はおりません」

「義経のゆくえも知れぬと申されるか」

雛菊と心中した男は誰かと、謎をかけてみたのだが、弥平次はわざとそ知らぬふりをして、兵馬の誘いに乗ってこなかった。

「鵜飼さまには、うちの若い者に、剣術の指南をお願いしたいのです」

いきなり切り出されて、兵馬はすっかり面食らってしまった。

「何を言い出されるかと思えば、ずいぶんと唐突な申し入れをされる」

兵馬の当惑に頓着なく、弥平次は畳みかけるように続けた。

「うちの若い衆、十人ばかりに、必殺の剣を教えてください。いずれも廓者の常として、体捌きの基本は身につけているはずでございます」

牛太郎と呼ばれる廓者の体技が、特殊な訓練を受けたものであることは、彼らと吉原田圃で手合わせをしたことのある兵馬にはわかっている。

「しかし、機敏な動きと剣の道とは別なものだ。必殺の剣などというものは、一朝一夕で身につくものではない」

かつて弓月藩の剣術指南役を務めていた兵馬でさえ、必殺の剣などというものがあるわけではなかった。

「ただの一手だけで結構です。必ず相手を倒すことのできる技をご伝授ください」

弥平次は虫のよいことを言ってしつこく食い下がったが、兵馬はなかなかうんとは言わなかった。

「女郎屋の若い衆が、剣術などを身につけて何になる。どうせなら笛の吹き方とか、太鼓の叩き方でも習う方が、廓者として生きてゆく上に必要なことではないのか」

兵馬は柄にもなく、お説教じみたことまで言ってみたが、弥平次はいったん言い出したことを、なかなか引っ込めようとはしなかった。

「何故、そのように武技にこだわる」

すると弥平次は、ふてぶてしい顔をして、にやりと笑った。

「ふりかかる火の粉は、みずからの手で払わなければなりません」

何に対して戦闘を挑むつもりなのか、不吉な経帷子を着けた死に神弥平次の眼は、怖ろしいほどに真剣だった。

姿は見えず

一

「早さよりもまず正確さだ」

兵馬は木剣を手にして、十数人の牛太郎たちを叱りつけた。

「そのような腰つきでは、敵と向き合った途端に、撫で斬りにされてしまうぞ」

身軽ないでたちをした廓者たちは、生来の機敏な動きがむしろ仇になって、木剣を構えてもなかなか腰が定まらない。

「一瞬にして間合いを詰める呼吸が大切だが、これは身体で覚えてもらうほかはない」

俗に田圃の酉《とり》と呼ばれている長国寺鷲《おおとり》明神の境内を借りて、妓楼の若い者を相手に剣術の稽古を始めてからもう三日になる。

死に神の弥平次は、剣術指南のために廓内へ泊まり込むことを望んだが、兵馬はやはり入江町の防備が気になって、夜はお艶のもとへ帰り、吉原へは昼の出稽古に通っている。

「先生、そう言われても、あっしらはこれまで、こういった動きを学んできたんでさあ。急に直せといったって、そう簡単に直せるものではありませんぜ」

廓の吉三《きちざ》と呼ばれている牛太郎は、兵馬が禁じた腰の据わらない動きを、わざとのようにして見せた。

「誰に教えられたのかは知らぬが、飛蝗《ばった》のようにぴょんぴょんと跳ねまわるのが武術ではない。それでは敵の眼をくらますことはできても、確実に相手を倒すことはできぬぞ」

牛太郎たちが学んだというのは、たぶん吉原者に伝えられた忍びの術だろう、と兵馬はおおよその見当をつけている。

その糸をたぐってみれば、吉原者の正体がわかるような気もするが、兵馬はそういったことには、まったくというほど興味がなかった。

「先生の教え方は、どうもまだろっこしくていけねえ。もっと手っ取り早く、敵を一撃で倒せる技を伝授してもらえませんかい」

　吉三は虫のよいことを言って、手順を踏んで教えようとしている兵馬のやり方をなじった。

「そのようなことができれば苦労はせぬ」

　兵馬は苦笑した。

「わたしはまだ前髪の頃から、このやり方で剣を学んできた。そうすればどれほどの腕に達するかを知りたければ、ひとつ試してみるがよい」

　短い木剣を右手にだらりと下げたまま、兵馬は吉三を促した。

「あっしらは先生から教えてもらう身だ。いくらやり方が気にいらねえからといって、先生と喧嘩して勝てるはずはねえじゃないですか」

　吉三はそう言いながらも、落ち着きなく前後に飛び跳ねて、兵馬の隙を窺っている。

「どこからでも打ちかかってくるがよい。これが気になるなら、捨ててもよいぞ」

　兵馬が木剣をぽんと投げ捨てると、廓の吉三は急に凶暴な顔になり、ぴょんぴょんと前後左右に跳んでいたが、兵馬が微動だにしないのを確かめると、いきなり赤樫の木剣を振りかぶって襲いかかった。

　兵馬の頭上に打ち下ろそうとして、思いっきり振りかぶった吉三の木剣は、しかしそのまま宙に迷って動けなくなった。

すばやく踏み込んだ兵馬が、低い位置から吉三の両肘を突き上げていたのだ。

「動いてみるがよい」

兵馬に言われて、吉三は渾身の力で木剣を振り下ろそうとしたが、どう足掻いても身動きがとれない。

「これが見切りというものだ。本来ならばこうなっている」

兵馬は左手で吉三の肘を押さえたまま、右手の拳を吉三の脾腹に当てた。むろん、ただ軽く触れたのみで痛みはない。

「おまえの動きには無駄が多すぎる。いたずらに機敏さを誇示すれば、かえって肝腎のところが隙だらけになるものだ。わたしは一歩踏み込んで間合いを詰めただけで、ほとんど動いてはいない。おまえが木剣を振り下ろすことができなかったのは、隙だらけの肘を押さえられて、両腕の動きを封じられたからだ」

吉三はぜいぜいと荒い息を吐き、全身に大汗をかいているが、兵馬はわずかに体《たい》を移しただけなので呼吸も乱していない。

「わたしの教え方が気にくわなければ、遠慮なく言うがよい。やる気のない者に教えるのは、こちらからお断りだ。弥平次に頼み込まれて、やむなく引き受けはしたが、もともと気乗りすることではなかった」

すっかり気を呑まれた牛太郎たちは、無言のまま立ちすくんでいる。

「わたしは帰る」

兵馬は手早く袖の襷《たすき》を解くと、後を見返ることもなく鷲明神の鳥居に向かった。

鷲明神は吉原田圃の中に孤立しており、神社はまるで絶海の孤島のように、稲穂のそよぐ田園風景の中にぽっかりと浮かんでいる。

明神様の御神体は、鷲の背に釈迦如来が立っている像で、おおとりが翼を広げ、風を切って大空を飛ぶ姿に人気がある。

吉原遊廓に近い田圃の酉は、生き馬の目を抜くと言われる江戸の町で、ささやかな出世を願う庶民の信仰を集めていた。

十一月酉の日には祭礼があり、境内には小間物や飴を売る屋台が建ち並ぶので、すぐ近くにある吉原の遊女たちが、気前の良い遊客たちと誘い合ってお参りにくる。

酉の市が立つ日には、吉原遊廓と娑婆を遮断しているおはぐろどぶに、ふだんは巻き上げられている九つの刎ね橋が架けられ、遊女も客たちも出入り勝手となる。

そのとき巻き上げられる刎ね橋のからくり仕掛けを、たまたま酉の市から帰ってきたばかりの薄紅が、知ってしまったとしてもおかしくはない。

「待っておくんなさい」

照れくさそうな顔をした廓の吉三が、鳥居のところまで兵馬の後を追いかけてきた。

「あっしが悪うござんした。どうか戻ってくだせえ」

他の牛太郎たちも残らず走り寄って、たちまち前後左右から兵馬を取り囲んだ。

「見捨てねえでくだせえ。あっしらは身の危険を感じて、つい焦っていたのでござんす。先生に帰ってしまわれたら、死に神の旦那に叱られます」

そうなれば、吉原者の仕置きは、先生のしごきの比ではござんせん、と牛太郎たちはむしろ兵馬よりも弥平次の方を恐れているらしかった。

「身の危険とは、どのようなことか」

兵馬に剣術指南を依頼した弥平次の魂胆が、どこにあるかはわからないが、花魁の雛菊を殺した色男との確執か、あるいはどこかの大名か旗本の家中と、武力抗争でも始めるつもりかもしれなかった。

頼まれ仕事の剣術指南に、気が乗らないのはそのためだが、弥平次は肝腎なことは曖昧なまま、牛太郎たちの剣術指南を押しつけたわけだ。

「お武家たちと、一合戦しなけりゃならないことに、なるかもしれねえんですよ」

やはりそうか、と思いながら、兵馬は入江町に残してきた薄紅の身を案じた。

「何故、そのようなことになったのか、おぬしたちはその辺の事情を知っておるのか」

兵馬は牛太郎たちの顔をぐるりと見わたした。

「あっしら、そもそも浅黄裏は、気に食わないんでござんす」

両刀を携えた兵馬を前にして、廓の吉三は臆面もなく言い放った。

「皮肉なことを言う。わたしとて武士の端くれだ。そのわたしから、手っ取り早く必殺の剣を習おうなどと思うのは、少々虫がよすぎはしないか」

「それは違うぜ、先生よ」

吉三は混ぜっ返すような口調で言った。

「禄を離れたさむれえは、そのときからもう武士とは言えねえ。あっしの嫌えな浅黄裏は、藩だの国だのを背に負っている主人持ちのさむれえで、権威を笠に着て威張り散らすわりには、わずかな俸禄に縛られていて融通が利かねえ。先生のような御浪人は、たとえ腕はあっても武士とは言えねえな。いわば流しの芸者よ」

吉原には遊女だけではなく、身を売らず芸を売るという芸者衆がいる。

「おもしろいことを言う男だな」

兵馬は吉三の口吻に押しまくられてたじたじになった。

「おのれの芸を売り物にして、身すぎ世すぎをしているところは、遊廓の三味線弾きや太鼓持ちと変わりはあるめえ。あっしらは先生の芸を買いてえだけだ。あまりもったいぶらずに、顧客を喜ばせるような芸を売ってくださいよ」

あまりにも露骨な言い方に、兵馬はしばし返答に窮した。

「あっしらは、浅黄裏との抗争を目の前に突きつけられて、明日の生き死にもわからねえ身だ。いわば一刻を争うというやつですぜ。すぐに役立つことでなけりゃ、何を学んだって意味がねえんだ」

他の牛太郎たちも同意見らしく、吉三の言うことに頷いている。

「そういうことならば」

兵馬はゆっくりと口を開いた。

「わたしは適役とは言えないようだ。他に人を選んだ方がよくはないか」

しかし吉三はなかなか引き下がろうとはしなかった。

「いや、いや。お見受けしたところ、先生ほどの芸者は他にあるめえ。先日の浅草田圃での立ち回り。いまあっしを金縛りにした一瞬の技。どれを取ってもこれ以上はねえ芸者ではござんせんか」

いずれも小手先の芸にすぎない、と兵馬は鼻白《はなじろ》んだ。この程度のことを芸というなら、兵馬の見せた芸は流しの三味線弾きにも及ばないだろう。

「けちなことは言わねえで、そのうちの一手だけでも教えてもらえればいいんですよ。あとは吉原者に伝わるやり方で、なんとか切り抜けることができますぜ」

基本のきの字も習わぬまま、いたずらに手っ取り早さを望んでも、そうはゆくか、と兵馬は思う。

「決してもったいぶって言うわけではないが、それだけを切り離して教えることはできないのだ。間合いの詰め方を学びたいということなら、これまで通り、わたしのやり方に従ってもらうほかはない」

「それができねえから、こうして頼んでいるんですぜ。まったく聞き分けのねえお人だな」

とうとう吉三は、渋る兵馬に苛々として悪態をついた。

すると煮えたぎっていた鍋の底が割れたように、

「あっしらは、急いでいるんです」

「このままでは、明日をも知れねえ身だってことを、忘れねえでくだせえ」

「もしも殺されたら、化けて出ますぜ」

これまで黙っていた牛太郎たちが、兵馬を取り囲んで口々にわめき立てた。

「わからぬか」

兵馬はたまりかねて一喝した。

「芸は売っても身を売らぬのが、吉原芸者の心意気なら、身を売っても、買ってくれるほどの芸を持たぬのが、武士の悲しさではあるまいか。吉三の言うように、藩の禄を離れた者は武士でないとしたら、おのれの勝手次第に、芸を売ることもあれば、芸も身も売らぬこともある。そのために、たとえ食を断たれ、芸や身を売ることもあれば、お江戸八百八町の片隅で窮死しようとも、おぬしらの知ったことではあるまい」

思いがけない兵馬の剣幕に驚いたのか、牛太郎たちは呆然として、しばらくは口を利く者もいなかった。

「そういうお覚悟でござんしたら」

吉三は恐る恐る声をかけた。

「廓者と言われているあっしらの、切ねえ気持ちもわかっていただけると思いますが」

しかし、相変わらず虫のよいことを言っている。

「あっしらの主人は、死に神の弥平次と呼ばれて、吉原ではちったあ知られた顔ですが、ああ内外に敵をつくってしまっては、子分のあっしらとしても、身を守るすべがないではござんせんか」

外の敵とは、雛菊太夫と心中した殿様の家中を指すのだろうが、内の敵とは吉原廓のことか。

「死に神弥平次は、廓の中でも孤立しておるのか」

兵馬は意外な気がして、思わず聞き返した。

「廓の掟は、厳しゅうござんすからね」

吉三は小声になって言った。

「もしも、どこかの家中との抗争が始まれば、廓では開闢以来のしきたりで、吉原者の総動員ってことになるかもしれねえ。しかし、それほど大ごとになるまでに、四郎兵衛番所が黙っているはずはありません。あっしら死に神の一党は、事が表沙汰にならねえうちに、吉原町会所から制裁を受けることになりましょう」

つまり、吉原者の手で、闇から闇へと葬られるということか。

「そうなりゃ、とうぜん、先生も絡んでくる」

吉三は脅すような口調で言った。

「例の薄紅を落籍《ひか》した一件で、先生の名は四郎兵衛番所に知られてしまいましたぜ。たとえ先生が、かかわりねえと抗弁しても、四郎兵衛番所の旦那衆に、聞いてもらえるはずはありません。その点は覚悟しておくことですな」

兵馬がむっつりと黙り込むのをみて、吉三は嵩《かさ》に懸かって言いつのった。

「このまま座して死を待つか、あるいは先手必勝というやつで、やられる前にこちらから攻撃をかけるか。二つに一つと言いてえところだが、禅坊主のように悟りすましていたのでは、吉原者など務まりません。どうせならこちらから先手を打って、身の安全を図ろうってことなんでござんす」

吉三は妙に意気込んでいるが、見えぬ影に追い詰められて、窮鼠猫を咬むか、あるいは、疑心暗鬼を生む、といった類のものだろう。

「相手はわかっているのか」

お艶を襲った賊と同じだとしたら、かなり訓練されている家中だろう。とても吉三たちの手に合うような相手ではない。

「むろん、素姓は割れています」

吉三は気負った声で言った。

「大名旗本の家中を相手に戦うのは、容易なことではないぞ」

奴らも必死だ、自重した方がよくはないか、と兵馬が諫めると、吉三は陰気な顔をしてにやりと笑った。

「あっしらのやり方はお武家とは違い、正面からの攻撃を避けることでござんす。用人の一人か二人を闇に葬れば、あとは談合に持ち込んでケリをつけます。いずれにしても、表沙汰にはできないことですがね」

ひそかに闇討ちでもかけようというのか。それでは奴らのやり口と同じだ。

「暗殺の手伝いなど、するわけにはゆかぬ」

兵馬は一言のもとに拒否した。

「人聞きの悪いことを、言ってもらっては困ります」

吉三は憤然とした顔をして抗弁した。

「お武家方の勝手な都合で、お家の事情とは何のかかわりもねえあっしらが、口封じのために潰されてしまうのは、真っ平でござんす」

牛太郎たちも、そうだ、そうだと声を合わせた。

「そのようなことであれば仕方がない」

兵馬は渋々と承知した。

「必殺の技などというものはないが、殺されないための手ならないこともない」

二

入江町のお艶のところには、久しぶりに恩出井家の姫君、小袖が遊びに来ていた。

「また脱け出したのか」

兵馬は思わずうんざりした顔になって呟いた。

「そんな言い方をしては、可哀相じゃありませんか。恩出井家に伝わる髪上げの儀というものがあって、小袖ちゃんは、お名を改めたんですよ」

やっと床をあげたばかりのお艶は、まるで世話女房のような口を利いている。

「髪上げの儀か。旗本のお姫様ともなれば、やることが違うな。それでは下町娘の小袖も、晴れてお歴々の前に出られる身分になったのか」

そうなれば、これまでのように気軽に恩出井屋敷を抜け出して、入江町まで逃げてくることはできまい、と兵馬は思った。

あのいたずら者の小娘も、ようやく落ち着くところへ落ち着いたわけだ、深川の門前仲町の裏手にある蛤町の裏店に住み着いて、食うや食わずで生きていた痩せっぽちの小娘が、いよいよ大人の仲間入りをしようというわけか。

「それはめでたい。さっそくお祝いをしなければならぬところだが」

兵馬は懐から財布を取り出した。これで何か料理でも誂《あつら》えてくれ、と言うには、少し軽すぎるような気がした。

そもそもお艶のところへ居候になっている身では、お祝いをする、などと言い出すことも口はばったい。

「もう用意はできていますよ。みんなで旦那の帰りをお待ちしていたんです」

兵馬に余計な気遣いをさせまいとして、お艶は急いで言い添えた。

「お祝いなんて、することないわ」

いつになく身綺麗な衣裳を身につけている小袖が、憮然とした顔をして兵馬を遮った。

「あたいは、いつまでも蛤町の小袖よ。だからときどき、おじさんのところへ帰ってくるんじゃないの」

「それも今日かぎりだ」

兵馬は小袖の顔を軽く睨みながら、みずからに言い聞かせるように言った。

「そなたは名を変えることによって、小娘の頃をすごした下町との繋がりを断ち切ったわけだ。これからは恩出井家の姫として、生きてゆかねばならぬ」

するとお袖は、はじけるような声で応じた。

「厭よ。それに名前だって変えていないわ」

また小袖のわがままを押し通したのだろう、と兵馬は思った。

「どういうことなのだ」

お艶は微苦笑を浮かべながら、ふくれ面をしている小袖に代わって答えた。

「湖蘇手《こそで》姫、と言うんだそうですよ。耳で聞いただけでは、これまでの小袖ちゃんと同じ呼び名ですけど、四角い文字を使って難しく書くのだそうです」

「だから、あたいはいまも小袖なの」

小袖は悪戯っぽく笑ったが、またまたあの老人を困らせたのだろう、と兵馬は恩出井家江戸家老の沼里九右衛門に同情した。

恩出井家の姫として生まれた女児には、名前の一字に水とかかわりのある文字を用いる伝統がある。

小袖を生んだお蔦の本名は、恩出井家の息女津多姫だった。小袖にも、水と縁のある湖という文字が当てられている。

深川蛤町の裏店で育った小袖の名に、湖蘇手姫というよそよそしい文字を当てただけで、兵馬とは縁のない、どこかのお姫様になったような気がするのも妙なものだった。

　もともと小袖と兵馬は、血縁によって繋がれているわけではない。まして兵馬が居候になっているお艶と小袖は、はじめから縁やゆかりなどあるわけはなかった。

にもかかわらず、この三人の繋がりには、血縁や婚姻の縁さえ及ばないほど、強い結びつきがあることを、小袖は訴えようとしているのだった。

「九右衛門の爺は、いい人よ」

　湖蘇手姫の小袖は、しんみりとした口調で言った。

「だからあたいは、あのお屋敷にいてあげてるんじゃないの。でも、ときどき我慢できなくなって、飛び出してしまうこともあるわ。そんなとき、逃げ込んでくるところがあるというのは、とっても大切なことなのよ」

　たわいないも小娘の理屈だが、そんなものかもしれない、と兵馬にも思わせるところがある。

「お姫様の修行も、仇にはならなかったようだな」

　幼い頃から無口だった小袖が、これだけ喋れるようになったのは、恩出井屋敷の老女たちに、手習いでも施されているからだろう。

「小袖ちゃんは、立派なお姫様になれますよ。あれほど心を閉ざしていた薄紅さんとも、すぐに仲良くなりましたし」

お艶は頬笑みながら言ったが、三千石取りの旗本の姫君と、吉原の遊女が仲良くなるということは、ふつうではあり得ない。

「そんなことよりも、小袖ちゃんが髪上げをしたお祝いをしましょうよ。もう御膳が冷めてしまったかもしれないけど」

お艶が手を叩くと、捻り鉢巻をした数人の若い衆が、御膳を捧げて入ってきた。

「おまえたちも、存分に飲み食いをしておくれ。ささやかだけれども、これは小袖ちゃんが髪上げの儀ってものをしたという内祝いさ」

次の間の襖を開けると、尾頭付きの肴が盛られた御膳と、二合徳利がずらりと並べられ、始末屋の若い衆の、ほぼ全員が揃っていた。

「小袖坊のお祝いとあらば、遠慮なくやらせてもらいますぜ」

ましらの新吉《しんきち》が、若い衆を代表して挨拶した。

「ついでに言っておくけど、もう小袖坊などという言い方はおやめ。これからは三千石のお姫様、湖蘇手さまだよ」

これからは、きちんとけじめをつけておくれよ、とお艶は若い衆に釘を刺した。

「もうあっしらとは、縁遠くなられるんですね」

ましらの新吉は、にわかに寂しげな顔をして、しょんぼりとした口調で言った。

「いいのよ」

小袖が取りなすように言った。

「いつまでも小袖坊って呼んで。そうでなきゃ、ここへ帰ってきた気がしないから」

兵馬は、おや、と思った。小袖が若い衆を相手に、これほど砕けた口を利いたのは、はじめてのことではないだろうか。

「そいつは恐れ入谷の鬼子母神。お姫様の仰せとあらば、これまで通りに呼ばせてもらいますぜ」

それを聞いた小袖は、まるで若い衆とじゃれ合うように、こみあげる笑いを押し殺しながら、遠くから撲つ真似をした。

「いやあね、新さん。からかうのはいい加減にして。今度そんなこと言ったら、ほんとうに撲つわよ」

小袖が、これほど饒舌だったことはなかった、と兵馬は思った。若い衆と冗談口を叩き合うどころか、兵馬とさえもろくに口を利いたことはない。

小袖はいつまでも変わらないと言っているが、この年頃の娘は、それを本人が意識するしないにかかわりなく、時々刻々と変わってゆくものらしい。

「薄紅さんもいらっしゃい」

お艶が呼びかけると、兵馬が座っていた背後の襖がするすると開いて、篠竹に雀をあしらった袷《あわせ》の座敷着に、矢の字結びの帯を締めた薄紅が、花魁のような腰つきでしずしずと進み出て、遠慮がちにお艶の下座へ着いた。

三

「これでみんなが揃ったね」

お艶がにっこりとした笑みを見せた。

「こうして席を設けたのは、湖蘇手姫様の襲名披露のお祝いだけれど、あたしの快気祝いも兼ねているのさ。それにもちろん、日頃から苦労をかけているおまえたちへの、慰労の宴ってことさね。たまには骨休みも必要だろ。今夜は思いっきり、羽を伸ばして楽しんでおくれ」

お艶は十数人いる若い衆の、ひとりひとりに声をかけた。

「苦労だなんて、とんでもねえ。姐御の御苦労に比べたら、あっしらなんぞは、ほんの駆け出しのひよっこでござんす。今夜はまた、飛びきりの美女が三人も揃ってお いでだ。同席させていただけるだけで、あっしらには眼の保養になります。お艶の姐御、これからもよろしく、お引き廻しくだせえ」

ましらの新吉からも挨拶があり、お艶に指名された兵馬が音頭を取って乾杯となった。

酒が入っていよいよ宴たけなわになると、酔っぱらった若い衆が、無礼講だ、無礼講だと騒ぎだし、お艶や兵馬のまわりに集まってきて、酒の無理強《じ》いを始めた。

「わたしにいくら飲ませても、酔い潰すことはできぬぞ。そうなれば確実に、おぬしらの飲み分が減る。せっかくの振る舞い酒を無駄にすることになってもつまるまい。わたしを盛り潰そうなどという無駄なことをするよりも、ここにある酒はおぬしらで飲んだ方がよかろう」

「それじゃあ姐御を潰してしまおう」

若い衆は酔った勢いで、ぐるりとお艶を取り囲んで、さあ、さあ、と熱燗徳利を突きつけた。

「あたしが酔っぱらえば、どうなるかわかっているのかえ」

お艶は若い衆から渡された盃を平然と飲み乾しながら、色っぽい眼をして笑った。

「そいつが見たいから、こうしてお酌をしているようなわけで」

お艶に軽く睨まれた若い衆は、いつもの癖でたじたじとなっている。

「やめときな。あとが大変だよ」

何が大変なのかは言わなかったが、それを聞くと、お艶を取り巻いていた若い衆は
さすがに尻込みし、互いに背中をつつき合って、すごすごと元の席へ戻った。

「それでは御免をいただいて、あっしらは勝手にやらせてもらいます」

ましらの新吉が若い衆を代表して挨拶を返し、宴席の喧噪もそろそろ終末に近づいたと思われる頃、小袖が主賓の席から抜け出して、独酌を楽しんでいる兵馬のところへ、小さな膝ですり寄ってきた。

「おじさん、こんな席で話すことではないかもしれないけど」

これだけ騒がしければ、かえって人目につかない、と小袖は判断したらしい。

「薄紅さんのことで、変な事件に巻き込まれているんだってね」

同情とも好奇ともつかない眼で、しげしげと兵馬を見ながら囁いた。

「何を聞いたのかは知らぬが」

兵馬はゆっくりと盃を傾けながら、わざと無愛想に言った。

「髪上げをすませたばかりのお姫様が、余計なことに首を突っ込まぬ方がよいぞ」

「いつまでも、こども扱いはやめて」

小袖はつんと取り澄ました顔をして、

「薄紅さんが、あたいにどんなこと話したのか、聞きたくはないの」

兵馬を焦らすようなことを言う。

「もう少し素直になりなさいよ」

髪を結い上げたせいで、妙に大人っぽく見えるのが、かえって憎たらしかった。

「薄紅が、何か話したのか」

とうとう根負けして、兵馬は低い声で聞いた。

「ええ。たぶん、まだ誰にも言っていないことだと思うわ」

こんな小娘を相手に、色里育ちの遊女が、ほんとうのことなど話すものか、と思ったが、考えてみれば、小袖と薄紅はわずか数歳しか年が違わないはずだった。薄紅と兵馬では親子ほどに歳が離れているし、お艶とはいくら女同士といっても、やはり歳が違いすぎる。

髪上げした小袖と、まだ半玉の振り袖新造にすぎない薄紅とは、意外に年頃も近く、他の者には話せないようなことも、言い合える仲になっているのかもしれない。

「どのようなことを、言っていたのだ」

すると、小袖はぽつんと一言。

「境目にいるって」

むろん小袖ではなく、それは薄紅のことに違いない。

「どういうことだ」

兵馬が首をひねると、小袖はさらにわけのわからないことを付け加えた。

「境目がわからなくなった、とも言っていたわ」

「それで」

兵馬は先を促した。

「境目にいることが苦しいのか、それとも楽しいのか、どちらなのだろう、って。薄紅さんは、夢でも見ているような眼をして、何度も自問自答していたけど、それはおじさんの巻き込まれた事件と、かかわりがあることなのかしら」

「その夢は間違いなく悪夢だ」

兵馬は不意に酔いが覚めたような気がして、無言のままお艶の横に座っている薄紅の横顔を盗み見た。

「でも悪夢どころか、それを語るときの薄紅さんは、ふわふわと舞い立ってしまいそうな、とっても幸せそうな眼をしていたのよ」

いまも薄紅の眼はぼんやりとうるんで、この世とは別なところを見ているようだった。

「薄紅は大勢の男たちに追われて、闇空の下を逃げてきたのだ。そして見ず知らずのわたしに助けを求めた。しかもそのときには、恐怖のあまり声を失ってしまっていた。これがそもそもの発端なのに、そのこと以外には、いまだにはっきりとしたことがわからないというのが実状なのだ」

吉原田圃まで薄紅を追いかけてきたのは、薄紅の抱え主、死に神弥平次の子分たちだが、その翌々日には、黒頭巾で顔を隠した怪しい武士の一団に襲われている。

牛太郎たちが薄紅を捕らえようとしたのは、抱え女郎を保護するためだと弥平次は言うが、それがほんとうの理由なのかどうか、なにせ仁義八徳を欠いた亡八の言うことなので、いずれがいずれともわかりはしない。

「いまの話では、薄紅がどこから逃げてきたのかもわからなければ、何から逃げているのかもわからない。失われた言葉は、まだ取り戻されてはいないのだ」

小袖の言うことに、多少の期待を寄せていた兵馬は、そう思って落胆した。

「境目とは、何を指しているのか」

独り言のように呟くと、小袖は当たり前のような顔をして、さらりと言った。

「生と死よ」

「何だって」

思いがけない小袖の言葉に意表を突かれ、兵馬は思わず聞き返した。

「あの世とこの世の境目のことよ」

小袖はさり気ないふうに言ったが、兵馬にはかえってそれが気になった。

「生と死の境目にいることが楽しい、と薄紅は言っていたのか」

恐怖のあまり声を失ったと思われていた薄紅が、死の甘美さを口にしようとは思わなかった。

「だから、おじさんに聞いて欲しいのよ」

そう言う小袖も、幼くして生と死の境目を見てきた娘だった。

「ほかに何か言っていたか」

少しは喋ることができるようになったとはいえ、薄紅は声を失った恐怖から、まだ回復してはいないのだ、と兵馬は思った。

「小唄らしいものを口ずさんでいたわ」

また小唄か。死に神が唄っていた、吉原小歌鹿の子の意味ありげな文句が、いまだに兵馬の耳に残っている。

「それを覚えているか」

ひょっとしたら小唄に託して、薄紅は何かを伝えようとしているのかもしれなかった。

「薄紅さんが繰り返して唄っていたから、たぶん覚えていると思うわ」

「ここで唄ってみてくれぬか」

「いいわよ」

小袖は臆せずに唄いだした。

未生以前が
遥かにましじゃ
何の因果に
娑婆へ来て

狩場の鹿は
明日をも知らぬ
戯れ遊べ
夢の浮世に

花は散りても
また春咲くが
君とわれとは
ひとさかり

「小袖坊、いや、違った、湖蘇手姫様。いつからそんな小唄を習ったんだね」

乱れていた宴席がいつしか静まり、酔っぱらった若い衆が、うろ覚えの小唄を歌っている小袖の声に、じっと耳を傾けていた。

「お旗本のお姫様ってえのは、粋な小唄の稽古もなさるんですかね」

「てえしたもんだ。小袖坊、いや、湖蘇手姫様の小唄ってものをはじめて聞くが、節の端々まで情がこもっていて、ひとりでに泣けてくるぜ」

「なんか、こう、しみじみとした思いにさせるねえ」

酔っぱらった泣き上戸の若い衆が、本当にぼろぼろと大粒の涙をこぼして泣きだした。

「習ったんじゃないわ。ただ薄紅さんの口真似をしただけよ」

若い衆の意外なほどの反応に驚いて、小袖は恥ずかしそうに薄紅の方を見た。

「吉原の花魁たちは、いつもこんな悲しい歌を唄っているんですか」

お艶が傍らの薄紅にそっと問いかけると、薄紅はなぜか陶然とした顔をして、ほんのりと頬を染めている。

この女はまだ病んでいる、と痛々しい思いに駆られながら、兵馬はじっと薄紅のようすを窺っていた。

どのようなことがあったのかは知らぬが、薄紅が何か重大な秘密を握っているらしいことは確かだろう。

「この小唄の意は、仏法でいうところの、厭離穢土《おんりえど》、欣求浄土《ごんぐじようど》、の教義に近いが、どうやらそれだけではないらしい節がある」

兵馬が首をひねると、

「先生、そう小難しく考えることはありませんぜ。これは色里に流行った小唄でござんす。主《ぬし》と一緒に死なせてくりゃんせ、床を離れりゃ娑婆の風、ってやつでさ」

ましらの新吉が酔った勢いでまぜっ返した。

「花は散りても、また春咲くが」

すると、何を思ったのか、薄紅がいきなり唄いだした。

陶然とした顔をしてそこまで唄うと、薄紅は不意に口を閉ざした。

「君とわれとは」

「さすが花魁。いい声でござんすね」

若い衆が取ってつけたようなお世辞を言ったが、薄紅は放心したような顔になって、その後を唄おうとはしなかった。

「どうしたの、薄紅さん」

お艶が心配して声をかけると、薄紅は気を取り直したように唄いだした。

「花は散りても、また春咲くが」

そこまで唄うと、薄紅はふたたび口を閉ざした。

「花は散りても」

また唄いかけた薄紅の頬が、濡れたように光っている。

「わかったから、その先を唄ってくださいよ」

ましらの新吉が先を促すと、もう一度唄おうとした薄紅の頬から、つつっと、ひとしずくの水滴がこぼれ落ちた。

「なにも泣くことはねえでしょうに」

薄紅の涙を見て、ましらの新吉はうろたえ声で言った。

「薄紅さんは疲れているのよ。まだ床をあげるのは早かったわね」

なりゆきを見ていたお艶は、薄紅を庇うようにして手を取ると、そっと肩を抱いて奥の寝所まで連れていった。

「どう、なにか手掛かりはあったの」

薄紅の後ろ姿を見送っていた小袖が、兵馬の耳元で囁いた。

「ふむ」

兵馬は難しい顔をして頷いた。

四

「このようなところまで、わざわざ足を運んでもらったのは他でもない」

倉地文左衛門は、ちょっと気の毒そうな顔をして言った。

「将軍家より隠密御用を申しつかった。おぬしに宰領を頼みたい」

御庭番倉地文左衛門が、宰領の鵜飼兵馬を呼び出したのは、いつも使っている室町三丁目の喜多村ではなかった。

書面をもって指定してきたのは、桜田御用屋敷と呼ばれている御庭番の長屋で、いわば幕府から与えられた官邸だった。

桜田御用屋敷は、日比谷門外にある鍋島《なべしま》藩邸の囲い込み地になっている角にあり、総坪数は壱万壱千九百七拾四坪、そこに川村《かわむら》、倉地、高橋《たかはし》、馬場《ばば》、多和田《おおわだ》など、数家の御庭番が拝借御長屋を構えていた。

総門の脇には御門番所があり、門を入った突き当たりには、七人の門番が住んでいる長屋が並び、門内の左手に家中の者が野菜を作っている畑がある。

その奥右手に御庭番の住む長屋、すなわち公儀隠密の官邸が並んでいるが、敷地内には御植溜と呼ばれる緑地、畑地や空き地、あるいは鯉が泳いでいる池、大奥老女の休息所、女中養生所、さらに鶴見《つるみ》氏預かりの厩《うまや》などもあって、桜田御用屋敷の邸内は、案外とゆったりしていた。

日はまだ高く、昼下がりのけだるい太陽が、わずかに残されている緑地に、濃い影を落としている。

指定された刻限に桜田御用屋敷の門を潜ると、倉地文左衛門は、御植溜に掘られた池の畔に立って、兵馬の来訪を待っていた。

はじめて御用屋敷を訪れた兵馬が、倉地殿の御長屋はどこでしょうか、などと聞いて廻らないようにするための用心に違いない。

隠密御用に携わる御庭番は、誰を宰領に使っているかということを、同役の者にも知られないよう気を配っている。

それがばれてしまえば、同僚を出し抜いて隠密御用を務めるのが難しくなるし、正体がわかった宰領に、危害が及ぶことも避けられなくなる。

御庭番宰領として使われているのは、人の出入りがある商家の番頭か手代が多く、もし御用屋敷に町人が頻繁に出入りするようなことがあれば、その男が宰領であることが、いつかはばれてしまう。

それゆえ、官邸であり、御庭番の私宅でもある御用屋敷に、宰領を出入りさせることはしないのが普通だが、浪人とはいえ兵馬は武士なので、剣術仲間か旧知の間柄と言えばまかり通らないこともない。

倉地は木剣に見まがうような太い杖をついて、池の畔を逍遥しているようなふりをしながら、兵馬の来訪を待ち伏せていたらしい。

「あれ以来、わしの脚はどうも思わしくない。いつもはどうということもないが、日によっては痛風のようにじめじめと痛むのだ」

今日がその日に当たるらしい、と言って、昨年の遠国御用で痛めた脚をさすりながら、倉地は照れくさそうに笑った。

「わたしを御用屋敷に呼び出したのは、よほど緊急な御用がおありなのか。それとも今回の隠密御用は、機密を要することではないのですか」

兵馬はまじめな顔をして倉地に問い質した。

「あくまでも、わしの脚の都合と心得てもらいたい」

むろん御庭番に下されるのは将軍家からの密命であって、機密を要しない隠密御用などというものはあり得ない。

「では、御庭番家筋の方々には、知られてもかまわないことなのですね」

兵馬は念を押した。

「そう固いことを申すな」

倉地は苦笑した。

「このようなところで立ち話もできぬ。何の用意もないが、とりあえずわしの家に上がってくれ」

倉地は先に立って歩きだした。脚が痛いなどと言いながら、意外と足取りは確かだった。

「おぬしにはかなわんな。確かに今回の御用は、御政道に直接かかわることではない。わしは御覧の通り、脚が痛くて動くことはできぬ。しかし緊急を要する御用なので、おぬしの手を借りたいのだ」

　式台から奥に入った十二畳敷きの表座敷に兵馬を通すと、倉地は先ほどの続きを切り出した。

「あまり気乗りしない御用、というわけですか」

　倉地は脚が痛いということを理由に、宰領の兵馬にすべてを押しつけようとしているのかもしれない。

「そういうわけで言うのではないが、おぬしには適役と思われる仕事だ」

　倉地はずるそうに笑った。

「御用の内容をお聞きしましょう」

　倉地の言うことに納得したわけではないが、兵馬は異議を唱えるのをやめた。

　隠密御用の指令が下った以上、いまさら拒否することはできないだろう。

「その前に、確認しておきたいことがある」

　倉地は小者が運んできた渋茶を飲みながら、ゆったりとした口調で話しだした。このようすでは、酒を出すつもりはないらしい。

「有徳院様（吉宗）のころ、諸大名や旗本に対して、遊里の出入りを禁じられたことは存じておろう」

倉地はまるで世間話でもするような口調で、およそ隠密御用とは縁のなさそうなことを話しはじめた。

五

享保二十年、徳川八代将軍吉宗《よしむね》は、大名旗本が吉原遊廓に出入りすることを禁じた。士風の荒廃は、幕政改革を推し進める吉宗にとって、もっとも忌むべきことに思われたからだ。

「ことに旗本の遊里狂いは、一種の流行のようなものにさえなっていた」

倉地は淡々とした口調で続けたが、まだ三十代という倉地の年頃からみても、本人がじかに知っている話ではなさそうだった。

旗本の吉原通いは元禄の頃からみられたが、そのために御家断絶になった例も少なくはない、と倉地はまるで見てきたような話し方をした。

たとえば旗本の多田三十郎正房《ただきんじゅうろうまさふさ》は、吉原に遊んで淫蕩にふけり、花魁をめぐって小姓組の兼松又右衛門《かねまつまたえもん》と争ったあげく、又右衛門に斬殺されるという不祥事を起こした。

それが元禄七年のことであり、兼松又右衛門は斬罪、多田三十郎に同道して吉原に遊んだ与力二人、伊予西条藩の家士も連座して切腹となった。

「その頃の幕法は厳しく、遊里での不行跡は死を以て贖《あがな》われた」

倉地は意味ありげな顔をして、兵馬の眼を覗き込んだ。

「しかし元禄の頃から、上方で芝居や浄瑠璃で心中物が流行って、遊里では芝居に倣って遊女と心中するという事件が後を絶たなかった」

心中賛美の因をなしたと言われた近松門左衛門《ちかまつもんざえもん》の浄瑠璃は『曽根崎心中』『心中二枚繪草子』『あとおひ心中・卯月の潤色』『心中萬年草』『二郎兵衛おきさ・今宮心中』『心中刃は氷の朔日』『嘉平おさが・生玉心中』『かみや治平紀伊国屋小春・心中天の網島』『心中宵庚申』など、外題に心中と付くものだけでも枚挙にいとまがない。

「紀州から入って将軍となられた有徳院様は、幕臣の士風を改めようと、武芸一般を奨励し、廃れていた流鏑馬《やぶさめ》を復活し、甲冑を復古されたが、せっかくの尚武策も、遊里に出入りする旗本衆の劣情を抑えることはできなかった」

それで享保二十年の禁令となったわけだが、じつは大名旗本に吉原への出入りを禁じたのは、あまり公にできない深刻な理由があったからだ。

「それは何でしょうか」

兵馬にはわからない世界のことだった。

「なにも難しいことではない。大名旗本の遊興による、家中の財政逼迫が理由よ」

倉地は皮肉な苦笑を浮かべた。

「吉原の格式は、大名旗本の廓遊びによってつくられたものと言ってよい。吉原遊廓創業の頃は、内福のよい大名旗本が多かったのであろう」

吉原の太夫は、初会ではわずかに顔を見せるだけ、裏を返してやっと盃の遣り取りをするが、気が染まなければ大名旗本でも平気で袖にした。

太夫と呼ばれる遊女は、容姿端麗はもちろんのこと、今様を唄い、朗詠して、所望に応じて一差し舞うという芸達者で、そのうえ筆が立って、和歌を詠み、大名旗本に対しても、凛として容易に靡《なび》かぬのを最上とした。

太夫に会うだけで十両の祝儀がいる。揚屋の亭主に銀三枚、内儀に二枚、総内へ二枚、若い衆に金二分、遣り手婆に銀二枚、入口の茶屋に金二分、編笠茶屋に一分、これを合わせれば銀九枚と金一両一分になる。

これを金に換算すればおよそ八両、揚銭や花代を加えれば、初会に花魁の顔を見るだけでも、遊興費はゆうに十両を超える。

素町人の遊客でも、これだけの費用がかかるのが当たり前なのだから、仮にも大名旗本となれば、これ以上の金を出さなければ遊里で幅が利かない。

二会目には裏祝儀を配らなければならず、三会目には、なじみとなったしるしに、太夫へ小判三十両、ほかに太鼓女郎や禿、遣り手などの取り巻きに祝儀をはずまなければ、どのような意地悪をされるかわからない。

正月や節句、年の暮れには、太夫へ十五両と小袖を一襲《かさね》、禿に小袖代を三両、遣り手には銀二枚を祝儀に出す。

さらに年が明ければ、遣り手に二両、楼主へ十両、内儀へ五両の祝儀を贈るのが、吉原花魁と遊ぶためのしきたりとされていた。

しかし時代が下るにつれて、大名旗本の財政は逼迫してくる。たかが遊びとは言え、遊興のために費やす費用が借財となって累積されるようになれば、年を追って逼迫してゆく藩財政にひずみが生じてくる。

それが御政道にも影を落とし、領民の不安を掻きたてて、ともすれば打ち壊しや一揆などの騒動を引き起こす要因にもなりかねなかった。

「まあ、言ってみれば、先祖代々同じ俸禄をいただいてきた武士が、世の動きについてゆけず、昔より貧しくなってしまったのだ」

米将軍と言われた吉宗は、生涯にわたって米価に悩まされたが、それは米価が諸物価の規準となるからで、吉宗は物価と生産と消費の釣り合いに頭を悩ませたのだ。

「しかし、有徳院様が世を去られてからすでに三十余年。幕臣の士風はいよいよ廃れて、腐れた根のように淫風のみが残った。その後も吉原に遊んで廃絶となった旗本も少なくはない」

倉地は思いつくままに、遊女に入れあげて身を滅ぼした旗本の名をあげた。

「宝暦八年五月。元西丸小十人組士遠山《とうやま》忠次郎《ちゅうじろう》が、自宅に遊女を引き入れ、遊女隠匿の罪によって改易された」

宝暦八年五月。小普請島田《しまだ》利久《としひさ》が、新吉原で遊興し、遊女を廓外に誘い出した不行跡の咎で遠島。

明和四年七月。小普請遠藤《えんどう》甚四郎《じんしろう》が、吉原で遊興して支払いが滞り、債権を取り立てにきたつけ馬を監禁した罪で遠島。

安永二年四月。元大番士花房《はなぶさ》職門《つねかど》が、遊女を自宅に居住させていたことが発覚し、不行跡のかどで遠島。

安永三年三月。小普請大岡《おおおか》義久《よしひさ》が、吉原遊興の資金づくりに詐欺を働き、贋金を造り、博奕にふける等の不行跡を重ね、斬罪に処せられている。

「ざっとこんなところだが、近頃の傾向として、ひと頃は上方で流行っていた心中が、将軍家お膝元の江戸でも流行るようになった」

たとえば宝暦元年、五千石取りの旗本三浦肥後が、と倉地が言いかけると、

「このような小唄に歌われておりますな」

めずらしいことに、兵馬は吉原で聞き覚えたばかりの小唄を口ずさんだ。

君と寝ようか
五千石取ろか
なんの五千石
きみと寝よう

「知っておったのか」

倉地は呆れた顔をして、ぎゅっと唇をねじ曲げた。

「近頃、おぬしが吉原に出入りしていると聞いて、そのようなことはあるまいと、わしはただちに打ち消したが、やはり本当のことであったのだな」

先ほど倉地が皮肉っぽく、おぬしが適役だと言ったのは、兵馬が吉原通いをしているという噂が、早くも倉地の耳に入っていたからに違いない。

「そのような告げ口をしたのは、元御庭番の荻野弥七《おぎのやしち》ではありませんか」

どこに眼がついているのかわからないようなあの男なら、兵馬の動きを掌握していたとしても不思議ではない。

「その件は、おぬしの推測にまかせよう」

倉地はそう言うと、兵馬の疑念を置き去りにしたまま、強引に話を先に進めた。

「その小唄を知っているくらいなら、藤枝外記の心中事件も存じておろうな」

むろん兵馬は知っている。小唄のせりふと一緒に、弥平次と駒蔵から聞いたばかりだ。

「ならば話は早い。君と寝ようか、五千石取ろか、という三十年前に流行った小唄が、藤枝外記の情死をきっかけに、ふたたび江戸で流行りだした。新たに将軍補佐となられた白河《しらかわ》公は、この風潮をことのほか御不興と聞くが、将軍家においてはそれとは違った興味をお持ちのようだ」

十一代将軍家斉《いえなり》は、一橋家から入って十代将軍家治《いえはる》の世子となり、天明七年の四月には将軍宣下を受けた。

その直後にあたる五月二十日、江戸で大規模な打ち壊しが起こり、翌月には関東一円に波及した。

六月一日には、打ち壊しのきっかけとなった江戸町奉行曲淵《まがりぶち》甲斐《かい》を罷免し、関東郡代伊《い》奈《な》忠尊《ただたか》に江戸廻し米を命じて騒動を収集した。

この危急を乗り切るために、吉宗の孫にあたる白河藩主松平《まつだいら》定信《さだのぶ》を老中に任じ、ついで老中首座に迎えて幕政の実権を委《ゆだ》ねた。

その翌年には、将軍家いまだに御幼少の故を以て、白河公松平定信は、閣老から薦められて将軍補佐に就いた。

「将軍家はまだ十四歳という、きわめて好奇心旺盛なお年頃、厳格な白河公の眼をぬすんで、情死や歓楽のことにもご熱心であられる」

倉地は苦笑した。

「そのようなおりに、大身旗本が行方不明になるという事件が起こった。家中の者は重い患いで床を離れられぬゆえ、と弁明しておるが、別なところから、その殿様が吉原に通い詰めていたという噂が流れた。それを伝え聞いた白河公が、苦虫を噛み潰したような顔をされたと、これも殿中での噂に聞いた」

たしかに幕政とはかかわりのない私事でありながら、どこかで微妙な影響が生じてきそうなことに違いない。

「おり悪《あ》しくも、そのようなとき、わしは将軍家から隠密御用の密命を受けた。それが何と、吉原通いをしていたという旗本の遊興ぶりを、つぶさに探れということであった」

いくら御庭番が将軍家直属の密偵だといっても、このような覗き趣味めいたことに使われるいわれはない。

「とは思ったが、われらの元締め、御側御用取次の小笠原《おがさわら》殿からも、同じような趣旨のことを囁かれた。これは老中首座もご存知のことである、と念を押されたのだ」

いずれにしても、隠密御用を申しつかったからには、たとえ気が進まないことでも、探索に当たらないわけにはいかない。

「わしが思うに、将軍家と御老中とは、同じことを裏と表から調べることを要求しているのではなかろうか。若い将軍家は、情死に至るほどの男女の歓楽というものに興味を持たれ、御老中は士風の荒廃を嘆いて、これを機に旗本の風紀を糺《ただ》そうとされている」

見かけによらず洒脱なところのある倉地にとって、男女の情炎などを調べるのは、あまり気の進まない仕事らしい。

「それで、わたしに押しつけようとされるわけですな」

兵馬は臍を曲げた。

「そうではない」

倉地はあわてて打ち消した。

「近頃おぬしは、吉原に縁ができたと聞いている。じつに好都合のことであった」

兵馬はわざとらしく声を立てて笑った。

「遊びが足りないと揶揄されたわたしに、よりによって遊里を探れと申されるのか」

「おぬしも嫌か」

「こどもの覗き趣味に、付き合う気はござらぬ」

「しかし御老中は、御政道を改めようという見地から申されるのだ」

「それも少し窮屈すぎる考えではありませんか」

兵馬は幕臣である倉地文左衛門を前にして、将軍と老中首座を蔑《ないがし》ろにするようなことを平気で言っている。

しかも兵馬と倉地が話しているのは、伊賀者や御庭番が住んでいる幕府の御用屋敷の中だった。

おれもすっかり浪人暮らしが板について、まるで無頼の徒のような考え方になってしまったようだな、と兵馬は思った。

「壁に耳あり、障子に眼あり。あまり過激なことを言うのは慎んだ方がよい」

さすがに倉地もたしなめたが、公儀隠密を承《うけたまわ》る御庭番としては、何とも不謹慎なことに、兵馬の言うことに反対しているわけではなさそうだった。

花は散りても

一

「弥八《やはち》の野郎がふん捕まりやがって、とんだドジをしてくれたぜ」

桜田御用屋敷から帰ってくると、入江町の張り番をしていた花川戸の駒蔵が、苦りきった顔をして兵馬を出迎えた。

素人目にはそれとわからないが、お艶の始末屋がある入江町一帯は、江戸中から呼び集められたという駒蔵の子分たちによって固められていた。

もっとも、駒蔵が豪語したように、何十何百という人数が集まったわけではなかったが、少なくとも十数人の男たちが動員されているのは確かだった。

「相手は瘠せても枯れてもさむれえだ、決して一人になるんじゃねえ、と言っておいたのに、怪しげな深編笠の後をつけて行ったまま、それきり帰って来ねえのよ」

三人が一緒に動いて、決して離れるな、と駒蔵は入江町の要所々々に配置した子分どもに言っておいたのだという。

「つまり、さむれえ一人に対して、捕り手が三人でかかれば、何とか取り押さえることができると踏んだのだ」

駒蔵は万全の策を取っていたつもりだが、わかるものかと、兵馬は集まってきた連中の腕っ節を疑っていた。

入江町に呼び集められたのは、駒蔵が賭場を開いていた頃の子分どもだが、いずれも酒と博奕に身を持ち崩した無宿人で、飯付きのふるまい酒につられてやってきた、空腹《すきっぱら》を抱えた連中ばかりだった。

もちろん飯や酒を出すのは駒蔵ではなく、付けはすべてお艶のところへ廻ってくるので、始末屋の店先は、まるで窮民への炊き出しでもしているかのような、奇妙なにぎわいをみせていた。

「どうして弥八が捕まったとわかったのだ」

ひょっとしたら、斬られたのかもしれぬ、と兵馬はふと思ったが、あえて口には出さなかった。

「これを見ねえ」

駒蔵はくしゃくしゃになった書状らしきものを、懐から取り出して兵馬に見せた。

「いまさっき、小石に包んだ投文《なげぶみ》があったのよ」

投文の皺を伸ばしてみると、この件から手を引くほうが賢明である、とかなり達者な筆跡で書かれている。

さらに、弥八なる者、出過ぎた真似を致した故、当方で預かっておる、右の忠告が守られなければ、この者の命は保証できぬと心得よ、とこれも達筆で書き添えてある。

「弥八の野郎がドジを踏んだおかげで、いまから入江町の固めを解くことになった。あっしも花川戸の駒蔵と言われた男だ。子分を見殺しにするわけにゃあいかねえのよ」

そうじゃあねえかい、と駒蔵は兵馬に無理やり同意を求めた。

「入江町の固めを解いたら、どういうことになるか。わからねえわけじゃあねえが、子分の命には代えられねえ。悪く思わねえでくだせえよ」

もともとこれは、兵馬が勝手に持ち込んできた面倒ごとだ、という気持ちが駒蔵にはある。乗りかかった舟は、いささか荷が重すぎたと言うほかはない。

「これで奴らは、いよいよ本腰を入れて襲って来るに違いねえ。あっしの勘では、きっと今夜あたりが危ねえぜ」

駒蔵が言うように、ついさっきまで街角の隅々にたむろしていた子分たちは、蜘蛛の子を散らすようにいなくなって、もはや入江町の何処にも見ることはなかった。

「弥八は拷問にかけるまでもなく、何もかも白状してしまったものとみえるな」

兵馬は苦笑した。

あの臆病者の弥八のことだ、痛い思いをする前に、聞かれないことまでも喋ってしまったに違いない。

「そうなると、こちらの手の内は、すべて読まれてしまっていると考えた方がよい」

兵馬にそう言われて、駒蔵は苦虫を嚙みつぶしたような顔をした。

「薄紅が始末屋にいることはもちろん、あっしの素姓や先生の来歴も、みんな知られてしまっているというわけですかい」

「入江町を固めていた子分たちの配置も、それが大した人数ではないことも、奴らは確かめているはずだ。そうなれば、真昼の襲撃ということも考えられるかもしれぬ」

兵馬は難しい顔をして腕組みした。

「脅かしっこなしですぜ」

駒蔵はただでさえ短い猪首をすくめてみせた。

「それよりも、弥八を受け取りにゆかねばなるまい」

兵馬は仏頂面をしたまま、無造作に言った。

「受け取ると言ったって、先生よ、敵はどこの誰ともわからねえのだぜ」

駒蔵は呆れたような顔をして言った。

「いや、相手の所在はわかっている。たぶん間違いなかろう」

兵馬にも確信があるわけではなかったが、倉地が言っていた隠密御用の件と、どこかで重なっているように思われたのだ。

御庭番倉地文左衛門の調べでは、遊里とかかわって当主のゆくえが知れなくなっている大名旗本は、いまのところ、その一件しかない。

「本所南割下水にある、大瀬《おおせ》岩太郎《いわたろう》という旗本屋敷だ」

倉地が将軍家から命じられた隠密御用とは、大瀬家の当主岩太郎のゆくえと、吉原での行状を調べることだった。

「そんなことが、どうしてわかったんで」

駒蔵は疑わしそうな眼をして説明を求めたが、兵馬は気がつかないふりをして、話を先に進めた。

「あまりにも近すぎて、かえって盲点になっていたのだ。お艶が襲われたとき、奴らが舟に乗ってきたことに、早く気がつくべきであった。南割下水から小舟に乗って横川へ出れば、誰に見咎められることもなく、入江町まで侵入できる」

兵馬が駒蔵の疑念を無視して強引に話を進めたのは、御庭番宰領であることを知られたくないからだった。

「ほんとですかい」

駒蔵はまだ半信半疑だった。兵馬は笑って答えた。

「行ってみればわかる。こちらから先に乗り込んでゆけば、逆に奴らの襲撃を逸らせることにもなる」

どうせ調べなければならない相手なら、弥八を受け取りに来たという口実で、堂々と乗り込んでやろう、と兵馬は腹を据えている。

「しかし、そいつは博奕みてえなもんですぜ」

賭場の元締めをしていた駒蔵が、皮肉にも博奕をたしなめるようなことを言った。

「孫子に言う。兵は拙速なるを聞くも、いまだ巧久なるをみざるなり。たとえやり方はまずくとも、いくさは速攻にかぎる。長引かして巧くゆくことなどあり得ない、ということだ」

「へえ。先生は学問の方も、おやりになるんですかい」

　駒蔵は、こいつは見直した、という顔をして、見えすいたお世辞を言ったが、これまでは兵馬のことを、剣術しか能のない無学な奴と思っていたらしい。

「これから南割下水に出かけようと思うが、猪牙舟の手配を頼めるかな」

　機先を制するには、襲撃してきた道筋の逆を突けばよい、と兵馬は思っている。

「そりゃあ造作もねえが、ほんとに大丈夫ですかい。相手は大身の旗本だ。もし人違いだったら、大変なことになりますぜ」

　旗本屋敷に乗り込むと言われて、駒蔵は怖じ気づいているらしい。

「おぬしが嫌なら、わたし一人でゆくほかはあるまい。しかし、肝腎なときに子分を見捨てたように思われては、駒蔵親分の顔が立たぬのではないかな」

　兵馬は駒蔵の弱みをくすぐって軽く脅した。

　駒蔵は顔を真っ赤にして、うんうん呻りながら苦しんでいたが、ようやく思い決めたかのように、腹の底から絞り出したような鈍重な声で言った。

「わかった。花川戸の駒蔵、死んだ気になってお供しますぜ」

二

入江町から猪牙舟に乗って横川を北上し、長崎町から西に曲がって南割下水に漕ぎ入れると、水草の茂る浅い水底は、心なしか黒ずんでいるように感じられた。

南割下水に入ってからは、猪牙舟はほとんど揺れることもなく、波のない水面を滑るようにして進んでゆく。

「いつもだったら歩いてゆく近所の道を、わざわざ猪牙舟に乗ろうなんて、先生もずいぶん物好きなお人だ」

駒蔵は下腹から胸にかけて、幾重にもさらしを巻き締めている。

「それよりもおぬしの格好は、まるで大高源吾《おおたかげんご》が吉良《きら》邸へ討ち入りにでもゆくような、厳重ないでたちではないか」

討ち入りと言うより殴り込みだな、と兵馬はつい笑ってしまったが、決死の思いで猪牙舟に乗り込んだ駒蔵にしてみれば、笑い事ですませられるようなことではなかった。

「呑気に舟遊びなんかしているあいだに、入江町が襲われるかもしれねえぜ」

駒蔵は見かけによらず、案外と心配性なのかもしれなかった。

兵馬は鼻白んで、

「つまらぬことを言っていないで、すれ違う舟に怪しい連中が乗っていないかどうか、しっかりと見張っていることだな」

駒蔵に見張りを任せると、兵馬は船底にごろりと横になって肘枕を突いた。

「入江町に隠されている薄紅を襲うとしたら、奴らはきっと水辺から侵入するだろう。これほど都合のよい逃走路は他にはないからな」

「それで猪牙舟に乗ったんですかい。しかし真昼だったら、徒歩でゆく方が早いですぜ」

「奴らは人に知られることを極度に恐れているのだ。足がつきやすい陸路は、できるだけ避けたいに違いない」

兵馬は船底に横たわって、岸辺の路地に注意を払っていたが、欠伸《あくび》が出るほど長閑《のどか》な午後で、路上には怪しげな人影など見あたらなかった。

「おっと、向こうから舟が来ましたぜ」

前方を見ていた駒蔵が、にわかに声をひそめて囁いた。

「あれは汚穢《おわい》舟だ。ここまで臭うではないか」

兵馬に言われて、駒蔵は大急ぎで鼻をつまんだ。

「こいつはたまらねえ。縁起でもねえぜ」

葛西あたりの百姓が、旗本屋敷の肥溜めでも汲み取りに来たのだろう。舟底にはびっしりと肥桶が並んでいる。

割下水は川幅が狭いので、二艘の舟がすれ違うには、互いの船端が接するほど近づかなければならない。

汚穢舟は猪牙舟に比べたら二倍近く舟幅が広く、そのうえ肥桶から糞尿がこぼれないよう、ゆっくりと漕ぎ下ってくるので、すれ違うのにずいぶん手間取った。

船頭同士はたがいに顔見知りらしく、呑気な挨拶を交わしながら、悠然として長い棹を使っている。

「ふうぅ。息が詰まるところだったぜ」

やっと汚穢舟が遠離《ざか》ると、駒蔵は絞め殺されかけた鵞鳥のように、ぜいぜいと荒い息を吐いて苦しがった。

「誰もがひり出すものではないか。大仰な奴だな」

兵馬は駒蔵の意気地なさを笑ったが、なにが幸いになるかわからないもので、この騒ぎにまぎれて、駒蔵から恐怖心が吹き払われたらしかった。

「左手に見える薄暗え森みてえなのが、津軽越中《つがるえっちゅう》の上屋敷だ。大瀬屋敷はその対岸にあるはずだから、そろそろ舟をおりますぜ」

南割下水の河岸には、旗本屋敷の長屋門と、漆喰で固めた白塀が軒を並べているが、にぎやかな町家から遠く離れているせいもあって、日中でも滅多に人通りはない。

「おれたちが帰ってくるまで、ここを動かずに待っているんだぜ」

駒蔵は船頭に言い含めて、いくらかの小銭を渡した。

「さて、ゆこうか」

兵馬は河岸に上がると、表通りに面している大瀬岩太郎の屋敷を捜した。向かって左側に細川玄蕃《げんば》の中屋敷があり、右側には水田弥三郎《みずたやさぶろう》の屋敷がある。そのあいだに挟まれているのが大瀬岩太郎の屋敷だ、と倉地文左衛門から聞いている。

「あれだな」

兵馬はつかつかと歩み寄って、大瀬屋敷の門前に立った。

「ほんとに、このお屋敷ですかい」

いよいよとなると、駒蔵は及び腰になって兵馬を引き留めた。

「頼もう」

兵馬は駒蔵にかまわず、門内に向かって声をかけた。

「所用あって参った者でござる」

長屋門の中は森閑としていて、兵馬の呼びかけに応ずる声はなかった。

「留守なのかもしれねえぜ」

駒蔵はほっとした顔をして、兵馬の袖を引いた。

「誰かおられぬか。人質を受け取りに参った。門を開かれよ」

兵馬は長屋門の櫺子《れんじ》窓に向かって、わざと破鐘《われがね》のような大音声を出した。

「しっ。大声を出されるな」

すると、ぴたりと閉ざされていた櫺子窓がするすると開いて、格子の隙間から門番らしい顔が覗いた。

「人聞きの悪いことを、大声で喚かれては迷惑する」

「当家の迷惑になろうとは思わぬ。人質さえ帰していただければ退散する」

兵馬は櫺子窓に近づいて言った。

「しばらく待て。上の者に伺って参る。決して大声をたてぬよう」

かたん、と音を立てて櫺子窓が閉まり、門番らしい男が奥へ向かって駆けてゆく足音が聞こえてきた。

「やはりこの屋敷であったようだな」

　兵馬は駒蔵を見て笑った。

「あてずっぽうだったんですかい」

　駒蔵が呆れ顔をして呻った。

「だがよ、この屋敷がそうと決まったわけではねえ。もし違っていたら、えれえことになるぜ」

　駒蔵はなおも不安そうに猪首をすくめたが、隠密御用の指令を受けた兵馬には、この屋敷に違いないという確信があった。

「入れ」

　櫺子窓越しに声がかかり、長屋門の脇にある潜り戸が開いた。

「意外と早かったな。門の外で喚かれてはたまらぬ、と判断したのであろう」

　門番の注進で、奥から大勢が駆けつけたらしく、門内にはかなりの人数が集まっている気配が感じられた。

「ご親切にも、門内に入れてくれるそうだ」

　兵馬が先に入れと促すと、駒鞍は恐怖に駆られて二の足を踏んだ。

「あっしは御免ですぜ。潜り戸に首を差し入れたとたんに、ばっさりと首を斬り落とされるなんてのは真っ平だ」

そう言われてみれば、潜り戸を入ろうとして屈み込めば、ちょうど首を斬りやすそうな角度になる。

「早く入らぬか」

門内から苛立たしげな声がかかったが、たしか聞き覚えのある声のような気がする。

「大仰なお出迎え、恐れ入る」

兵馬はその声に向かって呼びかけた。

「まさか不意討ちをかけるつもりではござるまいな」

「われらも武士。卑怯な真似はせぬ」

人質を取ったり、遊女を密殺しようとするのは、卑怯と言わないのか、と思ったが黙っていた。

「その言葉、信じよう」

兵馬は鋭く声をかけると、いきなり潜り戸の中へ駆け入った。

瞬時にして間を詰める無外流走り懸かりの応用で、たとえ頭上から斬りかけられたとしても、太刀筋の及ばないほどの速さだった。

身を屈めて邸内に躍り込んだ兵馬は、抜刀した黒頭巾たちの足下を走り抜けると、すぐに背筋を伸ばしてすっくと立った。

「おぬしたちとは、前にもお目にかかったことがあるようだな」

旗本屋敷の邸内で、黒頭巾を着けているのは、明らかに異様だし、抜刀して客を迎えるのも普通ではない。

「これがおぬしらの流儀か」

兵馬はぐるりと周囲を見わたして一喝した。

「わが身を守るためには致し方ないのだ」

黒頭巾の一人が呟くような口調で言った。

「これは意外なことを聞く。わが身を守るとは何のことか。わたしは人質を返してもらいに来ただけだ」

兵馬はまだ刀を抜いていない。両手をだらりと下げて、いかにも無防備のようにみえるが、これは抜刀術の構えで、一瞬にして間合いを詰める走り懸かりの極意だった。

「これは失礼いたした」

黒頭巾を着けた大柄な男が、兵馬に向かってゆっくりと一歩を進めた。刀は抜いていないが、足の運びには寸分の隙もない。

「みな、刀を引け。この仁と話したいことがある」

この男は知っている、と兵馬は思った。お艶の家が襲われたとき、仲間を逃がすために兵馬と刃を合わせた男がいた。

「おぬしか」

兵馬が眼を合わせると、相手もわかったようだった。

「そうだ」

邸内に漲《みなぎ》っていた殺気が消えた。

三

「この屋敷を知られてしまったからには、いまさら顔を隠すのも無用なこと」

兵馬を表座敷に通すと、大柄な男はゆっくりと黒頭巾を脱いだ。

「拙者は大瀬家の用人頭を務めている乾仲次郎信克《いぬいしんじろうのぶかつ》と申す」

覆面の下から素顔をあらわした乾仲次郎は、まだ三十なかばの精気に満ちた男で、この屋敷でどのような立場にいるのか、まるで大瀬家の当主であるかのように、勝手気ままに振る舞っている。

敵として迎えたはずの兵馬を、客人の扱いで表座敷に通したのも、乾仲次郎の一存で決めたことだった。

「鵜飼兵馬と申す」

兵馬もつられて礼を返したが、乾仲次郎が何を考えているのかわからず、当てが外れたような気がして釈然としなかった。

大瀬岩太郎の旗本屋敷は、南割下水に沿った表通りに長屋門を構え、門の左右には家士たちの長屋が並んでいる。

屋敷は間口が四十間とやや狭いが、邸内の奥行きはかなり広く、七十間以上はあるものと思われた。屋敷地の総坪数は二千八百坪以上あろうか。

長屋門の正面は百坪ほどの石畳になっている。板敷きの式台に入ると、槍床のある六畳の玄関の右手に、八畳の次の間があり、その奥には十二畳の表座敷が続いている。

「さっそくでござるが、こちらに弥八という男が迷い込んでいるはずでござる。御当家には無用な者でござろう。いますぐお返し願えまいか」

兵馬はすぐに用件を切り出した。

「気の早いことを言われる。せっかくの御入来だ。もう少しゆっくりされては如何か」

乾仲次郎がぽんぽんと手を鳴らすと、はたち前後の腰元が二人、酒肴の膳を捧げてしずしずと入ってきた。

「このようなところで、おぬしと酒を飲み交わす謂われはござらぬ」

兵馬はあわてて辞退した。

「そちらはなくとも、拙者にはあるのだ」

乾伸次郎は磊落に笑った。

「じつはおぬしのこと、あれからいろいろ調べてみた。われらに害意ある者ではないことがわかった」

勝手な言いぐさだ、と兵馬は思ったが、相手が何を言いたいのかを確かめるため、黙って先を促した。

「あのときおぬしに斬られた者も、幸いに命を取り留めたので恨みは残らない」

ほんとうかな、と兵馬は疑っている。潜り戸をくぐり抜けて邸内に走り出たとき、凄まじい殺気が漲っていたことを、どう説明するつもりなのか。

「わたしを斬りたがっていた者も、あの中にはいたようであったが」

兵馬は挑発するかのように、薄ら笑いを浮かべた。

「いま家中の者はぴりぴりしている。邸内に侵入した者は、ことごとく斬ることになっておるのだ」

乾伸次郎はにこりともせず、物騒なことを平然と口にした。

「そこで始末に困ったのが、おぬしのことだ」

斬ってしまえという声もあるが、と乾伸次郎は威嚇するように続けた。

「それではわれらの趣旨にそぐわない、と拙者は異論を唱えたのだ。おぬしを斬ることのできるほどの者は、残念ながらわが家中にはおらぬ。いたずらに犠牲を出すことはわれらの本意ではない」

伸次郎は自嘲するかのように笑った。

「ならば酒を飲ませて酔い潰そう、というわけか」

兵馬は冗談めかして言ったが、考えられないことではなかった。

「まさか。おぬしが酒に強いことも調べてある。この程度の酒で盛り潰されるようなおぬしではあるまい」

酒肴に毒を盛るという手もある、と兵馬は思ったが、乾伸次郎の目論見は、どうやら別なところにあるらしかった。

「おぬしも浪人なら、われらの苦衷もわかっていただけよう」

乾伸次郎はにわかに声の調子を落として言った。

「おぬしを敵に廻したくはない。できたら味方と思いたい」

兵馬の来歴を調べた乾伸次郎は、江戸に係累がなく、旧藩との繋がりも断たれていることを確かめた。

「おぬしは浪人暮らしが長く、生計に苦しんでいるようではあるが、武士としての矜《きよう》持《じ》を貫き通して、窮しても俗塵に堕することはない。剣の腕はありながら、生きることに不器用で利害に疎く、気の毒なほど世渡りの下手な人物とお見受けする」

短い期間によくもそこまで調べ上げたものだが、誉めているのか貶《けな》しているのかわからないことを言って、乾仲次郎は巧みに兵馬の気を引こうとしているらしい。

「そんなおぬしを見込んで、是非とも頼みたいことがある」

乾仲次郎の話は、いよいよ本題に入ってきたらしかった。

「この数日、おぬしが見たこと聞いたこと、すべてを忘れて欲しいのだ」

おぬしの信義にかけて、約束をしてもらいたい、と仲次郎は重ねて言った。

「そうすれば、これ以上の犠牲が出なくて済む。われらも無益な殺生をしたいわけではないのだ。この場が修羅となるか、安穏にことが運ぶか、すべてはおぬしの一存にかかっていると言ってよい」

ほとんど脅迫に近いようなことを、乾仲次郎は懇々と兵馬に向かって説いた。

「いかにも情理に適った申しようではあるが、それではわたしを縛るだけで、おぬしたちを縛ることにはならぬようだ」

兵馬は顎に手を添えて考えるしぐさをしたが、むろん伸次郎の抜き打ちに備えて、利き腕を遊ばせているのだ。

「まことに失礼ながら、おぬしは浪人されてから何年になられる」

乾伸次郎はいきなり話題を変えた。

「もはや二十年近くにもなろうか。早いものでござるな」

そろそろ、故郷の弓月領ですごした日々よりも、江戸での暮らしの方が長くなる、と兵馬は思った。

「そのあいだには、仕官の話がござらなかったのか」

兵馬を見つめる乾伸次郎の眼が、妙に真剣な光を放っている。

「さて、そのような話、聞いたこともござらぬな」

倉地文左衛門から、幕臣に推挙すると匂わされはしたが、それもいつの間にか立ち消えになった。

「おぬしほどの腕を持ちながら、いまだに仕官が叶わぬこと、理不尽とは思われぬか」

乾伸次郎は兵馬を挑発するような言い方をした。

「いまは剣一筋に生きることのできる世ではござらぬ」

兵馬は挑発に乗らず、自嘲するかのように笑った。

「ところで」

乾伸次郎は、にわかに姿勢を改めて兵馬に対した。

「大瀬家は四千三百石の直参旗本、家中の侍は二十人にあまる。飯炊きや草履取りを加えれば、数十人の者たちがこの屋敷内に暮らしていることになる」

それにしては人の気配がないのは、この屋敷の者たちが主家の存亡を危ぶみ、息をひそめるようにして暮らしているからなのか。

「もしも当家が改易にでもなれば、これらの者たちは、たちまち路頭に迷うことになるのでござる」

そう言うと、乾伸次郎は暗く燃えるような眼を兵馬に向けた。

「おぬしほどの腕を以てしても、容易には仕官が叶わぬ世だ。何の取り柄もない家中の者たちには、失職後の仕官など望むべくもない」

乾伸次郎は、熱に浮かされたように言葉を継いだ。

「飯炊きや草履取りをしていた者たちなら、まだ食い抜けるための気転もあろう」

こう言って、伸次郎はちょっと羨ましそうな表情をした。

「しかし、二十人にあまる家中の侍たちには、主家の俸禄を失った後も食いつないでゆくだけの才覚はないのだ」

乾仲次郎が何を言いたいのか、ようやく兵馬にも見えてきた。

「だからこの家中に、必死でしがみついているというわけか」

兵馬から露骨にそう言われて、乾仲次郎は思わず苦笑した。

「主家を守るのだ、と言ってもらいたい」

「都合のよい言い分だな」

兵馬は吐き捨てるように言った。

「わたしが郷里を捨てて脱藩したのは、主家を守るための策謀に嵌《は》められたからだ。御家のためなどと言いながら、結局はおぬしらのためであろう。そのためにはすべてが許される、などとは間違っても思わぬことだな」

乾仲次郎はさすがに顔色を変えて、

「おぬしは、わが身ひとつのことしか、考えてはおらぬのだ」

すっと膝を浮かしかけたが、すぐに思い返して座り直した。

「拙者は大瀬家の当主岩太郎の叔父にあたる。部屋住みの身をよいことに、若くして江戸を離れ、武者修行と称して諸国を遊歴したが、金のあるうちは安穏と時を送って、まじめに剣の修行をしたわけではない」

旅のあいだには、食うや食わずの辛酸をなめたこともある、と乾仲次郎は問わず語りに述懐した。

「それゆえ、禄を離れた武士の苦しさは、身を以て知っているつもりだ」

江戸に呼び返されたのを幸い、大瀬家に住み込んで家宰のようなことをしているが、家中での扱いは別格と言ってよい立場にある。

「すでに死期を覚っていたらしい長兄から、どうめぐりめぐったか旅先に書状が届き、甥岩太郎君の後見を頼まれた」

どうやら兄は、拙者の武者修行を真に受けていたらしい、と言いながら、乾仲次郎は自嘲するかのように、喉元を鳴らして低く笑った。

「数年ぶりで江戸へ帰ったときには、わしを呼び寄せた兄はもはや鬼籍に入り、甥の岩太郎君が家督を継いでいた。四千三百石の旗本といっても家計は放漫で、ほとんど破産寸前のありさまであった」

岩太郎の放蕩を戒め、大瀬家の困窮を建て直すために、叔父の乾仲太郎が旅先から呼び戻されたわけだ。

「その岩太郎どのは、如何いたしたのだ」

しかし仲次郎は、兵馬の問いかけをはぐらかすかのように、別なことを言った。

「わが兄は、あいにく虚弱のたちでな、岩太郎君の元服を待たずして逝去された」

それゆえ、叔父の乾伸次郎が大瀬家を切り盛りして、どうにか四千三百石の旗本としての体面を保っているのだという。

「つまり大瀬家の実権は、おぬしが握ってきたわけだ」

兵馬は念を押した。

「そのような陰口を叩く者も確かにいる」

乾伸次郎は苦々しげに吐き捨てた。

「しかし、誰がどう言おうとも、大瀬家の当主は岩太郎君だ。当主の不行跡によって当家が改易に追い込まれることは、何としても避けねばならぬのだ」

「そのためには、殺しも厭《いと》わぬと言われるか」

兵馬がすかさず突っ込みを入れると、伸次郎は急にふてぶてしい顔になって、にやりと笑った。

「それもおぬし次第だと言っておる」

四

駒蔵は南割下水に浮かべた猪牙舟に乗り込み、いつでも漕ぎ出せるように舫綱《もやいづな》を解いて、大瀬屋敷の長屋門を見張っていた。

すでに兵馬が邸内に消えてから一刻ほどたっている。

長屋門の脇にある潜り戸が開いて、しゃんと背筋を伸ばした兵馬と、前屈みになったもう一人の男が、家中の者に見送られて邸内から出てきた。

「無事でしたかい」

駒蔵は思わず嬉しそうな声をあげて、猪牙舟に渡した舟板の上に立ち上がった。

「まだいたのか」

兵馬は逆光をまともに受けて、まぶしそうな眼を駒蔵に向けた。

「いちゃ、悪かったかね」

駒蔵は照れ隠しのように、憎まれ口を叩いた。

「いささか疲れた。帰りの舟があるのは助かる」

気怠げな昼下がりの路上に、猪牙舟に向かって歩いてくる二人連れの濃い影が落ちた。

「親分、来てくだすったんで」

猪牙舟から身を乗り出している駒蔵を見つけると、弥八は顔中をくしゃくしゃにして駆け寄ってきた。

「やっぱり親分は、あっしのことを」

「あたりめえだ。子分を見捨てるような駒蔵じゃあねえ」

駒蔵は胸を反らせるようにして威張ってみせると、いきなり弥八の頭をぽかりと殴った。

「てめえのおかげで、十年は寿命が縮まったぜ。こんどドジを踏みやがったら承知しねえぞ」

さらに拳を振り上げた駒蔵の腕を、まあまあと言って兵馬は軽く押さえた。

「そのくらいでよいではないか。言ってみれば、弥八が旗本屋敷に捕らえられたおかげで、この一件にも少し進展があったのだ。手柄の半分は弥八にある」

駒蔵は振り上げた手のやり場に困って、照れくさそうに頭を掻いた。

「そんなもんですかねえ」

よくよく考えてみれば、この件に関して駒蔵の手柄と言えるようなことは何もない。

命がけで子分の救出に向かったことに嘘はないが、いよいよとなれば、旗本屋敷に踏み込む勇気はなく、猪牙舟に逃げ帰ってはらはらと気を揉んでいただけだ。

「それにしても、よく帰してもらえましたね」

駒蔵は面目なさそうな顔をして、おずおずと兵馬の労をねぎらった。

「くわしい話は後だ。はやく舟を出せ。奴らはいつ気が変わるかわからぬからな」

それを聞くと、呑気に煙管を咥えていた船頭が、大あわてで棹を繰り出して、猪牙舟を河岸から突き放した。

「どちらへ着けますんで」

岸を離れた船頭は、怯えきった声でゆく先を聞いた。

「取りあえず、入江町まで戻ってくれ」

まず薄紅の安否を確かめたいし、大瀬屋敷での首尾を語って、ひとり気を揉んでいるお艶を安心させてやりたかった。

「ところで、あっしの手柄ってえのは、どんなことなんです」

猪牙舟が南割下水を離れると、やっと元気を取り戻した弥八が、どう考えてもわからないらしく兵馬に聞いた。

「奴らに問われるまでもなく、洗いざらい白状してくれたことだ」

兵馬は、いささかも皮肉を交えずにそう言った。

「へっ。喋ってもよかったんですかい」

弥八はきょとんとした眼つきで、おそるおそる兵馬の顔を盗み見ている。

「ばか野郎。拷問もされねえうちから、ぺらぺらと喋る奴があるか」

子分の間抜け面を見かねた駒蔵が、苛々した声で怒鳴りつけた。

「それがよかったのだ」

兵馬は、乾仲次郎とのやり取りを思い出して、苦笑を浮かべた。

「とりとめもなく喋る弥八の話を聞いているうちに、少なくとも大瀬の家中に敵対するものではない、ということがわかったようだ」

それを聞いた弥八が、急に得意顔をして相好を崩すと、兵馬は重ねて言った。

「へたに隠し立てなどすれば、かえって疑いが生ずるものだ。弥八は聞かれもしないことまで、洗いざらい喋ったそうではないか。あれほど隠し事のできない男もめずらしい、と用人頭の乾仲次郎も呆れておったぞ」

「それで、こちらのことは、すべて知られてしまったというわけかい」

駒蔵は腹立たしそうに口を挟んだ。

「手の内を知られちまっちゃあ、ざまはねえ。あっしらは、これからどうしたらいいんですかい」

「しばらくは静観するよりほかはあるまい。いまへたに動けば、あの連中は自棄にな
って暴走しかねない」

用人頭の乾仲次郎が、過激に走りかねない家中の者を抑えているというが、ひょっ
としたらあの男が、一番あぶないのではないか、と兵馬は思っている。

「大瀬屋敷で何があったのか、聞かせてはもらえねえんですかい」

駒蔵が猫なで声を出した。

「邸内を窺う者は斬ることになっている、とか言っていたな」

兵馬は乾仲次郎のせりふを、そのまま伝えた。

「あっしが聞きてえのは、先生が無事に出て来られた理由ですぜ」

駒蔵はむっとした顔をして聞き返した。

「わたしも斬られたようなものだ」

兵馬は苦笑した。

「相手の動きは封じたが、わたしも身動きが取れなくなった。まあ相打ちというとこ
ろだな」

兵馬は呑気そうに欠伸をした。

「話の通ずるような相手だったんですかい」

駒蔵は半信半疑だった。

「武士の約束だ。信義にかけても破ることはあるまい」

それを聞いた駒蔵は、いかにも落胆したように言った。

「どんな話か知らねえが、そんな約束が守られるたあ限らねえぜ」

その裏には何か魂胆があるに違えねえ、と駒蔵はなおも疑り深いことを言う。

「そうとも限るまい。ことを荒立てては不利になる、ということは知っているようだ。このまま彼らの思惑どおりにことが運べば、わざわざそれをぶち壊すようなことをするはずはない」

駒蔵は苛立たしげに舌打ちした。

「先生はどこまでも甘えお人だな。武士の約束なんてものが信じられるんですかい」

それが信じられるようなら、おめえさんが浪人することはなかったんじゃねえのかい、と駒蔵は兵馬の痛いところを突いた。

「信じる信じないを言っているのではない。かれらを凶行に走らせているのは恐れだ。それさえなくなれば、あえて安穏を乱すことはあるまい」

兵馬は脱藩したときの苦い思いを噛みしめていた。

「その恐れってえのは何なんです」

どこへ出ても、逞しく生き抜いてゆく駒蔵には、生きることに不器用な兵馬が抱くほろ苦さなど、わからないのかもしれない。

「かれらは職を失うことを恐れているのだ」

駒蔵と弥八は、それを聞いて神妙に黙り込んだが、兵馬には、そんなつまらねえことで、と舌打ちする駒蔵の声が、耳朶の奥から聞こえてくるような気がした。

五

薄紅はまだ病床に伏せっていたが、湖蘇手姫を相手に小唄を歌うようになってからは、失われてしまった声を、すこしずつ取り戻してきたようだった。

「ときどき同じ夢を見て、同じように魘《うな》されているようなんですよ」

いそいそと兵馬を迎えに出たお艶は、秘密でも打ち明けるような小さな声で、兵馬の耳元に囁いた。

「もう少しですね」

魘されているということは、薄紅のなかで凝固していた闇の部分が、しだいに解きほぐされているからなのではないだろうか、とお艶は言う。

「いまは苦しいと思いますが、そこのところを乗り越えさえすれば、失われてしまった声を、取り戻すことができるかもしれませんよ」

失われた声とは、封印された記憶と言いかえてもよいだろう。

薄紅の口から、まだそれを語るまでには至らないが、浅い眠りの中で、くりかえし魘されることによって、胸の奥に秘められている痼《しこ》りを、みずから解きほぐしているのかもしれない。

「もどかしいことだな。薄紅が見る夢の中に入ってゆくことができれば、すべてがわかるのかもしれぬが」

兵馬は苦しまぎれに冗談を言った。

「名案ね」

すると意外にも、お艶は本気になった。

「薄紅さんは、いま薄明の中にいるのよ。手探りでそこから抜け出ようとして、そのために魘されているんだと思うの」

かわいそうだけど、それは薄紅さんが一人でやらなければならないことね、とお艶は言った。

「誰か手を取って引っ張ってくれる人がいたら、闇も光もないような薄明の中から、抜け出せるかもしれないけれど」

お艶は小首を傾げてちょっと考えてから、小さな声で呟いた。

「あなたやあたしのように、長いこと娑婆の波に洗われてしまっては、薄紅さんの夢の中に入ってゆくのは無理でしょうね」

そう言うとお艶は、ほんの一瞬だけ、寂しそうな顔を見せた。

「それなら誰が、薄紅の夢の中に入ってゆくことができるというのだ」

言いかけてから、兵馬はすぐにお艶の意図に気がついて、駄目、駄目、とあわてて首を横に振った。

「下町の小娘だった頃の小袖ならともかく、旗本三千石恩出井家のお姫様を、遊女の霊媒に使うわけにはゆくまい」

すると、兵馬の言い方が気に障ったらしく、お艶はやんわりと言い返した。

「どうして下町娘ならよくて、お姫様なら駄目なんですか」

兵馬はお艶の反問にたじたじとなって、さらにまずいことを言ってしまった。

「お姫様と遊女では生きている境遇が違う。同じ夢の中に住めるはずはあるまい」

お艶は柳眉を逆立てた。

「遊女じゃ悪いんですか」

「いやいや。いいとか悪いとか、言っているわけではない」

「お武家様のあなたには、あたしのような岡場所のあばずれ女は、ふさわしくないと思っていらっしゃるのね」

話がとんでもない方面に飛び火したので、兵馬はすっかり狼狽《うろた》えてしまった。

「そのようなことは言っておらぬ」

あわてて打ち消しながらも、お艶はそんなことを気にしていたのか、と兵馬はあらためて胸が痛んだ。

「どうしたのだ。いつものお艶らしくないぞ。いまは薄紅のことを話しているのだ」

兵馬に軽くたしなめられて、お艶はぽっと頬を赤らめると、すぐに冷静さを取り戻した。

「よろしゅうござんす。あなたの気持ちさえ確かめることができれば、あとは何も言うことはござんせん。いまは薄紅さんのことだけを考えましょう」

お艶は意を決したように言った。

「小袖を霊媒に使おうというのか」

兵馬は心配そうに問い返したが、お艶はそれとはまったく違うことを考えているらしかった。

「さっきのは冗談ですよ。霊媒に失敗すれば、死ぬこともあるっていうじゃありませんか。あの子を死なせるわけにはいきませんもの」

お艶が言っているのは、恩出井家の湖蘇手姫ではなく、下町娘の小袖のことだ、と兵馬はすぐにわかった。

いまになってみれば、小袖は兵馬とお艶を結んでいた、眼に見えぬ一本の赤い糸だったのかもしれない、と思うことがある。

小娘の小袖を挟んで、義理の父、義理の母というゆるやかな絆が、兵馬とお艶のあいだにも育ちつつあるのではないか、と思われたこともある。

小袖の身許が判明し、三千石の直参旗本、恩出井家に引き取られてからも、小袖はまるで里帰りでもするかのように、入江町にあるお艶の家まで逃げてきた。

入江町にはいつもお艶がいて、そこには当然のように兵馬もいるものと、小袖は思いこんでいるようだった。

しかし髪上げの儀をすませて、湖蘇手姫と名を改めた小袖は、正式に恩出井家の後継として、幕府からの認可を得たらしい。

もはやこれまでのように、気ままに屋敷から脱け出して、お艶のところまで逃げてくることもできなくなるだろう。

　そうなると、兵馬とお艶を結びつけていた絆はなくなり、あとは生ぐさい男女の仲だけになってしまう。

　しかし、死んだ亭主の始末屋を継いだお艶には、入江町の岡場所や、横川や竪川の舟饅頭、河岸に出没する夜鷹たちの始末屋として、貧しい男たちに身をひさぐ、貧しい女たちを守ってゆかなければならないという義務がある。

　お艶が女侠客として名を挙げたのは、獄門に架けられた亭主の首を、闇にまぎれて刑場から持ち帰り、盛大な法要を営んだからで、それを金看板として名を売ったお艶は、いまになって始末屋を畳むわけにはいかないのだ。

　そして兵馬には、脱藩したとき郷里に置き捨ててきた妻があり、怨泥沼神殿で自裁して果てた津多姫への思いがある。

　さらに兵馬には、この世の闇を生きる御庭番宰領という陰の任務があり、隠密御用の命が下れば、係累を捨てて任務を遂行しなければならないという非情の掟がある。

　この世のしがらみの中で生きている兵馬とお艶が、まっとうな男女の仲になれるはずはなかった。

「ならば薄紅が快復するのを、気長に待つよりほかはあるまい」

兵馬が話題を変えようとすると、お艶は恥ずかしそうな笑みを浮かべた。

「あたしがやってみようかしら」

兵馬は思わず聞き返した。

「何を」

するとお艶は、あたりまえのことのように、さらりと言った。

「薄紅さんの夢の中へ入ってみるのよ」

お艶が何を考えているのかわからなくなった。

「霊媒に失敗すれば、命を失うこともあるのだぞ」

しかしお艶はどこまでも本気らしかった。

「大丈夫ですよ。あたしはすれっからしですから、死ぬほど深くまで、薄紅さんの夢の中へ入ってゆくことは、できないかもしれませんもの」

お艶は死ぬつもりなのだろうか、と兵馬は疑った。

「始末屋お艶といわれた女が、命がけでやるようなことではあるまい」

お艶をそのような思いに駆り立てるのは何だろうか。

「若い娘さんの夢の中に入ることができたら、そこで誰かさんに逢えるかもしれないもの」

冗談のように笑ったが、お艶の言うことは、どこか尋常ではなかった。お艶はすでに霊媒となる準備に取りかかっているのだろうか。

花は散りても
また春咲くが
君とわれとは
ひとさかり

お艶は悩ましげな顔になって、薄紅が口ずさんでいたという小唄を歌った。

「何だか、あたしたちのことみたいね」

お艶が膝を崩して横座りになると、浅黄色に染められた着物の裾が割れて、眼にも鮮やかな緋色の湯巻が散った。

「でもあたしには、また咲く春なんて訪れはしないわね」

しかし兵馬の眼には、しどけないお艶の姿態は、まだまだ花の盛りとしか見えなかった。

また春咲くが

一

それは奇妙な光景だった。

南蛮渡来の絨毯の上に敷かれた、眼が覚めるような真紅の褥に、全裸になった二人の女が横たえられている。

密閉された室内は、わずかな光さえも遮断された真の闇で、白蠟を練り固めたような女たちの白い肌を、ほのかに浮かびあがらせている百匁蠟燭のほかには、この部屋を照らす明かりはどこにもない。

密室の中で行われている異様な儀式は、『伴天連《ばてれん》の夢移し』と呼ばれる、南蛮渡来の秘技だった。

裸にされた女たちは、全身にくまなく香油を塗られているが、まるで眠っているかのように身動きもしない。

祭壇らしき螺鈿細工の棚の上で、鼻孔をくゆらす香が焚かれているが、密室の中に立ち籠めているのは、まちがいなく媚薬の匂いだった。

顔一面に金色の髭を生やした伴天連の、彫りの深い怖ろしげな顔が、ゆらゆらと燃えている蠟燭の光に照らされて、闇の中からぼんやりと浮かびあがった。

紅毛碧眼の伴天連は、聞き慣れない呪文を唱えながら、裸で横たわっている女たちの身体に、冷たい香油を塗っているらしい。

女たちの白い肌は、香油を塗る刷毛《はけ》の一触れごとに、つやつやと輝きを増して、まるでギヤマンで造られた彫像のように、闇の中にゆれる蠟燭の火影を映している。

女体の一方は、いま開いた蕾のように若々しかったが、もうひとつの女体は熟しきって、今宵かぎりと咲きほこる、盛りの花のようだった。

女たちの肌に香油を塗り終わると、いよいよ南蛮渡来の秘技『伴天連の夢移し』が始まるとみえ、不思議な呪文を唱える声が、おどろおどろしく響きわたった。

これは御公儀から禁じられている、南蛮渡来の魔法なので、淫猥な儀式が行われている密室には、誰ひとりとして立ち入ることを許されない。

そのため密室つくりにも念が入って、襖や壁の隙間は、厳重に目張りされ、これほど濃密な室内の匂いも、外に漏れる気遣いはなかった。

暗い室内には、あやしげな媚薬の匂いと、かぐわしい香油の匂いが充満し、それに女体から発する人肌の匂いが混じり合って、ほとんど息苦しいほどむんむんしている。

真紅の褥に横たわっている女たちが、香油を塗っている刷毛で、敏感な肌をくすぐられても、身動きひとつしないのは、南蛮渡来のあやしい媚薬をかがされて、深い眠りに落ちているからに違いない。

蠟燭の光に照り輝く女体は、暗い密室の中でじっとりと汗ばみ、そのせいか、立ち籠める媚薬の匂いに混じって、ほのかに香る黒髪の匂いがただよっている。

裸にされた二人の女が、媚薬によって眠らされているのだとしたら、南蛮の呪文を唱えている伴天連の男は、絶倫の体力をもっていると言ってよいだろう。

あやしげな媚薬の匂いが充満しているはずの室内にいながら、紅毛の男は眠るどころか、女体を前に立ったり座ったり、あるいはあやしげな呪文を唱えて、いささかも疲れを見せることがなかった。

この部屋を密閉するため、外からの光を断って、目張りまでほどこしているのは、声高に唱える伴天連の呪文を、外に漏らさないための工夫なのかもしれない。

呪文を唱える伴天連の声が、しだいに高くなって、立ったり座ったりする祈禱の所作が、眼に見えてせわしないものになってゆくのは、いわゆる巫女の神がかりと同じ所作ではないだろうか。

あやしげな呪文を声高に唱え、激しく身震いしている伴天連は、もはや正気の沙汰とは見えず、南蛮の悪魔が乗り移っているとしか思われなかった。

香油を塗られた若い方の女は、何を夢見ているのか苦悶の表情を浮かべ、よく聞き取れない声を絞り出して、うわごとのようなことを言っているらしい。

伴天連は低い声で呪文を唱えながら、若い女の額に毛むくじゃらの片手を添えると、まるで愛撫でもするような優しい手つきで、もう一人の女の額を撫でた。

すると不思議なことに、若い女の苦悶する表情は、そのまま傍らに横たわっている熟れた女に移っていた。

伴天連は若い女の柔らかな腕を、十文字に組んで重ね合わせると、こんどは熟れた女の腕を取って、これも十字架の形に組み合わせた。

女たちの白い腕が、柔らかな乳房を包み込むようにして重ねられると、夢移しの秘技は、これからが正念場に入ってゆくように思われた。

伴天連は蠟燭の光に碧眼を輝かせて、香油を入れた壺を両手で捧げると、異国の呪文を唱えながら、形よく膨らんでいる乳房の上に、黄金色をした冷たそうな香油を、ゆっくりと注ぎかけた。

若い方の女体に恍惚とした表情が浮かんだ。

「あああああ」

何かを叫んだようだが声にはならなかった。

「ううううう」

すると、熟れた肉体をした方の女が、同じような恍惚とした表情になって、何ごとかを口走ろうとした。

紅毛碧眼の伴天連は、香油の壺から手を離すと、若い女の乳房を揉みしだくようにして、執拗な愛撫をくりかえした。

若い女の身体には、ほとんど反応はなかったが、その隣りに横たわっている女の身体に、すこしずつ変化があらわれてきた。

香油を塗られた白い肌は、伴天連の愛撫に応じるかのように、しだいに薄紅色の輝きを増していった。

薄く開かれた唇から、愉悦の声が洩れてくるように思われたのは、これまで身動きしなかった女体が、わずかに息づいてきたからだろうか。

執拗な愛撫を加える伴天連の手は、若い女の乳房を揉みほぐしているが、熟れた女の身体にはまったく触れていない。

それにもかかわらず、身体が反応しているのは熟れた女の方で、乳房を愛撫されている若い女には、ほとんど肉体の変化らしいものはみられなかった。

伴天連は屈み込んでいた位置を滑らすと、こんどは熟れた女の乳房に両手を伸ばして、ふたたび執拗な愛撫を加えはじめた。

いくら乳房を揉まれても反応がなかった若い女が、いまは身悶えするようにして、過敏な動きをみせるようになった。

伴天連に乳房を吸われている熟れた女は、ふたたび深い眠りの中に落ちたのか、どのように愛撫されても、ほとんど反応することはなかった。

伴天連が熟れた女の身体を愛撫すると、若い女のその部分が過敏に反応して、ついには切なげなうめき声まであげるようになった。

二

「南蛮渡来の『夢移しの秘技』は、どうやら成功したようでございますね」

息を押し殺して、異端の儀式を覗き見ていた葵屋吉兵衛が、涎を垂らしそうな顔をしながら、傍らで同じ格好をしている駒蔵の耳元に囁いた。

「あれでほんとうに、薄紅の夢の中へ入ってゆけるのかね」

ギヤマンで造られた小さな覗き窓に、ぎらぎらした眼を押しつけるようにして、駒蔵はあやしく猥褻な伴天連の秘技を見ていた。

「けっ。秘技だか魔法だか知らねえが、あの野郎、やることがしつこすぎるんだよ。見ているだけでも、けたくそ悪くなるぜ」

吐き捨てるように言いながらも、駒蔵は覗き窓から眼を離すことはなかった。

「何をおっしゃいますか。親分もけっこう楽しんでいらっしゃる」

葵屋吉兵衛は、ギヤマン越しに展開されている、美女と野獣のからみ合いを見ることによって、陰気な愉しみに耽っているらしかった。

「いっそ鵜飼さまも、ここにいらっしゃればよかったのに」

「冗談じゃあねえぜ。夢移しの秘技ってえのが、こんなことをするのだと、もしも鵜飼の旦那にでも知れてみねえ。いきなり問答無用で、ぶった斬られてしまうぜ。滅多なことを言うもんじゃねえ」

駒蔵は恐ろしそうに眉をひそめた。

「危険と裏腹なところに、快楽というものはあるのでございますよ」

葵屋吉兵衛は、大店の旦那らしからぬ大胆なことを言って、目明かし駒蔵の臆病さを揶揄《やゆ》した。

「それにしても、おめえさんは変わっているぜ。女の裸を見て楽しむまではわかるが、てめえの惚れた女を、紅毛碧眼の伴天連にねちねちといじくりまわされて、喜んでいるってえのがわからねえ」

ギヤマン越しに、隣室で行われている秘技を覗いている駒蔵は、裸にされた薄紅の身体に、執拗な愛撫を加えている伴天連を、嫉妬に駆られた眼で憎々しげに睨みつけた。

「それが遊びの奥義というものでございますよ」

吉兵衛は陰気に笑った。

「金持ちの道楽ってのは、まわりくどくていけねえ。こんなことに大金をつぎ込むってえのは、頭の螺子《ねじ》が、どうかしているんじゃねえのかい」

駒蔵は本気になって腹を立てたようだった。

「これはほかならぬ親分さんが、持ち込んできたお話ではございませんか」

お艶から『夢移し』について相談された駒蔵は、金のかかることは葵屋吉兵衛に頼めばいい、と巧みに女二人を丸め込むと、お艶と薄紅を二挺の駕籠に乗せて、日本橋富沢町で呉服商を営んでいる葵屋まで乗りつけたのだ。

鵜飼の旦那には内緒ですよ、と言うお艶を、吉兵衛は土蔵造りに仕立てた秘密の奥座敷に案内した。

「あたしのようなお婆さんでも、若い薄紅さんが見る夢の中へ、入ってゆくことができるかしら」

お艶から夢移しのことを相談されると、吉兵衛は自信ありげに胸を張った。

「お婆さんなんて、とんでもない。あなたはまだまだお若いし、それにも増してお美しい。もし夢移しに失敗するのではないかとご心配でしたら、あたしの知っている伴天連さんに頼んであげましょう。南蛮渡来の伴天連の夢移しなら、きっと花魁が見る夢の中に、入ってゆくことができますよ」

葵屋吉兵衛は、遊びに飽きた金持ち仲間と、商売を抜きにした秘密の集まりを持って、あやしげな愉しみに耽っていた。

そのとき決まって秘密の席に呼ばれるのが、長崎の出島から来たという紅毛碧眼の南蛮人で、秘密の席では伴天連と称しているが、切支丹禁制の国に伴天連などいるはずはなく、南蛮渡来の魔法を売り物にして、金持ちたちに取り入っているたちの悪い男だった。

吉兵衛たちの秘密の集まりは、金持ち仲間の回り持ちになっていたので、吉兵衛も伴天連の魔法を愉しむための、秘密の部屋を造っていた。

お艶と薄紅が案内されたのは、唐草模様の絨毯を敷き詰めた密室で、南蛮渡来の魔法を使うため、特別に造られた隠し部屋だった。

「ヒミツノ、ギシキ、ダレモ、ミテハ、イケマセン」

伴天連と称する紅毛人は、そう言ってお艶と薄紅を密室に導き、隙間に目張りまでして部屋全体を厳重に密封したが、じつは隣室とのあいだには、ギヤマン造りの覗き窓が仕掛けられていることを、お艶や薄紅に知らせてはいなかった。

「サア、ハダカニ、ナッテ、クダサイ」

いきなり伴天連に言われて、お艶が迷わず裸になったのは、吉兵衛が秘蔵している南蛮の裸体画を、事前に何枚も見せられていたからで、秘技を行うとき裸になるのは、南蛮の慣習なのだと、思いこまされていたからだった。

お艶は人前で素っ裸になることに慣れていたし、吉原の遊廓で育った薄紅にも、裸になることへの羞恥心はない。

伴天連が行うのは、南蛮渡来の夢移しの秘技と聞いていたので、南蛮の絵に描かれた女たちのように、裸体となることが自然なのだと思っていた。

密室にはすでに香が焚かれていたから、お艶がそう思ったのは、部屋に立ち籠めていた媚薬におかされていたからかもしれない。

「アナタタチ、ユウキ、アリマス。ハダカ、トッテモ、キレイデス」

二人の女が素直に裸になるのを見て、伴天連は大袈裟に感嘆して見せたが、それはただのお世辞ではなかった。

裸になったお艶と薄紅を、緋色の褥に横たわらせると、伴天連は耳慣れない言語をあやつって、あやしげな呪文を唱えはじめた。

異国の呪文が、異様なほど熱心に唱えられたのは、褥に横たわった二人の女が、裸体画に慣れた伴天連の眼からみても、よほど蠱惑的に映ったからに違いない。

伴天連が唱える呪文が効いたのか、あるいは部屋中に立ち籠めていた媚薬の作用か、お艶と薄紅はすぐに深い眠りに落ちていった。

そのときから吉兵衛と駒蔵は、そっと隣室に忍び込み、ギヤマンで造られた小さな覗き窓から、密室で行われている淫猥な秘技を、息をひそめて見ていたのだった。

三

富沢町を出たお艶と薄紅は、二挺の駕籠を連ねて入江町へ帰ってきたが、二人とも魂を抜かれたような顔をして、いつまでも夢の中をさ迷っているように見えた。

「姐御、お帰りなさい」

若い衆が威勢よく声をかけても、

「ああ、辰吉《たつきち》かい。留守のあいだ、御苦労だったね」

お艶は気のない返事をすると、顔面蒼白になっている薄紅を伴って、さっさと奥へ入ろうとする。

「いったい、何があったんです」

ましらの新吉が、心配そうに眉根を寄せて問いかけると、

「しばらく、ほっといてくれないかえ。なんだか、疲れちゃってね」

お艶らしくもないことを言って、そのまま奥の寝間へ引き籠もってしまった。

「旦那、何とか言ってやってくだせえよ」

若い衆から背中を押されるようにして、兵馬はお艶が消えた奥の間へ入った。

「あら、旦那。家にいらしたんですか」

お艶は肩越しに見返ると、蒼白い顔をしてにっこりと笑った。

「一緒に行ってくださいって、あたしがあれほど頼んだのに、どうして来てくださらなかったんですか」

恨みごとらしいことを言ったが、兵馬にはお艶とそんな約束をした覚えはない。

「それで、うまく薄紅の夢の中へ入ることができたのか」

兵馬はお艶が疲れきった顔をしているのが気になって、わざわざ富沢町まで出かけて行った成果を訊ねてみた。

「それがねえ」

お艶は妙に甘ったれた声を出して、まだ夢の続きでも見ているような口ぶりで言った。

「あれが薄紅さんの夢なのかしら。ひょっとしたら薄紅さんも、あたしの見た夢の中で、さらに他の人の夢を見ていたのではないかしら。そこのところが、あたしにはよくわからないんですよ」

兵馬はそもそもの初めから、他人の夢に入ってゆくことができる、などということを、信じていたわけではなかった。

お艶がみずから霊媒になって、薄紅の夢の中へ入ってゆこう、などと言いだしたときから、兵馬はあまり気乗りした返事をしていない。

「どういうことなのかね」

兵馬は呆れたように問い返した。

「薄紅さんの夢、と言われれば、そんな気もするし、あたしではなくて、誰か他の人の夢を見たのだと言われれば、そうかもしれないと思うけど、なんだか無理やりに、見させられた夢のような気がしてならないの」

お艶はいつになく歯切れの悪いことを言って、兵馬の顔をぼんやりした眼をして見ている。

「でも、そうではなくて、あれはやっぱり、あたしが見た、あたしの夢なのに違いない、と思ったりもするんですよ」

葵屋の密室で見た淫靡な夢を思い出したらしく、お艶はわれ知らず頰を染めた。

「どんな夢を見たのか」

兵馬はまじめな顔になって聞いてみた。

「洗いざらい話してしまった方がよさそうね。笑っちゃ、嫌ですよ」

お艶は覚悟を決めて話しはじめた。

「どこからが夢の始まりで、どこまでが夢の領分なのか、そこのところがわからないんですけど、あたしは着物を脱いで、薄紅さんと同じ褥に横たわっていたんです」

すると、奇妙な気持ちになって、いつのまにかお艶と薄紅は、身体が入れ替わってしまったような気がしたという。

「あたしとしたことが、変なことにめざめてしまったみたいなんですよ」

お艶の方から仕掛けたわけではない。そうかといって、薄紅が仕掛けてきたものとも思われなかった。

二人は肌を触れあっているわけではなかったが、どこかで触れあうものがあって、それがしだいしだいに、肉体の快感にまで高まってゆくのが感じられたという。

「念のため断っておきますけど、あたしには女同士でどうのこうのという趣味はないんですよ。『夢移しの秘技』とかいうことをしているうちに、違った感覚がめざめてしまった、としか思われないんです」

お艶は弁解がましく言ったが、女体と女体のからみあいに、嫌悪を感じているわけではなさそうだった。

「しばらくそうしていると、何処からともなく、小唄が聞こえてきたのです」

また小唄か、と兵馬はいささかうんざりしたが、どうやら薄紅と小唄には、容易に切り離せないような深い因縁があるらしい。

「その小唄なんですが、これまでにあたしが聞いたことのない唄なんですよ。吉原で流行った小唄を知っているとしたら、薄紅さんしかいないでしょうから、夢移しの秘技とやらで、あたしはそのときから薄紅さんの夢の中へ、入っていったのかもしれませんね」

「どんな小唄だ」

「待ってください。いま思い出しますから」

お艶は小首を傾けてしばらく考えていたが、すぐに張りのある声で歌いはじめた。

あわれなるかな、人々は
勤めもいまはうかうかと
ただいたずらになり給う
あまり彼の方恋しさに
いざやそもじを情人《おもはく》と
名づけて一夜を明かさんと

朋輩ながら戯れて
差しつ差されつ諸ともに
口説き事こそいたわしけれ

いつかのように彼の方と
一夜なりともわがままに
なさばなどか今の思いは

いまの思いは有明の
月待つほどのうたた寝も
ならぬこの身はそも如何に

御身とわが身は変わらずば
末は逢瀬となるべしと
思う心をたよりにて

好いた男ができた吉原の遊女が、情人に見立てた同輩の遊女と戯れ、来ぬ人に焦がれる悶々とした思いを、しんねりと唄ったものであるらしい。

「わたしには粋筋のことはわからぬ」

兵馬は辟易したように呟いたが、お艶が歌う小唄を聞いているうちに、はてな、と改めて首をひねった。

「そのような長い小唄を、夢に見ただけで覚えることができるものなのか」

「あたしもそのことは、ずっと気になっていたんですよ」

お艶は狐につままれたような顔をしている。

「そなたが眠っているあいだに、誰かが耳元で繰り返しそれを唄って、覚え込ませたのではないだろうか」

それはあり得ない。夢移しの秘技が行われたのは、漆喰を塗り固めた葵屋の密室で、内部からは厳重に目張りまでしてあった。

「あの部屋には、誰も入ってくることなんて、できませんでしたもの」

「そこには、お艶と薄紅のほかに、誰もいなかったのか」

しかし、呪術めいたことを何も知らない女が二人だけでは、夢移しの秘技などできるはずはない。

「そりゃ、いましたけど」

お艶は口を濁した。

「そなたが眠っているあいだに、耳元で執拗に小唄を吹き込んでいたのは、夢移しの秘技を行ったという、その男ではないのか」

しかし、そのような手が込んだ小細工を、何処の誰がする必要があるのだろう。

「でも、あそこにいたのは、伴天連と呼ばれている紅毛碧眼の異人さんだけですよ。異国語しか喋れないあの人が、吉原で流行った小唄なんて、知っているはずはないじゃありませんか」

お艶が思わず口走った言葉に、兵馬はすばやく反応した。

「その男がほんとうに伴天連だとしたら、公儀の御禁制を犯していることになる。そのことが発覚すれば、連座した者までも磔《はりつけ》獄門を免れることはできない」

お艶の顔色が青ざめてゆくのを見て、兵馬はわずかに口元を弛めた。

「将軍家のお膝元、お江戸日本橋で大店を構えている葵屋吉兵衛が、そのような危険を冒すはずはあるまい」

富沢町に大店を構えている葵屋吉兵衛が、見かけによらず臆病な男であることは、兵馬に言われるまでもなく、お艶にはわかっている。

「たぶんその紅毛人は、伴天連の魔法を売り物にして、趣味の悪い金持ち相手に日銭を稼いでいるのだ。とんだくわせ者に違いない」

兵馬からそう言われてみれば、南蛮渡来の絨毯や、やけに毒々しい真紅の褥、密室の中に充満していた媚薬の匂い、どれもこれもがいかがわしい。

「そうなれば、『伴天連の夢移し』とやらも怪しいものだ」

兵馬が頭から夢移しの秘技を信じようとしないのをみて、お艶は悄然とした顔になって、小さな声で呟いた。

「あなたの役に立てるかもしれないと思って、命がけで試してみたことなんですよ。でも、あなたに信じてもらえないんなら、あたしのしたことは、ただの無駄骨折りだったわけですね」

「いや、そういうわけではない」

兵馬はあわてて言い換えた。

「なにもわからないまま、手詰まりになっていたところだ。このままではどうにもならぬ。手掛かりになりそうなことなら、どんなことでも聞かせてもらいたい」

お艶はやっと微笑を取り戻した。

「あなたの言うことは、いつも、手掛かり、手掛かり、ばっかり。あたしの身体のことを、心配してくださるんじゃ、ないんですね」

兵馬はお艶から眼をそらした。

「入江町のお艶は、何があっても一人で切り抜けることのできる女だ、と思っている。わたしはそなたのことで、心配などしたことはない」

しばらく沈黙が続いていたが、お艶は思い切ったように、これまで触れようとしなかったことを口にした。

「でもあたしは、素っ裸にされて、紅毛碧眼の異人さんと密室の中ですごしたんです。眠らされているあいだに、あたしの身体がどうされたか、わからないんですよ」

お艶はまるで死者のような、蒼白な顔色になっている。

「何の備えもなくて、軽はずみなことをするようなお艶ではあるまい」

だから間違いが起ころうなどとは思わない、と断定するように言うと、兵馬はお艶から眼をそらしたまま、低い声で付け加えた。

「しかし、そのようなことは二度としない方がよい」

四

「岩さまは、まだお見えにならないんでありんすかえ」

揚屋町の花魁雛菊は、妹女郎の薄紅を相手に、もう何度目かになる繰りごとを言った。

「ほんとうに、気を揉ませるお人でありんす」

思う人が訪れないこの数日、雛菊太夫は気鬱になってふさぎ込み、金離れのよい馴染み客の呼び出しさえ断って、いくら催促されてもお座敷に出たがらない。

「岩さまは、いま頃どこでどうしておいでやら」

雛菊太夫は悩ましげな声で溜め息をついた。

「薄紅ちゃん。いつかあんたにも、この苦しみがわかるようになるわよ」

振り袖新造の薄紅と雛菊太夫は、わずか三歳しか年は離れていないが、薄紅はまだ髪上げもしない禿の頃から、雛菊の妹女郎として可愛がられてきた。

揚屋町の花魁と呼ばれて売り出し中の雛菊は、姿がよくて情が深いところから、吉原の遊客たちに人気があって、すでに大勢の旦那たちがついている。

「あちきは、そのようなこと、知りたくもござんせん」

薄紅は笑って答えたが、まだ客も取ったことのない振り袖新造の薄紅に、ねじれにねじれた男女のことなどがわかるはずはなかった。

振り袖新造になってからの薄紅は、楼主の死に神弥平次から、手中の珠のような扱いを受けているが、それは薄紅の初穂摘みを、裕福な旦那に、できるだけ高く売りつけようという魂胆があるからだった。

楼主の弥平次は、死に神と呼ばれるほどの執念で、吉原に出入りする裕福そうな客たちの中から、薄紅の旦那にふさわしいお大尽を物色しているに違いない。

「いいかい、薄紅ちゃん。死に神の甘い顔に欺されちゃいけないよ」

誰にも聞かれる恐れのない二階座敷の片隅で、雛菊は妹女郎の薄紅に言った。

「あたしが岩さまに逢えないのも、きっと死に神のせいに決まっているんだから」

雛菊の思い人は、廓ではただ岩さまとだけ呼ばれているが、じつは大身旗本の若殿様ではないか、という噂もある。

はじめて登楼した日は、数人の御武家たちと連れ立ってきたが、揚屋に案内されると、いきなり雛菊を名指しで呼んだ。

花魁と言われる遊女ともなれば、武家なら大名なみに格式が高く、むろん一見《いちげん》の客くはお断り、二本差しのお武家なんて真っ平さ、おとついおいで、とばかりにすげなく振るのが常のことだが、その客は粘りに粘って、数日後の予約を入れてようやく引き取った。

ともかく、なんとか初会までは漕ぎつけたものの、岩さまと呼ばれる若殿は、遊廓の遊びに慣れているようには思われなかった。

一緒に登楼したお武家仲間には、案外に遊びに慣れた通人がいて、楼主に五両、女将に三両、若い衆や遣り手にも気前よく一両ずつはずんで、金離れのよい大尽ぶりをみせた。

むろんその金は、岩さまの懐から出たもので、一緒に登楼した連中が、あれこれと取り持っているところをみれば、身上豊かな若殿らしく思われた。

振り袖新造の薄紅が、岩さまを知っているのは、雛菊太夫の妹女郎として、花魁のお座敷に同席したからだった。

初会では花魁は客と口を利かず、ただ盃のやり取りがあるだけだが、おとなしくて黙りがちだった岩さまは、律儀にも翌日はきちんと裏を返し、花魁の取り巻きに対する裏祝儀も惜しまなかった。

「あん人は、花魁に惚れておりますえ」

遣り手婆はすっかり気をよくして、岩さまが登楼するたびに愛想よく取り持ち、楼主の弥平次も、下にも置かずもてなしたが、誰よりも花魁の雛菊が、若くて一途な岩さまに一目惚れをしてしまった。

お大尽といわれる旦那たちは、雛菊からみればいずれも年寄りばかりで、口は臭いし、床はさびしく、しわくちゃで冷たい肌や、あるいは異様に脂ぎってべとべとした肌に抱かれるのは、決して気持ちのよいものではなかった。

「旦那に持つなら、お年寄りのお大尽が一番ですえ。ものわかりがよくて、遊び上手で、季節ごとの御祝儀も気前よくはずんでおくれです。そのうえ床遊びも穏やかで、花魁が床疲れすることもありゃしません」

床入りの世話を焼く遣り手婆は、かなり露骨なことまで言って、金離れのよい旦那を持つように勧めるが、雛菊は気難しい年寄りのご機嫌を取り結ぶことに飽きていた。

それに比べたら、あちきの岩さまは、と雛菊は思う。お座敷遊びには慣れていないかもしれないが、二人だけの床入りになれば、優しく熱っぽくて、若い雛菊の身も心も、とろけさせてくれるようないい男だった。

あちきの岩さまは、情があって、気っぷがよくて、同じ二本差しのおさむらいといっても、いけ好かない浅黄裏が、吝嗇で野暮なのとは大違い。

通人だの粋人などと気取って、気障で鼻持ちならない、阿呆なせりふを連発し、ひとりで悦に入っているような、軽薄な遊び人とも違っている。

逢瀬を重ねているうちに、雛菊と情を交わすようになった岩さまは、本名を大瀬岩太郎という四千三百石の大身旗本の殿様だ、ということも打ち明けてくれた。

雛菊にせがまれて、おのれの身許を明かしたとき、岩太郎は、決して口外するな、と念を押した。

「もしもわたしの身許が露見したら、花魁との逢瀬を妨げる者が必ず出てくるに違いない。そなたと添い遂げるためには、きっと守らねばならぬ秘密だと思ってくれ」

岩太郎から固く口止めされたが、雛菊は嬉しさのあまり、情人の名を廓中に言い触らしてやりたいような、あぶない誘惑に駆られて仕方がなかった。

大瀬岩太郎は、若いくせに金離れがよく、季節ごとの御祝儀にも、花魁の取り巻きたちへの心付けを忘れないので、揚屋で働いている女たちの評判も悪くなかった。

「しかしあの男も、所詮は遊びの骨法を知らない浅黄裏の一人さ。はじめは無理をしていても、すぐに金の出どころに苦しむようになるぜ」

はじめから冷ややかな眼で見ていたのは、廓の吉三と呼ばれる牛太郎で、武士とみれば目の敵にしている若い衆だった。

廓の吉三が言ったことは、妙な具合に的中して、数ヶ月ほど前から、大瀬岩太郎の足が遠のくようになった。

「財政逼迫のおりだ」

久しぶりに訪ねてきた岩太郎が、渋い顔をして言った。

「なんでありんすえ」

逢いに来なかった男の言いわけなど、雛菊は聞きたくもなかった。

「乾伸次郎が帰ってきたのだ」

岩太郎は深い溜め息をついた。

「その伸次郎さんっておっしゃるのは、どなたのことでありんすか」

雛菊は無邪気に問い返した。

「わたしの叔父だ」

岩太郎がはじめて登楼したのは、父の葬儀が行われた晩だったという。

「しつけに厳しかった父の下で、こどもの頃からわたしは、怯えながら毎日をすごした。父が急死したとき、わたしは正直ほっとしたよ。もう誰からも縛られることはない。これからは勝手気ままに生きてやる、と決意して、悪友たちに誘われるまま、吉原の大門をくぐったのだ」

「そのおかげて、あちきは岩さまと、逢えたんでありんすね」

雛菊は甘ったるい声で応じた。

「ところが、あきらめの悪い父は、みずからの死を予感して、叔父の乾仲次郎を江戸表に呼び寄せていた。若い頃から武者修行と称して、諸国を遍歴していたという厄介叔父だ」

「お身内の方が帰られて、安心なことでござんしたね」

雛菊は羨ましそうに呟いた。廓の女は姻戚や身内を持たない。娑婆を捨てて大門をくぐったときから、父母も姉妹もいない天涯孤独な身の上となる。

「父が呼び寄せたのは、わたしの後見という名の監視人だ。大瀬家の当主となったわたしに対して、厄介叔父の乾仲次郎は、細かなことにまで制約を加える」

「でも、あんさんが旗本四千三百石の殿様で、乾さまとやらは、ただの後見人でござんしょう」

「わたしもそう思って、いつでも叔父貴面をしている仲次郎に、思い知らせてやろうとしたことがある」

まあ、男らしいことでありんす、と雛菊はうっとりとした眼をして、岩太郎の凛々しい顔を仰ぎ見た。

「口うるさいことを言う仲次郎に、わたしはとうとう堪忍袋の緒が切れて、慮外者め、と叫ぶなり、父の形見の鉄扇で、したたかに奴の額を打ち据えた」

雛菊は、まあ、と叫んで口元を袖で隠した。

「ところが」

岩太郎は口を閉ざした。

「どうしたのでありんすえ」

黙ってうつむいてしまった岩太郎の顔を、雛菊は心配そうに覗き見た。

「どうなったのか、まったく覚えていないのだ。気がついたときには、鉄扇は取り上げられ、わたしは仰向けに倒されて、仲次郎の両膝で押さえ込まれていた。跳ね返そうとしても身動きが取れない。奴が諸国を漫遊して武者修行をしてきた、というのは嘘ではないらしい」

岩太郎は不意に悔し涙を流した。

「わたしは浅はかにも、仲次郎の挑発に乗せられてしまったらしい。それ以来、仲次郎は家中の財政逼迫を理由に、わたしが勝手に金を持ち出すことを禁じ、家政の実権を握ってしまった。額の向こう疵を自慢そうに見せびらかし、わたしを乱心者と言って憚《はばか》らぬ。いずれはわたしを廃嫡にして、仲次郎が大瀬家の家督を継ぐつもりであろう」

　それでは、乾伸次郎という厄介叔父は、岩太郎の後見人としてではなく、簒奪者となって帰ってきたのか。

「でも、あんさんには御家来衆がおりましょう。そのようなことを、譜代の御家来衆が、許しておくはずはございませんわ」

　雛菊は婆婆のことは何も知らないが、『加賀騒動』や『伊達騒動』の芝居では、忠臣たちが艱難辛苦を重ねて、御家乗っ取りをたくらむ悪人を、討ち滅ぼすことになっている。

「ところが家来どもは、わたしを乱心者として廃嫡し、替わりに伸次郎を当主に仰ぐことを望んでいるのだ」

　娑婆の慣習を知らない雛菊は、家来たちに裏切られた孤独な貴公子に同情した。

「まあ。ご家来衆までが、悪人に抱き込まれたのでありんすか」

「そうではない。これは親類衆の総意だという」

　吉原に入り浸って、四千三百石の身上を傾けようとしている岩太郎を廃嫡にして、伸次郎を大瀬家の後継に据えよう、という親類衆の談合が、いつの間にか開かれていたのだ。

「そもそも生前の父が、わたしを不甲斐ない奴だと、親戚や家来たちに愚痴っていたのがいけないのだ」

大瀬家四千三百石の家禄を守るためには、放蕩者の岩太郎を座敷牢に押し込め、伸次郎に家督を相続させようということで、親類衆と家来衆の談合はまとまっていたらしい。

五

「数日前から行方不明となっている直参旗本、大瀬岩太郎の一件だが」

御庭番の倉地文左衛門は、抑揚のない声で言った。

「今日、あらためて大瀬家から失踪届が出された。さらに親戚一同が連署して、大瀬岩太郎の廃嫡と、乾伸次郎改め大瀬伸次郎の後継願いが提出されている」

乾伸次郎と剣を交えたことのある兵馬は、意外な思いに駆られて問い返した。

「あの乾伸次郎が、大瀬家の家督を継ぐことになるのですか」

倉地文左衛門は兵馬の問いには答えず、事実の経過だけを淡々と述べた。

「提出された書類に支障はなかった。あと数日を待たずして、大瀬家からの届けは受理されるであろう」

それが決着なのか、と兵馬は割り切れない思いで、いつになく冷淡な物言いをしている倉地の声を聞いていた。

倉地はこの件に関して、将軍家と老中側の双方から、隠密御用を仰せつかっていたはずではなかったか。

「そのような決着で、ほんとうによいのですか」

ふり返って兵馬を見た倉地は、にわかに硬い表情をほぐして、いかにも意地の悪い言い方をした。

「よいも悪いも、宰領のおぬしがやる気がしないというのだから、これ以上は仕方がないことではないか」

兵馬は口元に冷たい笑みを浮かべた。

「わたしのせいにするのですか」

倉地も静かな冷笑で応じた。

「いずれにしても、大したことではあるまい。旗本が一人消えて一人増える。旗本八万騎、その数に変わりはないのだ」

「では、何故、わざわざこのようなところへ、わたしを呼び出したのです」

兵馬と倉地が、生ぬるい風に吹かれて立っているのは、土井能登守《どいのとのかみ》の下屋敷裏にある、本所妙源寺の卵塔場《らんとうば》だった。

「ここに、大瀬家の墓所があることは知っておるかな」

倉地は卵塔場に立っている新しい卒塔婆《そとば》を眺めながら言った。

「さすがに倉地どの。その方面から調べてござったか」

兵馬はすぐに倉地の意図を見抜いた。南割下水の大瀬屋敷へ乗り込むよりは、菩提寺の墓地を捜した方が、手っ取り早かったのかもしれない。

「それで、新たに埋葬された墓はあったのですか」

行方不明とされている大瀬岩太郎は、すでに死んでいるのではないか、と倉地は思っているらしい。

みずから死んだのか、あるいは殺されたのかは明らかでないが、大瀬岩太郎の死体が妙なところから発見されでもしたら、大瀬家の改易は免れないところだろう。

大瀬家としては、幕府に提出した後継願いが受理されるまでは、いやでも大瀬岩太郎に生きていてもらわなければならないのだ。

身許を隠すために黒頭巾で顔を包み、夜陰に乗じて入江町のお艶を襲ったのも、岩太郎のゆくえを捜索していた一隊なのかもしれない。

兵馬が南割下水の大瀬屋敷に乗り込んで、乾伸次郎と談合したときの感触では、どうやら岩太郎の死体は、家中の者たちが回収したらしい。

しかし、たとえ岩太郎の死体を隠しおおせたとしても、いつまでも邸内に置いておけば、死骸は腐乱して異臭を発し、それが近隣の噂にでものぼれば、大瀬家の当主が不審な死を遂げたことは、たちまち知れ渡ってしまうだろう。

そうなれば、ただの改易にとどまらず、これに連座した者ことごとく、厳しい罪科に問われるに違いない。

奴らも必死だ。どこへどのようにして、岩太郎の死体を隠したらよいのかと、知恵を絞らなかったはずはない。

しかし、いかに方便とはいえ、四千三百石を領する当主の死体を、犬猫のように邸内の片隅に埋めたり、溺死人に見せかけて大川へ流すこともできない。

それなりの礼儀を尽くした仮埋葬をして、後継願いが受理されたあかつきには、あらためて改葬できるような場所を選んだに相違ない。

死体を隠しても疑われない場所といえば、卵塔場に埋めることだろう。しかも、それが大瀬家代々の墓所となれば、まちがっても他家の者に掘り返される心配はない。

「それをおぬしと一緒に調べてみようと思ってな」

倉地はさすがに抜け目のない御庭番で、兵馬の足許には筵《こも》に包まれた鋤《すき》と鍬《くわ》が、前もって用意されていた。

「おぬしも知ってのように、わしは骨折したあとの足がまだ痛んでな。とても力仕事に耐えられるような身体ではない。墓を掘り起こすのはおぬしに頼みたい」

そんな身体で、どうやって鋤や鍬を運んできたのだ、と思ったが、兵馬は黙って鋤を手に取った。

「この暑さでは、土中の死骸はかなり腐乱しておりましょうな」

兵馬はことさら厭味っぽく、倉地を脅すような口調で言った。

「わたしは棺桶を掘り出すだけ。死体の検分は倉地どのにお願いできますな」

倉地は兵馬の言うことになど取り合わず、

「まずは、岩太郎の死体が、何処に埋められているかということだが」

骨折したことなど嘘のように、しっかりとした足取りで、卵塔場の中を歩き廻った。

「いくら墓場でも、どこに埋めてもよいというものではない」

倉地は卵塔場の一角で足を止めた。

「ここが大瀬家の墓所だが、新たに掘り返された跡はどこにもない」

苔むした数基の墓石と、その手前に土を盛り上げた土饅頭があり、数本の卒塔婆が立てられている。

梵字が書かれた卒塔婆は、いずれも木肌は白茶け、墨跡も薄れ、この数日に立てたような新しいものではなかった。

「いくら何でも、まだ生きているはずの死体を隠すのに、これ見よがしの新しい卒塔婆を立てることはあるまい」

倉地は墓所にしゃがみこんで土の色を調べている。

「その植え込みですが」

兵馬は倉地の足許を指さした。

「これは以前から植えられていたものですか」

「そこまでは知らぬが、このようなところに植えるものかな」

墓所の片隅に、山茶花《さざんか》の植え込みはふさわしくない。

「どうも、根付きが悪いように見えますな」

兵馬は手にしていた鋤を捨てると、山茶花の根元を握ってぐいと引いた。

すると、さしたる抵抗もなく、山茶花は根本からすっぽりと抜けた。

「どの木もまだ根を張っていないらしい」

兵馬が他の根を引き抜くと、山茶花の植え込みは面白いように抜け、掘り返したばかりらしい真新しい土が、引き抜かれた根の下から出てきた。

「鋤を使うまでもないようですな」

兵馬はその場に屈み込むと、両手ですくうようにして、埋められたばかりの新しい土を取り除いた。

わずか一尺ばかり掘ったところで、さらさらと乾いた土の下から、真新しい白木の棺桶があらわれた。

「埋められてから、まだ二、三日というところか」

棺桶を覆っていた土を除くと、厳重に密閉されているはずの蓋板の奥から、鼻を抓《つま》みたくなるような異臭が立ちのぼってきた。

「さあ、これからは先は、倉地どのに検分をお願いしたい」

兵馬は鋤の刃先を差し込んで、ぎりぎりと棺桶の蓋をこじ開けた。

「これはひどい」

棺桶に顔を近づけた倉地は、思わずうっと呻いて、袖口で鼻を押さえた。

「ほとけの顔は、判別がつきますか」

兵馬も倉地と並んで墓穴の脇に腰を落とし、異様な腐臭が立ち籠めている棺桶の中を覗き込んだ。

掘り出された死体は、すでに腐乱が始まっていたが、まだ顔の表情がわからなくなるほど崩れてはいなかった。

「まちがいなく、大瀬岩太郎の遺骸だ」

生前の岩太郎を見知っている倉地は、一瞥してそれと識別したが、まだ何か不審なことがあるらしく、腐乱しはじめた死骸を詳細に調べている。

「ここを見るがよい。下腹に開いた疵口から、腸がはみ出しているところをみれば、大瀬岩太郎は切腹して果てたのであろう。しかし、これだけでは容易に死ねないはずだ」

兵馬は土気色に変わった死体の喉頸を指さした。

「岩太郎の遺骸は、喉頸が数カ所にわたって掻き切られています。こちらの方が致命傷かもしれません」

倉地は死骸の喉頸に手を触れて、傷口の深さや位置を確かめている。

「喉頸の切り口を見れば、みずから斬ることのできるような角度ではない。そうなると、これは自殺ではなく、他に誰か、大瀬岩太郎を殺した者がいることになる」

「他殺ですか。そうなれば、面倒なことになりますな。岩太郎の殺害には、さして動機らしいものは見あたりませんが、倉地どのに心当たりはありますか」

倉地は懐紙を取り出すと、ぬるぬるとした遺骸に触った手をなんども拭った。

「疑われるとしたら、大瀬家の後継願いを出した連中であろう」

なかなか異臭が取れないらしく、倉地はあきらめたように汚れた懐紙を捨てた。

「岩太郎の親類衆ですか」

兵馬は棺桶の蓋を元に戻し、その上からまた新しく土をかぶせた。

「いや、それよりも怪しいのは、岩太郎を廃嫡して家督を継ぐという叔父であろうな」

倉地は棺桶を埋めた新しい土の上に、兵馬が引き抜いた山茶花を植えながら言った。

「大瀬家の用人頭をしている、乾仲次郎のことですか」

兵馬が乾仲次郎の名を挙げると、倉地はようやくその名を思い出したように、それそれ、その男だ、と言って軽く頷いた。

「そうなれば、御上に提出された大瀬家後継の認可などは以ての外。それどころか、主人殺しの極悪人として、獄門晒し首となることは免れまい」

掘り返した箇所が山茶花で覆われると、一見したところ、以前あった植え込みと、ほとんど変わらなくなっている。

みずから掘った墓穴で、窮地に陥っている大瀬の家中を、いまここで下手に追い詰めてしまえば、自暴自棄になって暴発してしまう恐れがある。

隠密御用を務める倉地と兵馬が、ひそかに岩太郎の墓を暴いたことは、もうしばらく伏せておいた方がよいだろう。

「しかし、用人頭の乾伸次郎には、それほどの危険を冒してまで、岩太郎を殺す動機はないはずです」

兵馬は首をひねった。

「何故かな」

倉地にも納得できないところがあるらしい。

「わたしがみたところ、大瀬家の実権は、ほとんどが乾伸次郎の手にあり、岩太郎は気の毒なほど影の薄い殿様でした。乾伸次郎と申すあの男、わたしも一度だけ立ち会ったことがありますが、それほど愚かな選択をする者とは思われません」

倉地は苦々しげな笑みを浮かべた。

「しかしな、人間って奴は、ときどき思いもかけない愚かなことをするものさ」

ともかく、自殺か他殺かは判然としないが、失踪届が出されている大瀬岩太郎が、すでに死んでいることは確認されたわけだ。

切腹したあとで喉頸を切られたのか、あるいは喉頸を掻き切って殺害したあと、何らかの理由によって切腹を偽装したのか、すでに疵口の腐乱が始まっている遺骸を見ただけでは、いずれとも判断することはできない。

しかし兵馬が見るところ、岩太郎に致命傷を与えたと思われる喉頸の切り口は、乾伸次郎ほどの遣い手が断ったにしては、妙に稚拙で、まるで生死の境をさ迷っている者がつけた、ためらい疵ではないかと思われた。

君とわれとは

一

「それから変な気持ちになってしまって」

お艶はぽっと頬を染めると、その先を言おうか言うまいかと、ためらっているように見えた。

「いいですか。言っておきますけど、あなたが正直に話せというから、あのとき見た奇妙な夢を、できるだけ細かなところまで、思い出そうとしているんですよ」

お艶はうらめしそうな上目遣いをして、何か別なことを考え込んでいるらしい兵馬の顔を見上げた。

「なにも恥ずかしがることではない」

兵馬はまじめな顔をして、前にお艶が言ったことを繰り返してみせた。

「お艶が見た夢は薄紅の見た夢であり、その薄紅もまた、誰かの夢を見ていたのかもしれぬではないか」

いまになって、いかがわしい『伴天連の夢移し』などが気になるのは、お艶が見たという薄紅の夢と、隠密御用を命じられている大瀬岩太郎の一件が、重なり合っているように思われるからだった。

「そりゃ、そうですけど、あなたはどうせ信じてはいないのでしょう」

拗ねたような口ぶりでそう言いながら、お艶はときどき心配そうな顔をして、いまも薄紅が伏せっている奥の寝間に眼を遣《や》った。

葵屋吉兵衛のところで『伴天連の夢移し』という南蛮渡来の秘技を受けてから、薄紅の症状はいよいよ悪化して、わけのわからない悪夢に魘されるようになっている。

「へんてこりんな夢移しの秘技を受けたあと、急にぐったりとしてしまった薄紅ちゃんを、無理やり駕籠に乗せてここまで連れ帰ったけれど、ほんとうは葵屋さんのお世話になった方がよかったのかしら」

あれから薄紅が寝込んでしまったことに、お艶は自責の念を抱いているらしい。

「とんでもない。薄紅を吉兵衛のところへなど置いてきたら、あの色魔から何をされるかわからない。そのようなことにでもなれば、薄紅の症状はますます悪化してしまうぞ。ここへ連れ帰ってきてよかったのだ」

兵馬はお艶の話を聞いて、ほっとしたように胸をなで下ろした。

「あなたと同じことを、駒蔵親分も言っていたわ。あなたたち、はじめからぐるになっていたようだけど、何か魂胆でもあるの」

お艶は揶揄するかのように、流し目を遣って兵馬を睨んだ。

「そのようなものが、あるはずはないではないか。薄紅の一件では、はじめからわたしは迷惑しているのだ」

兵馬は憮然とした顔で答えたが、お艶は、どうかしら、と呟いてそっぽを向いた。

「葵屋さんは、よく効く阿蘭陀のお医者さまを知っているらしいのね。薄紅さんを置いてゆけば、阿蘭陀の医術で治してあげる、っておっしゃるのよ」

それを聞いて、あの駒蔵が猛烈に反対したという。

「あやしいものだ。おそらく阿蘭陀の医者というのは、伴天連の夢移しを仕掛けたとかいう、紅毛碧眼のいかさま魔術師のことではないか」

兵馬はにべもない口調で言った。

「ほら、ごらんなさい。あなたは『夢移し』なんて、信じていないじゃありませんか。

そんな人に、恥を忍んでまで、話してなんかあげるものですか」

お艶はそっぽを向いたまま、わざと拗ねたような口調で言った。

「信じる信じないということではない。じつは倉地どのから聞いた、さる大身旗本の御家騒動と、お艶が見たという夢が、恐ろしいほど附会しているのだ」

すべてが手詰まりになってしまったいまは、あやしげな『夢移し』に手掛かりを求めるよりほかはない、と兵馬は弱気なことを言ってお艶を説得した。

「ようござんす。どうせあやしげな夢移しですが、あなたがそこまでおっしゃるなら、いやでも話さないわけにはいかないわね。もともと、薄紅さんの夢の中へ入ってみようなどという、愚かなことを考えたのも、少しでもあなたの手助けになれば、と思ってしたことですもの」

お艶はそっと眼を瞑ると、もういちど夢の中へ入ってゆくような表情になって、静かな声で語りはじめた。

「妙な気持ちになったのは、裸になったあたしと薄紅さんが、肌と肌を合わせ、脚と脚を絡ませて、戯れている夢を見ているからでした」

お艶が眼を瞑っているのは、みだらな夢について語るのが恥ずかしいからなのか、それとも夢移しの秘技で見た夢の中へ、ふたたび戻ってゆこうとしているからなのか。

「するといつのまにか、薄紅さんと戯れているのはあたしではなく、もっと若くて妙な色気がある女に入れ替わっているのです」

お艶の白い喉元がごくりと動いて、そこからゆっくりと切なげな吐息が洩れた。

「いいえ、それはやっぱりあたしなのです。見たこともない若い女と入れ替わっているはずなのに、痺れるような快感は、あたしのものに違いないのです。あたしはそのときから、夢を見る側ではなく、夢に見られる側へと、入れ替わっていたのかもしれません」

そのとき聞こえてきたのが、またしても、お艶が知るはずもないあの小唄だった。

都まさりの浅草上野
花の春風　音さえる
ここはどこぞと船頭衆に問へば
ここは梅若　隅田川
色のよいのは　出口の柳

殿にしなへてゆらゆらと

いとし殿御を遠くにおけば

鳥の鳴くさへ　気にかかる

「いつのまにか、あたしは吉原の花魁になって、足が遠のいてしまった情人を恨みながら、妹女郎の薄紅さんを、愛しい殿御に見立てて、戯れているようなのです」

夢の中へ入ってゆくらしいお艶の声は、しだいに眠たげなものになっていった。

「あたしの名はひなぎく」

いきなりお艶は、お艶の身体に取り憑いてしまった何者かの霊が、言挙《ことあ》げするかのような声で言った。

「そう、あたしは雛菊太夫と呼ばれている遊女なのでした。あたしは薄紅さんの姉女郎で、まだ禿の頃からあの娘を育ててきたのです。お座敷がかかるときには、いつも妹と呼んで一緒に連れてゆきます。廓で育ったあの娘とは、ほんとうの姉妹よりも強い絆で結ばれていたのです」

お艶は薄く笑ったが、驚いたことに、それはいつもお艶が浮かべている穏やかな笑みではなかった。

ひょっとしたら、この薄気味の悪い笑い方は、雛菊という花魁が、客相手のお座敷で、浮かべていた微笑なのかもしれない、と思って兵馬はぞっとした。

このままお艶を夢の中へ解き放ってしまえば、いつしか雛菊太夫という花魁と入れ替わってしまい、ふたたびこの世に戻ってくることができなくなるのではないか、と思われたのだ。

「お艶、お艶」

と呼びかけながら、兵馬はお艶の肩に両手を掛けて揺り動かした。

「もうよい。はやく夢から覚めてくれ。それだけ聞けば、手掛かりとしては充分だ」

兵馬の声が聞こえたのか、お艶はうっすらと眼を開いた。

「まだ薄紅さんの見た夢の周辺をうろついているだけにすぎないわ。もう少し奥まで入ってゆかなければ、なにもわからないのと同じことよ」

お艶は眠そうな眼をして、叱りつけるような口調で兵馬に言った。

「あたしはもうすこし、夢の奥まで歩いてみたいの。邪魔しないでくださいな」

二

「ようござんす。岩さまのお屋敷では、あちきの揚代を出せないと言われるなら、あちきの方から花代をお出し致しましょう。岩さまはお金のことなど気になさらず、これまで通りにあちきを買いにきておくれなんし」

岩太郎と逢えなくなるのを恐れていた雛菊太夫は、いよいよとなると吉原花魁の気っぷをみせた。

「そのかわり、あちきだけの岩さまになっておくれなんし。この世でもあの世でも、他の女と見返るようなことがあっては厭でありんす」

雛菊は岩太郎の胸にしなだれかかって、背中にまわされた男の両腕に抱かれていた。

「もうしばらく辛抱しておくれ。うるさい監視役の叔父を追い出して、大瀬四千三百石を丸ごとわたしのものにしてみせる。そのときは雛菊太夫を身請けして、直参旗本大瀬岩太郎の奥方に据えてみせよう」

岩太郎は威勢のよいことを言って、雛菊を喜ばせようとしたが、南割下水にある大瀬屋敷に戻れば、ほとんど部屋住み同然で、二十数人いる家中の者も、いまではみんな乾仲次郎の家来のようになっている。

「叔父御さまを追い出すなどと、そんな恐ろしいことは考えないでくださんせ。あちきはこのままでも充分でありんす」

雛菊は岩太郎の腕の中でうっとりとした顔をして囁いたが、ほんとうはこのような境遇に満足していたわけではなかった。

くるくるくると
めぐり会ひ
はや彼のさまに
いつか逢瀬の浪枕

情の花は
逢ふ時ばかり
別れになれば
萎れ　萎るる

君が来ぬとて
枕な投げそ
投げそ枕に
科《とが》もなや

「ああ、苦しい苦しい。苦しゅうありんす」

雛菊はときどき、苦しげに胸を掻きむしるようになった。

「花魁、しっかりしておくれなんし」

薄紅は姉女郎の狂態に驚いて、泣きながら取りすがった。

「薄紅ちゃん。あちきは死にたい」

そのままにしておけば、胸元をかき乱して乳房を露わにしたまま、見境もなく走り出しそうになる。

「もうすぐ、岩さまはおいでになりますえ」

薄紅は必死で雛菊を抱きとめながら、岩太郎の名を出してなだめようとした。

「ふん、岩の字なんかが来るものか。どうせお屋敷に監禁されて、外出もできない身の上に出世したんじゃないか」

雛菊の眼には暗い炎が燃えている。

「それよりも薄紅ちゃん」

急に優しい声になって、雛菊は薄紅を手招きした。

「どうせ来やしない岩の字なんか放っておいて、こちらへおいで」

雛菊が薄紅を招き寄せたのは、三ッ布団の褥だった。

「そこは岩さまの床でありんす」

三枚の布団が重ねられた褥は、岩太郎のために用意されたもので、布団の表地は天鵞絨《ビロード》、裏地は緋縮緬で仕立てられていた。

三ッ重ねの褥は、極彩色の二曲一双の枕屏風で囲われて、外からは容易に見え難いようになっている。

ある夕暮れのことなりしに
あまり彼の人恋しさに
いざやそもじを
おもはくと名づけて
一夜を明かさんと

傍輩ながらたはぶれて

「花魁。もし、花魁え」

腰までしかない屏風の向こうから、雛菊太夫付きの遣り手婆が、あたりをはばかるような押し殺した声で呼んでいる。

「岩さまがおいでですよ」

薄紅と白い脚をからませて戯れていた雛菊は、極彩色の枕屏風の上から、蛇が鎌首をもたげるようにして顔をのぞかせた。

「まあ、岩さまは、お屋敷から抜け出してきたので、ありんすか」

うつろな雛菊の表情が、その一瞬だけ閃光のように輝いたが、姉女郎の乱れた姿を見慣れてしまった薄紅には、それは死への歓《なか》びのようにしか見えなかった。

「もちろん、お忍びでいらしたんですよ。廓にいるところを見つかれば、また追い出されてしまいますからね」

遣り手は雛菊がまだ禿のころから面倒を見てきたので、金の融通もつかなくなった旗本の若殿などを、情人にしてしまった雛菊の不運に同情していた。

「岩さまのお屋敷は、積もる借財でいまや火の車。廓の揚代に支払われてきた花魁の前借も、とうとう底を割って差し止められ、吉原で遊ぶだけのお金は、どの袖を振っても出てきません。可哀相ですが、もうこのあたりで、諦めた方がよくはありませんか。岩さまとさえ切れてしまえば、花魁ほどの御器量をお持ちなら、百や二百の借財なんて、すぐに稼ぎ出すことができますよ」

遣り手婆といってもまだ色香は褪せず、つい数年前までは花魁と呼ばれていた売れっ子の遊女で、若い頃には客あしらいのよさから、廓の稼ぎ頭と言われていたほどの人気女郎だった。

いまは三十を幾つか過ぎて、このまま女郎を続けていたら、羅生門河岸の切見世で、安手の局女郎にでも落ちてゆく他はなかったが、死に神弥平次にその才覚を見込まれて、抱え女郎たちを取り締まる遣り手として拾われた。

遣り手の部屋は、女郎部屋に通じている階段の上り口にあって、四六時中遊女たちを見張っていることになる。

そのため陰では遣り手婆と呼ばれて、蛇蝎の如く嫌われているが、そもそも遣り手の仕事とは、世間慣れしていない遊女たちに代わって、客種の善し悪しを見定めてやることだった。

廓の女たちが後で泣かなくて済むように、客あしらいに慣れた遣り手が、床遊びのお目付役として置かれているのだ。

遣り手の腕前によっては、遊女の稼ぎも大分違ってくるし、めんどうな客とのいざこざも、丸く収まることになる。

そのため吉原に遊ぶ客たちは、花魁との仲を取り持つ遣り手婆に気をつかうし、毎度の祝儀も欠かせない。

岩さまこと大瀬岩太郎は、はじめは気前のよい客として登楼し、遣り手も過分な御祝儀を受け取っていた。

大名か大身旗本の殿様らしいという噂も嘘ではなく、内証はずいぶん豊かなように思われたが、あるときからぱったりと足が途絶え、久しぶりに登楼したときを境にして、遊びの費用はすべて花魁持ちになった。

遣り手の仕事としては、ここで花魁と手を切らせるべきなのだが、これまで有り余るほどの御祝儀をもらっていた義理もあり、岩太郎の純な人柄も気に入っていたので、むしろ密会を助ける側に回ってしまった。

こうなると、ただでさえ情の濃い雛菊は、いよいよ岩太郎一人にのぼせ上がって、他の客に呼ばれてもお座敷に出ようとしない。

花魁はお座敷を賑わせるもの、意地と張りを通すにも程がある、といって楼主に叱られると、それじゃ総揚げでありんす、と雛菊太夫は大見得を切り、前借をカタに揚屋中の遊女という遊女を買いきって、鐚一文も払えない岩太郎に盛大な大尽遊びをさせた。

しかしその日から、雛菊の前借は楼主から差し留められ、溜まった借財を返済するためには、いやでもお座敷に出なければならなくなった。

うらめしの
鈴虫松虫
鳴くべき原では
鳴きもせで
君さまと
われとの間を
きれやきれ
あんれきれきれ
ちんからころりと
鳴くのにくさよ

わが恋は
葛の裏葉の
きりぎりす
うらみては鳴き
うらみては鳴く

花魁の雛菊が、ときどき狂態を見せるようになったのは、ちょうどその頃からのことで、はじめは妹女郎の薄紅が楯になって、姉女郎の失態を庇っていたが、うわさ好きな客の口は塞ぐことはできず、とうとう楼主の弥平次にまで知られることになった。

「あたしの見世では、花魁が看板なんだ。これまでは多少のことには眼を瞑ってきたが、もうすこしお座敷を大切にしてもらわないと困りますよ」

これまでは稼ぎ頭の花魁として、楼主も雛菊太夫をちやほやしてきたが、大事な客の前でいきなり狂態を演じて、お座敷を失敗することが重なるようになると、さすがに弥平次も苦りきった顔をせざるをえない。

ところが世の中には奇妙な趣味を持つ金持ちがいて、雛菊の気まぐれや狂態を喜ぶという客もすくなくはなかった。

美女の狂態には、よほど男たちの官能をくすぐるものがあるらしく、しおらしくお座敷を勤めている雛菊が、いつ暴れだすかと思っただけで、股間のあたりがずきずきする、などと、趣味の悪いことを言って通い詰める客もある。

雛菊の狂態が嵩じて、もしも刃傷沙汰にでもなれば、と思うと、弥平次は楼主として居ても立ってもいられない。

看板の雛菊が常軌を逸するようになってからは、花魁をお座敷に呼ぼうという客筋も、あぶない趣味の持ち主ばかりになって、雛菊に首を絞められたり、簪でちくちくと刺されたりすることを、よろこぶ手合いが増えてきた。

紙一重だな、と弥平次は思った。死と官能が紙一重になって、平凡な女遊びに飽きた悪趣味の客と、死に魅せられたような雛菊のあいだには、異様な色情が漲《みなぎ》っている。

このままでは破滅だ、と思ったのは雛菊ではなく、花魁の人気には異様なものがあることに気づいた楼主の弥平次だった。

売れっ子の雛菊ひとりの稼ぎでやってきた見世だ、こうなれば楼主としても覚悟を決めておかなければなるまい、と思った弥平次は、経帷子を身につけて、いつでも死ぬことができるような用意をしはじめた。

雛菊が客と痴態の限りを尽くして、刃傷沙汰でも引き起こし、獄門に架けられるようなことになったら、楼主も一緒に罪を引き受けて、いつでも死んでやるという覚悟だった。

そうすることが、これまで身体を張って稼いでくれた雛菊に対する、吉原者としての礼儀だと思ったからだ。

弥平次は、配下の牛太郎たちにも白装束を用意して、いざとなったら斬り死に覚悟でいておくれ、花魁の不祥事を引き受けてやるのが廓者の心意気だ、と言い聞かせた。

遊廓にはそぐわない経帷子を常日頃から着ている弥平次は、いつしか死に神弥平次と呼ばれる廓の名物男になった。

いつも経帷子を着ている弥平次は、これぞ廓者の心意気として、牛太郎たちには愛されたが、廓内の治安をあずかる四郎兵衛番所からは、不穏なところのある楼主として、ひそかに警戒されるようになっていた。

三

待乳山の歓喜天から左に道を取って、山谷堀を右手に眺めながら、吉原まで続いている日本堤の土手八丁を、兵馬はのんびりとした足取りで歩いていた。

水が眠ってしまったような山谷堀には、二挺立ての艪を使う細身の猪牙舟が、まるで水上を滑るようにして、でっぷりとした愚鈍な達磨舟を追い抜いてゆく。

土手八丁と呼ばれる日本堤には、土手の両側に百六十軒ほど、葭簀《よしず》張りの水茶屋が立ち並んでいる。

六人肩の早駕籠を仕立てて、掛け声も勇ましく飛ばしてくる遊客たちもいるが、懐手をして土手を歩いている兵馬には、とりたてて急ぐほどの用もないらしかった

吉原までゆくのに、日本堤を歩く者はまれで、たいがいは猪牙舟か四つ手駕籠を飛ばせて、わずか八丁の道を威勢よく乗りつけてゆく。

日本堤から吉原の大門までは五十間ある。

遊廓へゆく遊客たちが、決まって衣紋《えもん》の乱れを直すので、この五十間道を衣紋坂ともいうが、土手から廓の中があらわに見えないように、途中でくの字に曲がっている。

五十間道の両側には、享保の頃まで編笠茶屋が並んでいた。

近頃はただの引き手茶屋になって、遊客たちは景気づけの一杯を飲んでから、酒の勢いを借りて、いざ出陣、と吉原遊廓へ乗り込んでゆく。

元禄の頃までは、遊廓に入る前にここで編笠を借りて顔を隠したものだが、いまは

その風も廃《すた》れ、遊客は笠もかぶらず堂々と顔をさらすようになった。

衣紋坂へ下る土手の左側には、見返り柳が植えられている。

吉原に入るときは娑婆を見返り、遊里から出るときには、ここから未練げに大門を見返るといわれているが、柳の細長い葉が、楚々として吹く風になびいている風情には、いま別れてきた女の乱れ髪のような色気がある。

見返り柳の右手には高札場があり、幕府が吉原遊廓の特権を保証する『制止の高札』が立てられている。

一、医師之外、何者によらず、乗物一切無用たるべし。

附、鑓長刀、門内へ堅く停止たるべきもの也。

「この高札に書かれている文面は、あたしども吉原者の、拠りどころとなるものなのでございます」

いつのまに兵馬の背後へ廻り込んだのか、不気味な経帷子を着た死に神の弥平次が、左手の斜め後方から声をかけてきた。

嫌な位置だ、と思い、兵馬はすっと体《たい》を入れ替えた。

もしこれが剣客同士なら、相手の左手後方に立つことは殺意を意味する。

「いきなり驚くではないか」

兵馬は平静をよそおっているが、いくら人混みの中とはいえ、弥平次から知らぬまに死角を取られたことで、内心ではかなり動揺していた。

「ずいぶんと熱心に高札を見ておられましたな。失礼とは思いながらも、余計な説明をさせていただきました」

失礼というなら、いきなり人の背後を取って、死角に踏み込んできたことだ、と兵馬は思ったが、あえて口には出さなかった。

「吉原には何度か来たことはあるが、いつも妙な所から出入りして、正面の大門から入るのは初めてなのでな。ものめずらしさに気を取られ、まさかおぬしが背後にいるとは気づかなかったのだ」

「御冗談を」

弥平次は兵馬の皮肉にも愛想よく応じた。

「高札の文面によれば、医師でもないのに、奇妙な乗物に乗って吉原に入ったわたしは、法度《はっと》を犯したことになるのか」

死者を運ぶ戸板に乗せられて、水戸尻の刎ね橋から遊廓へ入った者など、兵馬の他にはいないだろう。

「またまた、御冗談ばかり」

弥平次は困ったように笑った。

「それにしても、知らぬ間に背後に立っていたおぬしの動き、ほとんど気配というものを感じさせぬものであった。さすがに死に神と異名を取っているだけのことはある」

兵馬はそのことにまだこだわっていた。

「死に神はどこにでも立つことができますからな」

弥平次は冗談めかして笑ったが、経帷子を着た弥平次の異様な風体は、派手好みの遊び人が集まる吉原でもかなり目立っている。

兵馬がそれと気づかなかったのは、やはり迂闊としか言いようはない。

「吉原には、大名をも下馬させ、武士から刀剣を奪うだけの力があるということか」

兵馬は弥平次に厭味を言うのを止めて、また『制止の高札』に話を戻した。

「力などと言ってもらっては困りますな。廓内での乗物無用と刀剣の持ち込み禁止は、親爺（初代吉原惣名主庄司甚右衛門）の頃から続いている、ただの約束事でございますよ」

その約束事が、大門の脇に高札を一本立てただけで、百数十年間にわたって守られているということは尋常ではない。

これはやはり、力としか呼びようのない備えを、吉原が持っていることの証ではないのか。

「わざわざお越しいただいたのは、そのことなんでございます」

弥平次は兵馬を促して、大門へ向かう衣紋坂を下った。

「ここは立ち話のできるようなところではありません。ややこしい話は後まわしにして、いかがですかな、鵜飼さま、吉原がはじめてとおっしゃるなら、茶屋へでもご案内しましょうかな」

弥平次は兵馬の接待でもするつもりか、引き手茶屋の亭主のようなことを言った。

「やめておこう」

兵馬は弥平次が着ている経帷子を、じろじろと見まわしてから言った。

「このようなところで遊ぶ金もなければ、暇もない。それに、おぬしと一緒にいるだけで目立ってかなわぬ」

大門を出入りしている遊客たちに混じって、吉原者らしい男たちもそれとなく見廻りをしているが、その連中が弥平次と兵馬を見る眼が、ときどき、きらり、きらりと光るのを感じた。

どうやら弥平次は、吉原者の中でも孤立しているらしい、と兵馬は思った。

「何ごとも慣れというものでございますよ」

これ見よがしに経帷子の胸を張ると、弥平次はふてぶてしい笑顔を見せた。

「あたしが変な眼で見られていることには、それなりの理由があるのですが、それも後ほどお話し致しましょう」

兵馬に遊ぶ気がないと見て、弥平次は足早に先を急いだ。

「大門を入って、すぐ左側にあるのが面番所です。いわば町奉行所から派遣された隠密同心の詰所ですな」

面番所には、十手、捕り縄、刺股、などを飾ってあるが、肝腎な同心は、鼻毛を抜きながら、遊客を見送る花魁を眺めて、暢気そうに長煙管を咥えている。

「その向かい合いが、四郎兵衛番所といって、あの寄合所が、吉原五丁町の支配をしているのです」

弥平次は兵馬に目配せすると、知り合いの楼主が座っている四郎兵衛番所に、軽く声をかけてから大門の中へ入った。

「大門口の左にあるのが『吉原細見』の版元です。小伝馬町にある蔦屋《つたや》と同家で、細見蔦屋とも呼ばれています」

蔦屋重三郎《じゆうざぶろう》は、歌麿《うたまろ》の浮世絵や、洒落本を出版している江戸一番の版元で、吉原の案内書『吉原細見』を出したのは享保年間のことだという。

「色刷り版画は浮世絵と呼ばれ、遊女の姿絵が売り物なので、田舎からぽっと出の浅黄裏、おっと、お国許から出てきたばかりのお侍衆は、花魁を描いた蔦屋の浮世絵を、必ずと言ってよいほど買って帰ります」

吉原者の常で、田舎侍への侮蔑が癖になっているが、兵馬が脱藩して江戸に出てきた浪人者だということを、弥平次はすぐに思い出したようだった。

大門から廓の南端にある水戸尻まで、真っすぐに通っているのが仲の町。

花魁や禿の行き交う、賑やかな大通りの左右には、軒下にずらりと提灯を掛け並べた二階家が、整然として軒を連ねている。

茶屋は柱も壁も赤い紅殻《べんがら》で塗られ、軒を飾る提灯の明かりが、華やかに見世格子を照らしている仲の町には、いかにも色町らしくなまめかしい風情があった。

「あいかわらず賑わっておるようだな」

兵馬は黙り込んでしまった弥平次に声をかけた。

「おかげさまで、と言いたいところですが、看板にしていた花魁や薄紅がいなくなってしまったあたしのところはさっぱりで、近いうちに店を畳むつもりです」

弥平次は何を思っているのか、不景気な話にもかかわらず愛想よく応じた。

「それは大変だな」

兵馬は話の接ぎ穂を失って黙り込んだ。

「こちらへお上がりください」

弥平次が兵馬を案内したのは、羅生門河岸の南端、九郎助《くろすけ》稲荷の近くにある茶屋の二階座敷だった。

「先生、ようこそ」

いきなり声をかけてきたのは、兵馬が鷲神社で剣術指南をしている牛太郎の一人、廓の吉三だった。

「ここは雛菊という花魁の座敷だったところです」

兵馬が座に着くと、弥平次は手短に説明した。

「看板にしていた花魁が駆け落ちし、脱廓の手引きをした振り袖新造が妙なお人に請け出され、お座敷のきりもりをしていた遣り手婆までがいなくなっては、もうこの商売を続けてゆくことはできません」

弥平次の声はふだんと変わらなかったが、同席している廓の吉三は、怒りか屈辱かで頬を紅潮させている。

「その駆け落ちをしたという花魁はどうしたのだ」

吉原田圃から逃げてきた薄紅のように、どこかで保護されているのではないか、と思いながら、兵馬は弥平次に尋ねた。

「殺されました」

弥平次は淡々として答えたが、同席している廓の吉三は、激情に駆られたかのように、びくっと身体を震わせた。

「殺したのは大身旗本、大瀬岩太郎の家中の者か」

兵馬が大瀬岩太郎の名を口にした途端、弥平次と吉三の眼に、一瞬の殺意にも似た衝撃が走った。

「ご存知だったんですかい」

しばらくして、ようやく気を静めたらしいた弥平次が言った。

「おぬしに牛太郎たちの剣術指南を頼まれた身だ。人殺しの手口を教えるからには、裏を取っておかなければならぬからな。わたしの方からも、調べられるだけのことは調べてある」

兵馬がはったりをかませると、廓の吉三が猛烈な勢いで食ってかかった。

「人殺しの手口どころか、少しでも極意らしいことは、何ひとつ教えてくれねえじゃ、ありませんか」

兵馬は辟易したように言った。

「おまえたちが望むような、必殺の剣、などというものはないのだ。強いて極意らしきことを言えば、生死の間にあっては、無駄な動きを削ぎ落とすことだ」

それを聞いて、廓の吉三はいきり立った。

「わけのわからねえことを言って、もったいぶっているだけかい。死に神の旦那、こいつは剣術遣いというよりも、ただの詐欺師ですぜ」

弥平次の顔色が変わった。

「失礼なことを言うものではない。鵜飼さまの凄腕は、おまえも知っているだろう。いますぐに謝りなさい」

吉三を叱りつける弥平次には、これがただの楼主か、と思われるほどの、貫禄が備わっていた。

「へい、へい。つい口が滑ってしまいました。申しわけござんせん」

廓の吉三は縮みあがって、すぐさま兵馬に叩頭したが、それは明らかに兵馬への謝罪ではなく、弥平次に対する恐れからだった。

死に神という異名にもかかわらず、ただ饒舌なだけの男かと思っていた弥平次が、まるで陣頭で指揮を執る戦国武将のような、強靭な統率力をみせたのだ。

弥平次はすぐに穏やかな口調に戻って言った。

「お察しのように、あたしどもで看板を張っていた花魁は、大瀬岩太郎さまに誘い出され、家中のお侍衆に殺されたのでございます」

廓の吉三が沈痛な声で後を続けた。

「死に神の旦那が店を畳むとなれば、あっしら牛太郎も、廃業になるわけでござんす。廓で生きてきたあっしらが、いまさら娑婆に出たからといって、食っていける手だてはねえ。こうなりゃ、あっしらも、覚悟するしかねえんでござんす」

そう言った吉三の眼が、妙に血走っているのが気になった。

「覚悟とは、どのようなことか」

兵馬はふと不吉な予感がして問いかけた。

「死ぬ覚悟でござんす」

決まりきったことを聞くな、というような口調で、吉三は言った。

「死ねば済むようなことではあるまい」

兵馬が水を向けると、跳ね返すような声が返ってきた。

「もちろん、ただで死ぬ気はありませんよ」

いきり立っている吉三の顔を見て、兵馬は無言で先を促した。

「死に神の旦那が廃業にまで追い込まれたのは、店の看板にしていた花魁が殺されたからでござんす。そのためにあっしらは、出たくもねえ娑婆に放り出されるわけだ」

ふっと、溜め息をついた吉三は、思い詰めたような顔をして続けた。

「お武家には仇討ちってえものがあるそうですね。あっしらだって、やられっぱなしで泣き寝入りはできませんや。あっしら廓者にも、仇討ちをするくらいの気概はござんす」

四

興奮している吉三に代わって、弥平次が足りないところを補った。

「つまり、花魁を殺した大瀬岩太郎さまのお屋敷に、討ち入りをしようというわけですよ」

兵馬は驚いて、思わず口を挟んだ。

「それは筋違いというものではないかな」

「何が、どう違う、というんです」

廓の吉三が、声を荒げて食ってかかった。

「大瀬岩太郎の家中が、花魁を殺したという証拠はあるまい」

しかし吉三は一歩も譲らなかった。

「あっしらは、花魁が殺されたところを見たんですぜ。あたり一面は血の海。その中に花魁は横たわっていたんでさ。花魁を取り囲むようにして、数人のさむれえ衆が屈み込んでいた。あっしらが駆けつけたときは、花魁はすでに殺されていたんです。さむれえ衆は偉そうに、他言無用、と言ってどこかへ消えてしまった。可哀相に花魁は、そのときはすっかり冷たくなっていて、どう手当しても助かりっこねえ」

吉三は声を落として言った。

「その場には薄紅もいたのだな」

兵馬が念を押すと、吉三は下を向いたまま、黙って頷いた。

「薄紅は花魁が殺されるところを見ていたに違いありません。腑抜けのようになって口も利けず、助けに来たはずの若い衆を見ても、ただ恐ろしそうに逃げるだけでした」

弥平次が吉三に代わって説明した。

「何を恐れているのか、声を失ってしまった薄紅は、廓へ連れ戻そうとした若い衆の手を振りきって、朧月が照らし出している吉原田圃の中を、ふらふらと逃げていったのです。その後のことは、鵜飼さまの方がよくご存知でございましょう」

弥平次が兵馬に薄紅の消息を話している間も、廓の吉三は、生き残った振り袖新造よりも、死んでしまった花魁の方が気になっているようだった。

「あっしらは花魁の遺骸を荒菰で巻いて、浅草正念寺の投げ込み寺に捨ててきたのでござんす。お寺の鐘が、ごぉぉんと鳴って、それですべてがおしまいってわけです」

その後を弥平次が引き取った。

「花魁を看取った牛太郎の中に、お武家の紋所を見憶えていた者がございました。その紋所から、下手人は大瀬岩太郎さまの御家中ではないかと目星をつけ、その後も探りを入れて確かめました。雛菊太夫を殺したのは、大瀬家御中の侍衆に違いありません」

「しかし、大身旗本の家中が、どうして吉原の花魁を殺さなければならぬのだ」

兵馬は空とぼけて聞いてみた。

「御当主の岩太郎さまは、なかなか気前のよい殿様でしたが、お屋敷の財政は、だいぶ苦しかったようでございますよ」

「つまり岩太郎どのは、雛菊太夫に入れあげて、家中の財政を傾けたのだな。おぬしのところでは、世間知らずの殿様から、あの手この手を使って、ある限りのものを絞り尽くしたわけだ」

兵馬はわざと挑発するような言い方をしたが、さすがに弥平次は挑発に乗らず、さらりと受け流した。

「その辺はどうか存じ上げませんが、はじめは花魁を揚げて大盤振る舞いしていた殿様が、しまいには雛菊太夫の貢いだお金で遊んでゆくような始末。なんでも大瀬家の財政は用人に握られ、殿様は鐚一文として、自由にはならなくなったようでした」

しかし大瀬家四千三百石という大身旗本の財政が、いくら殿様が吉原通いをしたからといって、容易に傾くはずはない、と弥平次は言う。

「それからというもの、大瀬の殿様が登楼するたびに、雛菊太夫の前借は、ますます増えてゆくばかりです」

弥平次は苦々しい顔をして言った。

「いずれにしても、双方から揚代を取っていた弥平次に損はなかったはずだ」

兵馬には、その辺のからくりはわからない。

「そうは参りません」

弥平次は面倒くさそうに言った。

「花魁の前借というのは、あたしどもで立て替えたものです。つまり殿様が遊べば遊ぶほど、花魁の前借は増えてゆき、それだけあたしのところでは、損を重ねてゆくことになるわけです」

「わからぬ理屈だな」

兵馬は吐き捨てるように言った。

「それは楼主が抱えの遊女を縛るための、悪辣な手口であろうが」

「誤解しておられるようですね」

弥平次は軽く舌打ちした。

「あたしどもは、花魁あっての商売です。商売道具を粗末にする商売人はおりません」

看板にしていた花魁や振り袖新造を失えば、妓楼はたちまち廃業にまで追い込まれることになる。

「だからといって、旗本屋敷への討ち入りというのは、少し短絡しているのではないかな」

兵馬がそれとなくたしなめると、廓の吉三がすばやく切り返した。

「主家を失った赤穂の浪人たちが、本所の吉良屋敷に討ち入ったのと、どこがどう違うっていうんですかい」

兵馬は無言のまま、弥平次と吉三を交互に睨みつけると、わざと低い声で問いただした。

「必殺の剣を教えろと申したのは、大瀬屋敷に討ち入るためであったのか」

五

「剣術指南を頼まれたときは、ふりかかる火の粉を払うため、ということであったが、あれはわたしを欺すための方便であったのか」

兵馬が弥平次の不実を責めたのは、討ち入りについて聞いたのは、今日がはじめてのことだったからだ。

兵馬の低い声に、静かな怒りを感じて、弥平次は大あわてで打ち消した。

「決して嘘を申したわけではございません。あの頃、大瀬の御家中は総出となって、花魁殺しを目撃した者を捜し出し、見つけしだいに殺してしまおうと、夜ごと日ごとに暗躍していたのです」

雛菊太夫の死に立ち会った薄紅が、黒頭巾の武士たちに狙われ、薄紅を匿っていた入江町のお艶が、黒ずくめの夜盗に襲われたのも、ちょうどそのころのことだった。

「花魁の死骸を菰に包んで、投げ込み寺まで運んでいった若い衆も、口ふさぎのために、殺されるところでございました。それで鵜飼さまに、あたしどもの用心棒をお願いしたのですが、どうしても駄目だとおっしゃられる。せめて若い衆が自衛できるようにと、剣術の指南を依頼したわけです」

兵馬は廓の吉三をじろりと睨んだ。

「それなら、殺されないための指南をしたのは、依頼主の要望に合っていたわけだ。そこの吉三とやらは、わたしの教え方に不満があるようだが」

死に神弥平次は、兵馬から射竦められた吉三をかばうかのように、慌てて言い足した。

「それが、途中から事情が変わったのです」

兵馬が黙ったまま先を促すと、吉三はその後を受けて言った。

「はじめのうちは、いつ家中のお侍衆に襲われるかとおどおどして、もっぱらわが身を守ることばかりを考えておりましたが、死に神の旦那が妓楼を畳み、あっしらが罷免されると決まってからは、いっそのこと、こちらから攻めに転じようと腹を決めたのです」

額に冷や汗を滲ませた廓の吉三は、手の甲で汗を拭い、一息入れてから続けた。

「あっしは廓の吉三という呼び名の通り、この廓に生まれ、この廓で育った、生粋の廓者でござんす。廓を離れては生きてゆく術《すべ》を知りません」

その点では、花魁の雛菊や、振り袖新造の薄紅と同じ境遇と言ってよい。

「この廓で暮らしている者のほとんどは、あっしのように娑婆を知らねえ廓育ちか、さもなくば、娑婆を割ってこの世界に逃げ込んできた、半端者ばかりでござんす。ここを唯一の拠り所としているあっしらに、娑婆に出ろ、と言うのは、死ね、と言われるのと同じでござんす」

四方をおはぐろどぶで囲まれて、まるで城郭のように防備されている吉原廓は、さまざまな事情で世間から見捨てられた者たちが逃げ込んでくる、最後の避難所と言えるような別世界でもあったのだ。

「亡八仲間から死に神と呼ばれているあたしも、大手を振って娑婆で暮らせるような人間じゃございません」

弥平次が経帷子を着ているのは、いつでも身を捨てることができる廓者の覚悟をあらわしているのだという。

「四郎兵衛番所に掛け合って、なんとか若い衆だけでも、廓に残れるよう算段してみましたが、そいつもご破算になりました」

それ以来、弥平次は吉原に危難をもたらす者として、四郎兵衛番所の監視下に置かれることになった。

「本所大瀬屋敷への、討ち入りを決めたのは、そのときのことでございます」

弥平次は不敵な笑みを浮かべて言った。

「吉原には、甚右衛門親爺のころから、廓者に伝えられた不文律がございます」

廓者には素姓を問わない。それぞれに事情があって、ここへ流れ着いた者たちであるからだ。

廓を頼ってきた者は、どのようなことがあっても最後まで庇い通す。廓に集まってくる者たちは、あらかじめ傷を負っているからだ。

廓者は偽善よりも極悪を選ぶ。悪所の亡八となる覚悟がなければ、廓を守ってゆくことができないからだ。

廓の外周にめぐらされているおはぐろどぶは、娑婆との結界。大名たちが城郭をもつように、廓者にも守るべき砦があるからだ。

「この不文律こそが、吉原の入口に立てられている『禁止の高札』によって保証され、東照権現（家康）以来、百数十年以上にわたって守られてきた、吉原の心意気なのでございます」

しかし長年にわたって、吉原の自治を支えてきた四郎兵衛番所が、いまは親爺（庄司甚右衛門）以来の不文律を反故《ほご》同然に扱い、楼主の保身しか考えなくなっている。

「あたしたちは、どうせ娑婆では生きられない身。いっそのこと、四千三百石の旗本屋敷に討ち入って、いまは失われようとしている吉原者の心意気を、みせてやるつもりでございます」

弥平次は、あきれ顔をしている兵馬に、死に神のような暗い眼を向けた。

「大瀬の殿様に恨みはございません。零落されてからはともかく、はじめは雛菊太夫の大旦那として、あたしどもはずいぶんお世話になりました」

するとその後を、廓の吉三が引き取った。

「ただ憎いのは、御家中のお侍衆でござんす。死に神の旦那が廃業に追い込まれ、あっしら牛太郎が解雇されることになったのも、花魁を殺し、薄紅新造の声を奪い、目撃した廓者の口を塞ごうとするのも、後生大事に御家の事情を振りかざす、御武家方の身勝手から出たことです。おどおどしながら保身にまわるよりも、いっそのこと、こちらから敵の本陣へ討ち入って、一気に決着をつけようってえ料簡でござんす」

この勢いは、もはや止めようはないのか、と兵馬は苦々しい顔をして黙り込んだ。

「ひとつだけ、言い忘れていたことがあるが」

兵馬は取ってつけたように言った。

「大瀬岩太郎はすでに死んでいるのだ」

「えっ。ほんとですかい」

弥平次と吉三は驚きの声をあげたが、さして衝撃を受けたようには見えなかった。

「嘘だと思うなら、本所妙源寺にある大瀬家の墓所を掘り返してみるがよい」

弥平次の顔に、はじめて驚愕の色が浮かんだ。

「そこまで、お調べになっているんですか」

兵馬は頷いた。

「死骸はすでに腐乱が始まっていたから、大瀬岩太郎が死んだのは、たぶん雛菊太夫と同じ日の同じ刻限であろう」

大瀬岩太郎の死骸を掘り返したのは、隠密御用にかかわることであり、御庭番宰領を務める兵馬としては、口外してはならないことだったのかもしれない。

「するってえと、花魁は……」

弥平次には、思い当たる節があるらしかった。

「そうだ。殺されたのではなく、想う男との相対死だったのだ」

兵馬は断定するかのように言った。

「そんなことは、聞いていませんぜ」

廓の吉三が反発した。

「あっしらも、大瀬屋敷については、方々からさぐりを入れておりやす。しかし御当主が死んだなどという噂は、これっぽっちも聞いておりませんぜ。御家のためということで、家来衆に花魁を殺された後も、御当人は四千三百石の殿様として、のうのうと生きていなさるんじゃあねえんですかい」

吉三は憎々しげに言い張った。

「雛菊と心中したのでなければ、大瀬岩太郎は、家中の者に密殺されたのだ」

兵馬はまたしても、隠密御用で調べたことを口にした。

「そんなことって、ありますかい」

弥平次と廓の吉三は、予想外の展開に、動揺を隠せなかった。

「大瀬家からは、親類衆の嘆願書を添えて、岩太郎廃嫡の願いが出されている」

兵馬は追い討ちをかけるように言った。

「大瀬の殿様は、そこまで追い詰められていなすったんですかい」

亡八仲間からは死に神と呼ばれ、みずから外れ者を気取っている弥平次は、家中や親類から孤立していたという岩太郎に、同情を隠せないらしかった。

「それでもおぬしらは、大瀬屋敷に討ち入ろうと言うのか」

兵馬は念を押した。

「たとえ殿様が誰に殺されようが、花魁が生き返ってくるわけではありません。まして、妓楼の廃業や、あっしらの首切りが、取り消されるわけではねえ。そうなればなおのこと、心底から腐れきったさむれえ衆に、あっしら廓者の心意気を、とっくりと見せてやるだけのことでござんす」

廓の吉三は、みずからを鼓舞するかのように、声を励まして言った。

「駄目か」

かえって火に油を注ぐことになったのかもしれぬ、と思って兵馬はひどく落胆した。

破軍星

一

夏は涼しき浅草の
色をとどめし舟遊び
身を捨て人の思ひ川
ぱっとしたののわけ姿
さりとは心うつつなり
なりゆくままにつくづくと
憂きことをのみ案ずれば

恋風慕う三味の音に
薫りよ薫り薫りきて

色と薫りのさりとては
気の毒の山つもり来て
浮き名と言はじわが思ひ
いづれ訳ある伝手《つて》もがな

「さすがに花魁、いつ聞いてもよいお声でごさんすね」

薄紅を相手に小唄を歌っていた雛菊のところへ、幇間の鶴造《つるぞう》がもみ手をしながらやって来て、いかにも見えすいたお世辞を言った。

いつまでも座敷に出てこない花魁を呼び出すために、馴染み客から催促された幇間が、御機嫌を取りに来たらしい。

「あちきはお茶を引いているんでありんす」

雛菊はぞんざいに答えた。

「いけませんよ花魁、いつまでもお座敷を蹴ってばかりいては。お茶を引くどころか、花魁を名指しの旦那方は、あちこちのお座敷にあふれているんでござんすよ」

幇間の鶴造が、いくら甘言を並べてなだめすかしても、雛菊はどうしてもお座敷に出る気にはなれなかった。

「あちきは病気だと言って、断っておくれなんし」

鶴造は困ったように眉根を寄せた。

「もうその手は、使い尽くしてしまいましたよ」

雛菊は蒼白い顔をして言った。

「ほんとうに病気なんでありんす」

しかし鶴造は渋い顔をして言った。

「花魁の小唄は、お座敷までも筒抜けですよ」

見かねて妹女郎の薄紅が声をかけた。

「あちきが代わってお座敷を勤めましょうか」

「しかし薄紅さんは、まだ振り袖新造でござんすからねえ」

幇間の鶴造は言い渋った。

振り袖新造は客と寝ないが、花魁の代役として座敷に出れば、揚代は花魁と同額を払わなければならない。じらされた客はいい顔をしないのだ。

明日の夜を
今宵になして
月もがな
命も知らず
曇りもやせん

眼には定かに見えねども
風の音信《おとずれ》何地《いづち》とも
知らぬ妻戸を叩くなる
よしや迷ひと心から
もしやそれかと危ぶみて

雛菊はふと三味線を弾く手を休めた。

「もし、薄紅ちゃん。おまえはほんとうに、おはぐろどぶに刎ね橋を架ける仕掛けを、動かせるんでありんすかえ」

雛菊は妹女郎の薄紅に、なんども同じことを聞いていた。

「まだやってみたことはないけれど、それほど難しくはないと思うわ」

たまたま薄紅は、刎ね橋が巻き上げられるところを見たことがある。からくり仕掛けの巻き上げ機には、赤錆びた大きな鉄鉤《かぎ》が付けられていた。

ふだん鉄鉤は巻き上げ機から取り外されており、誰も刎ね橋を動かすことはできないが、薄紅はそれがどこに隠されているかを知っている。

「おまえが知っているということを、誰にも気づかれてはいないかえ」

雛菊は薄紅の耳たぶに唇を寄せて、そっと小声で聞いてみた。

「あたしはこれでも素早いんです。誰にも見られていませんわ」

振り袖新造の薄紅が、刎ね橋のからくり仕掛けを知ったのは、まだ小柄で敏捷な、禿のころのことだった。

「じゃあ、刎ね橋のからくりを、あちきのために役立てておくれかえ」

あい、と答えて、薄紅はにっこりと笑った。

「では約束でありんすえ。岩さまが、あちきを迎えに来たときは、おはぐろどぶに刎ね橋を架け、おまえが手引きをしておくれ」

吉原花魁の雛菊と浮き名を流し、四千三百石の家産を傾けた大瀬岩太郎は、とうとう家中の者たちにも見離され、用人支配に切り替えられた本所の屋敷では、ほとんど飼い殺しに近い扱いを受けている。

売れっ子女郎の雛菊太夫は、そんな岩太郎に恋狂いして、見境もなく前借を重ねた末に、いまでは溜まりに溜まった借財で、身動きが取れなくなっている。

廓で咲いた恋ゆえに、雛菊と岩太郎はそれぞれが、窮地に追い詰められていた。

世の中は
うつろふ色に
身を責めて
うらみも絶えぬ
思ひ川

流るる水も
湯となるや
なほ懲り須磨の
うら波に

立つや心の水けぶり
苦しみ深きゆく末と
思ふ心を捨て草の
庵のまがきの
ゆふべの空に
待ちしいまはの
身なれども

「いよいよ今宵ですえ」

雛菊は声をひそめて薄紅に言った。

「だいじょうぶ。刎ね橋を動かす鉄鉤は、ちゃんと盗み出してありんす」

薄紅はぽんと前帯を叩いて頬笑んだ。鉄鉤の重みがずっしりと胸にこたえた。

「からくり仕掛けが動くかしらね」

おはぐろどぶを渡る刎ね橋は、ふだんは巻き上げられたまま、めったに下ろされることはない。

からくり仕掛けの巻き上げ機の、取っ手を動かす鉄鉤も、いつもはそこから取りはずされて、番小屋の木箱に納められている。

薄紅が盗み出してきた鉄鉤は、以前に比べて赤錆びていたが、薄紅が禿のころに見たときと同じ木箱に入っていた。

橋番の留守を狙って薄紅は、番小屋の中に忍び込み、忘れられていた鉄鉤を、盗み出しておいたのだ。

「これさえあれば大丈夫、越すに越されぬおはぐろどぶを、渡ることができますえ」

遊女が廓を脱け出すには、男装して大門を走り抜けるか、それとも廓を囲っている黒板塀を乗り越えるか、そのいずれかを選ぶほかはない。

大門には四郎兵衛番所があって、遊女たちの出入りを見張っているし、忍び返しの付いた黒板塀を乗りこえても、五間幅のおはぐろどぶが、ゆくてを厳しく阻んでいる。

駈け落ちに失敗した遊女は、廓に引き戻されて厳しく折檻されるが、脱廓の刑罰はそれだけでなく、逃亡者捜索のために使われたすべての費用は、遊女の年季に加算される。

脱廓に失敗した遊女は、さんざん客を取らされた末に、売れなくなれば羅生門河岸の局女郎に落とされ、年老いて死ぬまで淫売をやらされるという。

その日は久しぶりに大瀬岩太郎が登楼して、雛菊と小座敷でしんねり語り合っていたが、めずらしくまだ陽の落ちきらないうちに、床入りもなくあっさりと帰って行った。

「さあ、薄紅ちゃん」

雛菊は岩太郎を送り出すと、薄紅を促して花魁の座敷に戻り、用意していた身支度を調えてから、さり気ない風を装って路地裏に出た。

「花魁、どこへ行きやすえ」

雛菊を見つけて声をかける者がいても、雛菊はわざとそしらぬ顔をして通り過ぎる。

「花魁はのぼせ気味なので、少し夜気に当たって参りますえ」

妹女郎の薄紅が、花魁に代わって答えると、相手はただ気の毒そうに頰笑むだけで、誰も二人を疑う者はいなかった。

お座敷を勤める雛菊が、趣味の悪い客を相手に、狂態を演じているということは、すでに揚屋町では評判になっていた。

花魁の気まぐれや、常軌を逸したそぶりも、いつもと変わらぬ気の病としか映らなかったのだ。

薄闇を照らし出している掛行燈に、御薬湯と書かれているのは吉原の銭湯で、ここは遊女たちが住む色町とはいえ、路地裏の風情は娑婆とほとんど変わらない。

屋根の上に天水桶を載せた遊女屋の裏側には、魚屋、酒屋、質屋、蕎麦屋、湯屋、蠟燭屋など、暮らしに欠かせない店舗が並んでいて、暗い路地の奥には、客を取れない吉原芸者が、密会に使う裏茶屋があった。

雛菊は妹女郎の薄紅と手と手を取り合って、ことさらに暗い闇を選んで歩きながら、揚屋町の突き当たり、黒塀に沿って並んでいる、雪隠の中へ駆け込んだ。

「誰にも見られなかったろうね」

雛菊の眼は血走って、薄闇の中で妖しく光った。

「たそがれ時と言いますもの。たとえ見られたとしても、誰が誰なのか、わかりはしませんよ」

花魁よりも薄紅の方が、落ち着いているように見えたのは、まだ脱廓の恐ろしさを、知らなかったからにほかならない。

雪隠に入った雛菊は、花魁が着る豪奢な裲襠《うちかけ》を脱ぎ捨て、あらかじめ用意していた留袖姿になって、町娘風の地味な姿に早変わりした。

島田に結った髪から、櫛、笄、簪を抜き取って手拭に包むと、ぎゅっと引き結んで懐中に入れた。

「さあ、これからは、人目についてはいけないよ」

薄紅も櫛や笄は抜き取ったが、華やかな振り袖を、着替えるほどの用意はない。

「もし見咎められたら、死にもの狂いになるだけさ」

道行きの身支度をした雛菊は、研ぎすまされた剃刀を片手に持って、妖しい微笑を浮かべて薄紅を見返った。

おそろしいほどに美しい、と薄紅は思って、そのとき見た姉女郎の凄艶な笑顔を、いつまでも忘れることができなかった。

二

「それはまずいことになったな」

倉地文左衛門は、眉を曇らせて苦々しげに呟いた。

「意外なところに飛び火したものです」

御庭番宰領鵜飼兵馬は、室町の浮世小路にある喜多村の離れで、公儀御庭番倉地文左衛門に、旗本大瀬岩太郎の一件を報告していた。

廃業に追い込まれた吉原の廓者が、旗本屋敷への討ち入りを企てているというくだりになると、倉地はうぅんと呻ったまま腕組みしてしまった。

「大身の旗本屋敷に、廓者が討ち入りなどすれば、元禄の赤穂浪人の一件よりも、世間に与える衝撃は大きい。もしもそのようなことになれば、御公儀の威信も丸つぶれじゃ」

倉地の困惑ぶりに引き換えて、兵馬は意外なほど淡々としていた。

「相手が旗本なら、これは江戸町奉行所の管轄とも言えず、そうかといって、吉原者の喧嘩に大目付が出るわけにもいかず、まして御家騒動や討ち入りに関与するのは、隠密御用の役目ではありません。なりゆきに任せるほかはありますまい」

倉地はむっとしたように言った。

「おぬし、ずいぶんと、杓子定規なことを言うようになったな」

「いけませんか」

兵馬は平然として言い返した。

「御庭番の隠密御用は、将軍家の命によって、ことの是非を問わず、ただ命じられたことを、できるだけ詳細に調べるだけで、それをどうこうする権限はありません。ましてわたしは、御庭番宰領という陰の身分。黙って見ているほかに何をせよと言われるのです」

倉地は兵馬の顔を見てにやりと笑った。

「おぬしも意地が悪いな。ここ一番というところで、臍を曲げる悪い癖は、まだ直っておらぬようだ」

倉地は巧妙に言葉を重ねた。

「おぬしほどの男を、ただ同然で使っている幕府のしくみにも、確かに問題はある。しかし、わしは幕臣として、あくまでも法の秩序の中で動かねばならぬが、宰領のおぬしにはそのような縛りはない。おのれの欲するままに動くことができるはずだ」

つまり、幕府の仕置きによって縛られている倉地文左衛門にできないことを、兵馬が進んでするように、とひそかに勧めているのだ。

「ならば、このたび将軍家から命じられた隠密御用は、これまでの調べを以て終了した、と考えてもよろしいのですな」

兵馬が重ねて念を押すと、倉地は唇の端だけで曖昧に笑った。

「しかし、将軍家に提出する上申書を、どのように書くべきか、わしはいまだに迷っている」

確かにこのまま報告しては、頭もなければ尻尾もないような、不得要領な文面にしかならないだろう。

「ならばもうすこし、御自身で動かれることですな。倉地どのが上申書に添え書きする提言は、御政道の要諦に触れることもあるのですから」

今回の隠密御用では、倉地は脚の怪我を理由に裏方にまわって、ほとんど動いてはいなかった。

倉地はずるそうに笑うと、すぐに深刻な顔に戻った。

「しかし、ことは緊急じゃ。討ち入りが起こった後ではどうにもならぬ」

兵馬は仕方なく話を続けた。

「一応は止めようと試みたのですが、わたしはあの者たちを説得するだけの言葉を持ちませんでした」

倉地は怪訝な顔をした。

「さて、何が必要であったのか」

兵馬は不機嫌な顔をして、吐き捨てるように言った。

「一介の浪人者にすぎないわたしに、明日をも知れぬ彼らの暮らし向きを、請け合うようなことが言えますか」

倉地は動じなかった。

「そのようなものは、おのれの責任において為すべきことであろう」

兵馬は憮然として言い返した。

「その結果として、彼らは旗本屋敷への討ち入りを選んだのです」

倉地は突き放したような言い方をした。

「ずいぶんと短絡したやり方だな」

兵馬は苦笑した。

「わたしも彼らにそれを申しました。一蹴されて終わりです」

そうか、と言って、倉地は困惑したようにまた腕組みをした。

「何とか表沙汰にしないで、済ませる方法はないものかな」

しかし、倉地がそう考えること自体、すでに将軍家から命じられた、隠密御用の枠を逸脱している。

兵馬は、いささかも皮肉を交えずに言った。

「場合によっては、ありのままを、何ら糊塗することなく、世に知らしめることが必要かもしれませんぞ」

倉地は溜め息をついた。

「おぬしは気ままなことが言える。しかしわしは幕臣として、俸禄を与えられているかぎり、天下の騒乱は未然に防がなければならぬと思っている」

兵馬は冷笑した。

「しかし、その権限も資格も、与えられてはおられぬ」

倉地はむっとして黙り込んだ。

「わたしのやり方を押し通しても、邪魔が入らぬようにしてもらえますか」

しばらくしてから、根負けしたように兵馬は言った。

「わしにできることは高が知れている。それでもよいというなら、できるかぎりのことは保証しよう」

倉地はほっとしたように言った。

「なにも難しいことではない。奉行所や大目付が、途中で口出しをしないよう、黙って見ておられるだけでよいのです」

兵馬は倉地の権限に、あまり期待してはいないようだった。

「いったい、どのようなことをするつもりなのだ」

倉地は、不安になってきたらしい。

「わかりません。一か八かに賭けるだけです」

ことを荒立てずに、しかも暴発を未然に防ぐには、出たとこ勝負に頼るほかはない、と兵馬は飄々とした顔をして言った。

三

刎ね橋の巻き上げ機が、錆びついたような音でぎりぎりと鳴った。

「動いたわ」

雛菊が感に堪えないような声を発した。

「しっ、黙っていて」

妹女郎の薄紅は、巻き上げ機に取り付けた鉄鉤をクルクルと回しながら、姉女郎が不用意に発した声をたしなめた。

闇はすっかり下りているが、まだ宵の口にすぎない。上野の森にある寛永寺の鐘楼で、入相の鐘が鳴るのを、ついさっき聞いたばかりだった。

入相の鐘が鳴るのと前後して、見世出しの鈴が鳴って、吉原では一斉に、見世すががきの三味線が掻き鳴らされる。

すががきは清掻とも書き、唄なしで弾かれる三味線のことで、これを合図に、お職《しょく》から順番に、盛装をした遊女たちが見世に並ぶ。

吉原の夜見世は、新造たちが掻き鳴らす、すががきによって始まり、遊女屋が並ぶ通りには、遊客やひやかし、地廻りなどがあふれ、夜が深まるにつれて、花街はしだいに賑わいを増してゆく。

振り袖新造の薄紅は、この刻限には張り見世に出て、すががきを弾かなければならないし、花魁の雛菊は、すががきの三味線を合図に、しゃなりしゃなりと見世に出て、その妖艶な姿を披露しなければならない。

しかし雛菊の気まぐれは、お座敷の狂態とともに容認されているので、たとえ見世に出ないことがあっても、しばらくは放っておかれるに違いない。

入相の鐘が鳴り、吉原の遊女屋で、すががきが弾かれ、色町が賑わいはじめる夜見世始めには、遊女や若い衆は待合の辻がある仲の町に集まり、吉原遊廓の南端、水戸尻のあたりは、ほとんど無人に近い状態になる。

雛菊が廓から脱け出そうと計画したのは、人の動きの虚を突いたその刻限で、もし少しでも齟齬が生じれば、とうてい成功はおぼつかないような危険な賭けだった。

薄紅の役目は、刎ね橋を下ろして、雛菊をおはぐろどぶの向こう岸へ渡し、ふたたびからくり仕掛けで橋を巻き上げ、刎ね橋を動かした鉄鉤を、そしらぬ顔をして、橋番所の木箱に戻しておくことだった。

「岩さまが来ている」

からくり仕掛けの刎ね橋が、あと一間というところまで巻き下ろされると、浅草田圃を背にした宵闇の中に、幽鬼のように立っている大瀬岩太郎の姿が見えた。

「もう少しよ。それまで声を出さないで」

必死になって鉄鉤を回していた薄紅が、囁くような声で雛菊に言った。

「巻き上げ機が錆びついて、うまく動かないわ」

すががきの音色は、なお聞こえているが、もう少しすれば、廓では人の流れが変わる。

「あせらないで」

雛菊は薄紅を励ましたが、刎ね橋が途中から動かなくなったことで、焦りはじめたのはむしろ雛菊の方だった。

「おい、そこで何をしている」

突然、背後の闇から声をかけられた。

「見つかったわ」

雛菊が悲痛な声をあげた。

「もうすこしだ。そこから飛んでみろ」

おはぐろどぶの向こうから、気配を察したらしい岩太郎が叫んでいる。

「薄紅ちゃん。一緒にお出で」

岩太郎の声に励まされたのか、雛菊は薄紅の手を取って、おはぐろどぶの上に突き出された刎ね橋に向かって駆けだした。

二人が刎ね橋の先端までよじ登ったとき、いきなり足元が落下し、全身が痺れるような物凄い衝撃を受けて、黒板塀の橋板から跳ね飛ばされた。

突然に加えられた二人の重みで、刎ね橋を吊り上げていた綱が切れ、支えを失った橋板が落下したのだ。

雛菊と薄紅は、その反動で橋板の上から転げ落ちたが、二人は駆けてきた勢いが加わって、おはぐろどぶの向こう岸に投げ出された。

おはぐろどぶに橋は架かったが、刎ね橋を吊っていた綱が切れてしまっては、からくり仕掛けで巻き上げることはできない。

「どうしよう。元に戻すことはできないわ」

もう後もどりはできない。薄紅は退路を断たれた。

「一緒に逃げよう」

頭巾で顔を隠した岩太郎が駆け寄ってきた。

「追っ手がかからないうちに、早く」

刎ね橋の向こうでは、すでに人だかりが始まっている。鉄鉤が盗まれたことを橋番が知れば、廓中が大騒ぎになるだろう。

前方の闇には浅草田圃が広がっている。吉原の楼閣は、無数に連なっている軒下の提灯に照らされて、周囲の闇から浮き上がっている。新たに刎ね橋が架けられた逃亡路は、そこだけ闇が切り取られたように光が満ちていた。

三人の男女は、闇に向かって駆けた。吉原田圃に風がわたる。稲田が風のまにまにうねって、蒼海のように波打っている。薄紅は稲穂の匂いに咽《む》せた。

四

「薄紅さんが、ひどく魘されているんです」

入江町へ立ち寄った兵馬に、お艶は心配そうな顔をして言った。

「あの『伴天連の夢移し』がいけなかったんでしょうか」

ようやく声を取り戻したばかりの薄紅に、いかがわしい魔法をかけてしまったことを、お艶は気に病んでいるようだった。

「そなたの方は、その後なんともないのか」

「ええ、あたしは、どういうこと、ありませんけど」

お艶はそう言い繕ったが、あれ以来、妙な色情にめざめてしまったことを、兵馬には隠していた。

葵屋吉兵衛と懇意にしている、花川戸の駒蔵が、薄紅のようすを見に立ち寄ったとき、葵屋の隠れ座敷では、どのような魔法が行われたのか、問い詰めてみたこともある。

「葵屋吉兵衛は、かなり変わった趣味を持っている色魔だぜ。おめえさんのような別嬪は、あまりかかわりを持たねえ方が無難かもしれねえ」

めずらしく忠告めいたことを言ったが、夢移しの秘技がどのようなものかと問われても、もぞもぞとして口にするのを避けていた。

「あの伴天連野郎の秘技を受けたおめえさんは、ほんとに何も憶えてはいねえのかい」

駒蔵は逆にお艶に問い返した。

「なにしろ薄紅さんが見ている夢の中へ、無理やり入っていったんですから、どこまでが誰の夢なのか、夢の中で誰に何をされたのか、さっぱり区別がつかないんですよ」

憶えているのは、聞いたこともない遊里の小唄と、身体の深部でうずいていた、奇妙な感覚だけだった。

「いずれにしても、遊女の夢から遊女の夢へと、渡り歩いたわけだ。熟れきったおめえさんの身体が、それに反応しねえはずはねえ」

駒蔵の眼が、ふといやらしく光ったのを見て、

「ほほほ、生憎だねえ。お呼びでないよ」

と笑い飛ばしたが、お艶はあれ以来、身体の芯で、抑えがたいほどの色情が蠢《うごめ》いているのを、知らないわけではなかった。

「薄紅はきっと、過酷な思いをしてきたに違いない。夢の中でその傷口が疼くのだ。魘されるだけ魘されれば、その傷口もおのずから、塞がってゆくものなのかもしれない」

兵馬はそう言うと、お艶に案内されて、薄紅の寝ている病室に通った。

「そうそう、今朝も小袖ちゃんが、わざわざお見舞いに来てくれたんですよ」

お艶は急に嬉しそうな顔になった。

「あのいたずら娘は、また恩出井屋敷から脱け出して参ったのか」

兵馬は、困った奴だ、という顔をして眉をひそめた。

「ところが、今朝の小袖ちゃんは、凛々しい若衆姿になって馬に乗り、十人の立派な供侍まで従えてやって来たのですよ。あたしはすっかり見違えてしまって、どこの若殿様かと思いましたよ」

お艶は小袖の乗馬姿を褒めたが、兵馬は苦い顔をした。

「ますます悪い。髪上げの儀をすませて、糊蘇手姫と名を変えたのに、若衆姿などになって馬を乗り廻すとは」

江戸家老の九右衛門を困らせてばかりいた小袖は、小袖なりに恩出井家の家風に溶け込もうとしているらしい。

「いいじゃありませんか。馬に乗った小袖ちゃんは、これまでになく生き生きとしていましたよ」

お艶はあくまでも湖蘇手姫に味方した。

「よいものか。小袖は水妖となった津多姫と、剣の天才と言われた津賀鬼三郎の子なのだぞ。へたに武張ったことにめざめでもしたら、どのような恐ろしい剣の遣い手になるか、わかったものではない。湖蘇手姫には、大身旗本の姫らしいたしなみが必要なのだ」

お艶は着物の袖で、口元を押さえて笑った。

「あなたまでが、九右衛門さまのようなことをおっしゃるのね」

「あの老人の苦労はわかる」

兵馬は憮然として言った。

「それとも、世間並みの父親らしさにめざめたのかしら」

お艶はちくりと痛いところを刺した。

「ところで、小袖、いや湖蘇手姫は、何の用があって参られたのだ」

「なにか用があって来たことなんて、いままでにあったかしら。小袖ちゃんは遠乗りの途中だと言っていましたけど、ただあなたに逢いたくて来たんですよ」

そのついでに、薄紅さんの病床を見舞って、何か話し合っていったようです、とお艶は言った。

「薄紅はまた話せるようになったのか」

いいえ、とお艶は悲しそうに首を振った。

「小袖ちゃんは特別なんでしょう。きっと二人は馬が合うんですよ」

そのとき薄紅が横たわっている病床から、小唄らしき声が聞こえてきた。

「また魘されているな」

「この頃は特にひどいんですよ」

「あれはどのような小唄であろうか」

「いつも聞かされるんで、あたしも覚えてしまいましたけど、あれは小唄というよりは、どうやら浄瑠璃語りのようですよ」

「雀百まで踊り忘れず、というが、悪夢に魘されてまで、苦界で習い覚えた唄を口ずさむとは、なんとも哀れとしか言いようがない」

兵馬がしんみりとした口調で言うと、お艶は反問するかのように呟いた。

「そうかしら」

お艶はぼんやりと兵馬の顔を見つめながら言った。

「魘されながらも歌があるのは、哀れとは違うわ。夢の中でさえ、歌えない人だっているんですもの」

さしずめ兵馬のことだ。

「魘されているにしては、薄紅が歌う声が、大分はっきりしてきたようだ」

お艶にじっと見つめられている気まずさから、兵馬はつい腰を浮かせて、ぎこちなく話題を逸らせた。

すると、まるで怨霊の声のように、苦しげに尾を引く薄紅の唄が伝わってきた。

この世の名残り
夜もなごり
死ににゆく身を
たとふれば
あだしが原の
道の霜
一足ごとに
消えてゆく
夢の夢こそ
あはれなれ

あれ数ふれば
あかつきの
七つの時が
六つ鳴りて
残る一つは

今生の
鐘の響きの
聞き納め
寂滅為楽と
響くなり

「これは心中物の道行きではないか」

薄紅の歌声に耳をすませていた兵馬は、何か思い当たることがあるのか、ぞっとしたように身震いした。

「あたしもそう思って、安吉に聞いたところ、元禄十六年、近松門左衛門によって書かれた世話浄瑠璃『曽根崎心中』の道行きだと言っていました」

「いや、これはもっと古い、寛永七年に出版された『松の落葉』に収められている『辛崎心中』という吾妻浄瑠璃だろう。節回しに古風なところがあり、鄙びているのが特徴だという」

「それにしても、どうして薄紅さんが心中の道行きを」

吉原田圃で心中したのは、大瀬家の当主岩太郎と花魁の雛菊で、振り袖新造の薄紅ではない。

「そなたが薄紅の夢の中へ入っていったように、薄紅は雛菊という花魁の夢の中へ入り込んでいるのではないかな」

兵馬は妙な気持ちになっていた。

「それじゃ、薄紅さんが魘されるのは、雛菊という花魁が見ている夢の中に、迷い込んでいるからなんですか」

お艶には、思い当たることがなくもない。しかし兵馬は、それに続けて、背筋の寒くなるようなことを言った。

「しかも、雛菊はすでに死んでいる。薄紅は死霊の見る夢を見て苦しんでいるのだ」

五

鐘ばかりか
草も木も
空も名残と
見あぐれば

北斗はさえて
影うつる
星の妹背の
天の川
わたせる橋を
鵲《かささぎ》の
橋と契りて
いつまでも
われとそなたは
夫婦《みょうと》星
かならず添ふと
すがり寄り
ふたりが中に
降るなみだ

川の水嵩も
まさるべし

「岩さま、あちきは嬉しゅうありんす」

雛菊は岩太郎の腕の中へ身を沈めて、とろけるような声を出した。

「もう少しゆけば、燈洞寺に出る。そこまでなんとか歩けぬか」

大瀬岩太郎は、雛菊の肩を支えながら励ました。

「とてもそこまでは、歩けそうもありません。もうこの辺でようござんす。あちきは、吉原の灯が見えるところで死にとうござんす」

刎ね橋から転げ落ちたとき、雛菊は河岸に叩きつけられて足をくじいたが、歩けないのはそのせいではなかった。

「しかし、ここは浅草田圃の真ん中。吉原では花魁と呼ばれ、贅沢のかぎりを尽くしてきた女が、畳の上で死ねなくてよいものか」

岩太郎は燈洞寺の書院を借りて、そこで四千三百石の旗本らしく、みごとに切腹しようと心を決めていた。腹を切ったときの介錯人まで頼んである。

「あちきが死ねば、荒菰に包まれて、投げ込み寺に捨てられるだけでありんす。どうせ死ぬなら浅草田圃で、ぬしと添い寝をしてみたい」

いつを今日とて
今日までも
心の伸びし
夜半もなく
思ひの色に
つらかりしに
どうしたことの
縁じゃやら
忘るる暇も
ないわいの

放ちはやらじと
泣き居たり
歌も多きに

あの歌を
歌ふはたれぞや
聞くはわれ

過ぎにし人も
われわれも
一つ思ひと
すがりつき
月の影さへ
とどまらで
心もなつの
夜のならひ

廓の灯が見える浅草田圃に、岩太郎が脱いだ羽織を敷くと、そこを歓楽の臥所と見立て、岩太郎と雛菊は、一刻以上にわたって、ほとんど休むことなく交わっていた。

「わしは大身旗本の子として生まれたが、今日の今日まで、心のままに生きてきたことがなかった」

雛菊を愛撫しながら、岩太郎はしみじみとした思いをこめて述懐した。

「不思議な縁でそなたと契りを結んでから、ようやく生の実感を得たと言ってよい」

岩太郎は雛菊の乳房を、掬いあげるようにして頬ずりした。

「しかしわしは、やはりこの世には縁薄い者であった。わしが世間を避けている以上に、この世はわしを必要としていないらしい」

岩太郎の登楼が、大瀬家の家産を傾けたと言われているが、相応の体面を繕わなければならない旗本の内証は、岩太郎の放蕩がなくても、もともと苦しいものだった。もし岩太郎が、責められなければならないとしたら、当主の茶屋遊びがきっかけとなって、内証の苦しさが、あからさまにされたということだけだろう。

「家中の者からさえ蔑まれるわしを、そなたは、帰ってくれるなと泣いて止め、心に沁みるさまざまな唄を聞かせてくれた」

しかし岩太郎には、理財の才というものが、徹底して欠けていた。大瀬家は破産直前まで追い詰められた。

家中や親類に非難され、孤立した岩太郎は、ますます茶屋遊びに逃避するようになる。

「古い小唄に歌われた昔の恋も、この世には生き難いと感じている今のわれらも、恋する思いに違いはない」

岩太郎は雛菊の色香に溺れ、小唄に慰めを求めているうちに、生き難いこの世の暮らしを続けるよりも、昔の歌に唄われた恋に真実を見て、生よりも死に親しんでゆく性向は、ますます顕著になっていった。

「死んだ後までも寄り添って、わしとそなたは夫婦星《みようと》。たとえ輝き薄くとも、ともに夜空へ上がろうぞ」

この世には、おのれの座る席がない、とようやく覚った岩太郎は、死後の恋というものに、唯一の望みを託すようになっていった。

「あい。あい。嬉しゅうありんす」

雛菊は岩太郎の愛撫を受けながら、生と死のはざまに横たわる、歓楽の淵にのめり込んでいった。

遊女として育った雛菊には、娑婆のことはわからなかったが、禿から遊女となって、性の秘技を尽くしているうちに、生と死が交叉している薄い皮膜に、痺れるような陶酔が潜んでいることを、おのずから知るようになっていった。

幾多の遊客たちと契りを重ねても、決して得ることができなかった歓楽を、岩太郎との交歓によって知ることができたのは、岩太郎が生よりも、むしろ死の領域にある男であったからなのかもしれない。お座敷で狂態を演じる雛菊は、趣味の悪い客たちから絶大な人気を得ていたが、彼らは詮ずるところ、金持ちの遊び人にすぎず、歓楽の質もそれなりのものでしかなかった。

おざなりの性技に飽きた雛菊は、ほとんど死の領域にいるような岩太郎にのめり込んで、歓楽とは何かということを、真髄まで見極めたいと思うようになった。

そんな雛菊にとって、たとえ廓から吉原田圃に出ただけにすぎなくとも、岩太郎と歩む死の道行きは、歓楽の極まるところと言い換えてもよかった。

六

「岩さまは死んでいた。いや、殺されていたと言ってよい。もはや躊躇している時ではない。今夜のうちに討ち入りを決行する」

死に神弥平次は、鷲神社の境内に配下の牛太郎十数人を集めると、ドスの利いた声で言いわたした。

十一月の酉の日には、長蛇の列ができるほど賑わう鷲神社も、夜になれば嘘のようにひっそりとして、境内に人の影を見ることはなかった。

鷲神社は吉原遊廓の西南、周囲には田圃と畑が広がる長国寺の境内にあって、神仏が習合した小さな神社にすぎないが、御本尊は鷲の背に乗った破軍星、本地は鷲の背に乗る釈迦如来が祀られている。

破軍星は、勝負事をつかさどる神ということで、田圃のお鳥さんは、渡世人や遊女の信仰を集めていた。

「みなで破軍星に祈ろう」

経帷子を着た弥平次は、拝殿の前にひざまずくと、柏手を打って拝礼した。

廓の吉三をはじめ、死に神党と呼ばれる牛太郎たちは、弥平次に倣って神前に拝礼した。

「吉原初代惣名主庄司甚右衛門以来、われらは吉原に拠って、孤塁を守って参りました。われらは北条の残党、あるいは風魔の残党、または傀儡の裔、白拍子の裔、日本全国の津々浦々、あるいは山を越え、谷を伝い、峠を下って漂泊を重ね、長い長い流浪の果てに、この地にたどりついた道々の輩、無縁の者たちでございます」

弥平次は、あらかじめ用意してきた願文を読み上げ、神前に供えた。

「ここに庄司甚右衛門、土地なく住むところなく、守られることなき漂泊の民を哀れみ、吉原の遊里に掘割をめぐらし、無縁の砦を築きました。大名小名といえども馬の乗り入れを許さず、駕籠や乗物は一切無用、槍、長刀、鉄砲の類は大門の中に入れず、妓楼に登るときは大小を預かるしきたりは、創業の頃より固く守られていることでございます」

甚右衛門が開いた吉原は、明暦の大火の直前に、浅草田圃の北へ移されて新吉原と呼ばれたが、親爺の定めた掟が変えられることはなかった。

さらに弥平次は、吉原五丁町の自治が、町名主たちの合議によって守られてきた経緯を述べ、廓者の心意気が、吉原の自治を支えてきたことを強調した。

「しかるに、ここに至って、創業の意気はとみに失われ、わが身の保身にのみ汲々とする、小人どもが増えて参りました。弥平次はみずからの心意気を示すため、常住坐臥、あえて経帷子を着て、死に神の異名を取って参りましたが、身の不徳から妓楼を廃業し、若い衆の生業《なりわい》を奪うという愚を犯してしまいました」

ここまでは滔々と述べてきたが、さすがの弥平次も、かたくるしい文面を連ねる願文を読むことが、だんだんと面倒くさくなってきたようだった。

はじめは神妙な顔をして聞いていた牛太郎たちも、もぞもぞと身体を動かしたり、はやく終わらないかと、退屈そうに鼻毛を抜いて、髭に張り足したりして遊んでいる奴までいる。

弥平次は大胆に途中を端折って、いきなり結びの文面まで読み飛ばした。

「われらは吉原者の心意気を示すため、旗本屋敷への討ち入りを決行いたします。われらに大鳥の翼を与えたまえ。されば破軍星となって、敵を撃ち砕かん」

廓者死に神弥平次、以下十八名、と弥平次は牛太郎たちの名を、一人一人読み上げた。

「その願文を神前に奉納するんですかい」

廓の吉三が質問した。

「そうだ」

弥平次が平然として答えると、吉三は小声で言った。

「まずいですぜ」

「なぜだ」

「だって、それじゃ、大瀬屋敷に討ち入った下手人が誰か、自白しているようなものですぜ」

「元禄年間、吉良上野介の屋敷に討ち入りした赤穂の浪人たちも、同志の名を連判状に書いている」

「ちょっと待ってくだせえ。あっしらは武士じゃあねえ。正々堂々と名乗りをあげて戦うよりも、影から影へと立ちまわって、めざす敵をつけ狙い、闇から闇へ葬るのが、あっしら本来のやり方だ。旗本屋敷に討ち入った後も、その場でいさぎよく切腹するんじゃなく、地にもぐってでも逃げのびて、草の根のように生き抜くのが、廓者の真髄ではなかったかね。後に証拠を残すような、連判状なんかいらねえんじゃねえですかい」

廓の吉三の言うことに、他の牛太郎たちも同意した。

「わかった。そうしよう」

弥平次はあっさり頷くと、すぐに願文に火をつけて、その場でめらめらと燃やし、

「いま願文は翼を得て、大鳥となって舞い去った。いまさら神前で願うまでもない。われらこそが破軍星よ」

弥平次は鷲神社の拝殿を背にして、牛太郎たちに向き直った。

「出陣だ。いや、出発だ。山谷堀には三艘の猪牙舟を仕立ててある。ちょっと狭いが、一艘に六人ずつ乗るがよい。舟が多ければ途中で怪しまれるからな」

無言で頷く牛太郎たちは、すでに揃いの白装束に着替えている。

「今日をかぎりに死に神弥平次の妓楼は廃業する。廓はすでに引き払った。われらにはもはや帰るところはないのだ」

七

無明の酒の
酔ひ心
沈む思ひの
はつせ川
深き流れの
せきとめて
心づくしの
みだれ髪
ゆふかひも無く

そのままに
かの色里に
かよひきて
い寝もやられぬ
肱まくら
昔にかへり
つくづくと
ながらへて
憂きことを
聞くよしもなし
死出の山
つれて越えんと
立ちいでて

「薄紅ちゃん。薄紅ちゃん」

稲穂のあいだから雛菊が呼んでいる。

「薄紅ちゃん。来ておくれ」

雛菊の声はか細くて、稲穂にそよぐ風の音かと思われた。

「ここにいますよ」

薄紅はすぐに返事をしたが、その声はわれながら、老婆のように掠れていた。

朧月に照らされて、稲穂は真っ赤に染まっている。

月の光が赤いわけではなく、稲穂を染めているのは、赤い血潮にほかならなかった。

ほんとうは、真っ赤な色が見えたわけではない。

薄紅の眼に映るのは、むしろ墨汁のような黒だった。

濃密に立ち籠めている血の匂いが、それを真っ赤に見せているが、朧月夜の暗闇では、血は黒くしか映らなかった。

誰も来ないように、しっかり見張っていてちょうだい。

姉女郎に言われるまま、薄紅は浅草田圃の畦に立って、雛菊の嬌声を聞くこと一刻あまり、露天でいとなまれている閨の番をしていた。

姉女郎の雛菊は小唄の上手で、妹女郎の薄紅に三味線を弾かせ、恋の小唄を口ずさんでいたが、今宵の口説きもそれに近い。

稲穂の匂う浅草田圃で、薄紅は岩太郎と雛菊が交わす、最後の口説きを聞いていた。それは雛菊が歌っていた小唄のような、甘美で哀切なものではなく、死ぬと決めた男女がこの世に残す、妄執なのかもしれなかった。

薄紅は吉原に育った女なので、男女の交歓には慣れている。

折り敷いた稲穂を、閨に見立てた雛菊と岩太郎が、一刻以上も休むことなく、男女の営みに耽溺していることも、別に不思議とは思わなかった。

しかし雛菊と薄紅が、すががきの音にまぎれて廓を脱けたことは、すでに知れわたっているはずだった。

すぐに追っ手がかかるに違いない、と思っていたのに、大した騒ぎにもならないことが、かえって不思議に思われた。

追っ手がかからなかったことにはわけがある。ふつうならあり得ないことだが、雛菊に同情した遣り手が、何事もなかったように繕って、時間を稼いでくれたのだ。

刎ね橋のからくり仕掛けから、素早く鉄鉤を抜き取って、橋を吊っていた綱が切れて、刎ね橋が落ちたのだと言い繕い、ただの事故として処理してしまった。

雛菊が吉原田圃から出ることなく、岩太郎と最後の交歓をすることができたのも、遣り手の気転のおかげだが、そのことを知ることもなく死を急いだ。

「薄紅ちゃん。ここへ来て」

雛菊がか細い声で呼んでいる。

「苦しい。苦しい。死ねないのよ」

雛菊は血糊が付いた手で、掻きむしるようにして薄紅の手をつかむ。

身体の震えが伝わってきた。

ぬるぬるとして気持ちが悪い。

「苦しい。殺して」

雛菊は白い喉を指し示した。

「ここを掻き切って」

手には剃刀が握られていたが、柄と刃を逆に持っているので、指は半分切れている。

「はやくして」

雛菊はせかしたが、薄紅はなぜか思うように身体が動かなかった。

「あちきが、姉さんを殺すんですか」

薄紅は念を押した。

話が違うという気がする。

「あんた以外に、誰があちきを殺してくれるの」

雛菊はもどかしそうに言った。

「はやく」

「岩さまに、殺してもらうんじゃなかったんですか」

「駄目。あんたしかいない」

雛菊が頰笑んだようだった。

「あちきで、いいんですね」

薄紅は雛菊が持っている剃刀を抜き取った。

そのとき刃が滑って、雛菊の小指が切れてぽとりと落ちたが、もう痛みを感じなくなっているようだった。

「お願い、薄紅ちゃん。一度でやってね」

雛菊は笑っていた。もう痛みも苦しみも、感じなくなっているのかもしれなかった。

「あちきが、姉さんを殺すのね」

薄紅が呟くと、雛菊は嬉しそうに笑った。

もう声も出せなくなっているらしい。

でも姉さんは、笑うことはできるんだ、と薄紅は思った。

薄紅は剃刀を持つ手に力を込めた。

血糊で滑って握りにくかったが、しっかりと握ると、ぴったりと手の内に収まった。

薄紅は雛菊の白い喉に、剃刀の刃を当てた。そのまま力を込めて横に引いた。

ぱっくりと開いた傷口から、真っ赤な鮮血が噴き出した。

姉さんはまだ笑っている、と薄紅は思い、ありがとう、という雛菊の声が、聞こえたような気がした。

「そこにいるのは薄紅か」

地底から聞こえてくるような、重苦しい声がした。

「もう、眼が見えぬ。手伝ってくれ」

雛菊から数歩ほど離れたところに、大瀬岩太郎が横たわっている。

うつ伏せに倒れて、もがき苦しんだらしく、その辺りの稲穂は、野獣にでも踏みしだかれたように倒れている。

「…………」

返事をしようとしたとき、声が出ないのに気づいた。

「介錯を頼む」

大瀬岩太郎は、雛菊の胸を刺したあと、みずから腹を切ったが、切腹などでは死にきれなかったらしい。

「介錯を」

岩太郎はずっと同じことを叫んで、のたうちまわっていたが、雛菊を殺して声を失った薄紅の耳には、どのような苦悶の声も、聞こえることはなかったのだろう。

岩太郎の下腹から、何かふにゃふにゃしたものがはみ出していた。

気になるらしく、岩太郎は手を伸ばして、無意識に引っぱり出しているが、切腹した刃が、腸にまで達したのだろう。

しかし、腸が飛び出たくらいでは、なかなか死ぬことはできないらしい。

「介錯!!」

同じことばかり繰り返しているが、声の調子では、まだまだ死なないだろう。

薄紅は握っていた剃刀を岩太郎の喉頸に当てた。

そのまま横へ引く。闇の中に血潮が走るが、致命傷ではない。

「そこではない。頸椎を斬らなければ、人は死なぬ」

岩太郎の声はまだ弱ってはいなかった。

薄紅は意地になったように、岩太郎の頸椎に剃刀を当てた。

刹刀を横に引く。まだ生きている。

「いたぞ」

突然、大声を発して数人の男たちが踏み込んできた。

「おお、殿はこのようなところにおられたのか。破廉恥な」

薄紅は稲穂の中から、すっと立ち上がった。岩太郎の首がぐらりと膝から落ちた。

「やっ、面妖な」

闇の中から浮かび上がった薄紅の姿が、幽霊のように見えたらしい。

「女、殿を殺したのか」

太刀を抜いて走りかかってきた男を避けて、薄紅は反対の方向へ逃げた。

「それより、殿の遺骸を取り片付ける方が先だ。このようなところで横死したことが世間に知れたら、わが家中は断絶の憂き目に遭う。はやく処置せよ」

駆け寄った数人の武士たちが、岩太郎の死体を乱暴に運び去った。

まだ死んでいるわけではないのに、まるで荷物でも片付けるような、と思いながら、なぜか悔しくなって、薄紅は泣きながら必死で逃げた。

「殿の死体を見たからには、あの女、生かしておくことはできぬ」

「見つけ次第、斬り捨てよ」

背後で武士たちが騒いでいる声を聞きながら、薄紅は稲穂の中に隠れ、田圃の中を這うようにして逃げた。

「いないか」

「素早い奴。何処へ行った」

武士たちは恐ろしい形相をして、畦道の上を走り回っている。

朧月は上ったが、闇夜を照らすほどに明るくはなかった。薄紅は武士たちに見えやすい畦道を避け、少しでも暗い闇を見つけて駆け込んだ。

「あれはうちの振新じゃねえか」

ようやく武士たちから逃れたと思った薄紅の前に、こんどは吉原の牛太郎たちが立ちはだかった。

「やっぱりそうだ。振り袖新造の薄紅ではないか」

脱廓した遊女が、どれほど恐ろしい仕置きを受けるかということを、薄紅はまだ禿の頃から聞かされてきた。

しかも薄紅は、盗んだ鉄鉤で、からくり仕掛けの刎ね橋を下ろし、雛菊太夫の駈け落ちを手引きしている。捕まれば仕置きは過酷を極めるだろう。

「薄紅だ。薄紅がいたぞぅ」

吉原田圃に散っていた、牛太郎たちの口から口へと、薄紅の名前が伝わってゆく。薄紅は必死で逃げた。武士たちに見つかれば、その場で斬られるだろうし、牛太郎たちに捕まれば、厳しい仕置きが待っている。

薄紅は稲穂の波打っている吉原田圃を、右へ左へと逃げ回ったが、息切れがして脚がもつれ、もう逃げられない、と覚悟したとき、人通りなどあるはずがない吉原田圃を、ひとりの男が歩いてくるのが見えた。

この男しか頼れる人はいない、と何故か啓示にも似た直感が働いて、薄紅はふらふらとよろめきながら、その男のもとに走り寄った。

「たすけてください。悪い者に追われているのです」

そう言おうとして、薄紅は声が失われていることに気づいた。

背後には牛太郎たちが追ってくる足音が迫る。

薄紅は男のもとに走り寄り、倒れそうになりながらも、跪《つまず》くようにして膝を抱いた。

八

日本堤の河岸を離れた三艘の猪牙舟は、山谷堀を八丁ほど東に進み、今戸橋を潜って大川に出た。

大川をそのまま東に横切って、吾妻橋までは下らず、その少し手前、水戸藩下屋敷と、佐竹右京大夫《さたけうきょうだゆう》の下屋敷のあいだを通って、東に流れている水路に入る。

水戸屋敷と佐竹屋敷をつないで、源森橋が架けられている。これは別名を枕橋とも呼ばれ、横川に流れ込む水路では最大の取り入れ口になっている。

大川の水を取り入れた水路は、森川肥後守《もりかわひごのかみ》の下屋敷があるところで直角に曲がり、そこから南流して横川となる。

横川は水が豊かで、流れもゆったりしており、大河の風格さえあるが、これは本所の配水と水運を兼ねて掘られた運河で、ここから南流して西尾隠岐守《にしおおきのかみ》下屋敷の脇を流れる。

横川には業平橋、法恩寺橋、北中之橋が架かっていて、そのあいだには、南割下水、北割下水が通っている。

弥平次の猪牙舟は、長崎町から西に入り込んだ南割下水に入ったところで、長崎町の河岸に腰掛けて、一升徳利を片手に、酒を飲んでいた男から呼び止められた。

「おおぅい。乗せてゆけ」

浪人者らしい男は、乗合舟にでも乗るつもりか、乗せろ、乗せろ、と手を振っている。

「酔っぱらいです。相手にしない方がいいですぜ」

廓の吉三は、河岸で手を振っている男に厳しい眼を向けた。

「討ち入りの直前になって、おかしな男に呼ばれたものだ。凶といえば凶、吉と思えば吉にもなる類だが、せっかくの鋭気をそがれたことは確かだ」

弥平次は舌打ちした。

「親方が気にくわねえんなら、行きがけの駄賃で、血祭りに上げてやりますかい」

牛太郎の一人が勇ましい口を利いた。

「やめておけ。討ち入りする大瀬屋敷はもうすぐだ。へたに騒いで勘づかれてはまずい」

弥平次がたしなめた。

「やっ、あれは先生じゃねえですかい」

猪牙舟が長崎町の河岸に近くなったとき、徳利男から眼を離さずにいた廓の吉三が言った。

「先生だ。河岸に舟を寄せろ」

弥平次は怪訝そうな顔をして兵馬を迎えた。

「いよいよ討ち入りか。待っていたぞ」

河岸に舟を寄せると、兵馬は屈託のない顔をして乗り込んできた。

「お静かに。大声で話されては迷惑です」

「よいではないか。このような刻限になれば人通りも絶える。誰も聞いている者などおらぬぞ」

兵馬は弥平次の猪牙舟が通るのを待って酒を飲んでいるうちに、だいぶ酔っぱらってしまったようだった。

「わたしもゆこう。乗せてゆけ」

人のよい牛太郎が、強い味方を得たように喜んだ。

「先生、あっしらと一緒に戦ってくださるんですかい」

ばかを申せ、と兵馬は言った。

「剣術指南を頼まれていたが、おぬしたちの腕では心許ない。わたしが付き添って、実地指南をいたそうと思ってな」

兵馬は狭い舟の真ん中に陣取って横になった。

「待っているうちに眠くなった。着いたら起こしてくれ」

虫のいいことを言うと、ほんとうに鼾をかいて寝てしまった。

「呑気なお人だ」

弥平次は低い声で呟いた。

「こう酔っぱらっていては、討ち入りに加わるのは無理ですぜ」

兵馬の寝顔を見ていた廓の吉三が、吐き捨てるように言った。

「あてにするな」

弥平次は厳しい声で、牛太郎たちを叱った。

「さむれえ屋敷に討ち入りするのに、さむれえの手を借りたとあっては、おれたち廓者の面子がたたねえ。先生にはこのまま舟の中で寝ていてもらえばいい」

廓者を乗せた三艘の猪牙舟は、南割下水を長崎町から三笠町へ抜けた。

その先には一軒の町家もなく、黒塗りの長屋門を連ねた侍屋敷が続いている。

岸辺は急に暗くなって、艪を漕ぐ音だけが耳についた。

「大瀬屋敷へ着くまでには、途中に番屋が三つある。艪の音を怪しまれないように、そっとすり抜けることだな」

眠っていたはずの兵馬が、まるで寝言でも呟くような声で、猪牙舟を漕いでいる船頭に注意を与えた。

「先生。起きていなすったんですかい」

廓の吉三が驚いて声をかけた。

「わたしはまだ、剣術指南役を首になってはおらぬだろうな」

兵馬は半分眠ったまま、正面に座っている死に神弥平次に念を押した。

「そりゃあ、勿論」

いきなり声をかけられた弥平次は、虚を突いたような兵馬の気迫に押され、思わずしどろもどろになった。

「ならば最後まで、おぬしらを実地指南せねばならぬわけだ」

兵馬は酒臭い息を吐きながら、いかにも律儀そうなことを言うと、ふたたび肘枕をついて鼾をかきはじめた。

「剣客ってえのは、恐ろしく肝が据わっているものでござんすね」

牛太郎の一人が、溜め息まじりに呟いたが、ほんとうに兵馬が眠ってしまったと思う者は誰もいなかった。

「先生はあっしらと一緒に、大瀬屋敷へ討ち入るつもりらしいですぜ」

肝を潰した廓の吉三が、弥平次の耳元で囁いた。

「よくわからねえお人だからな」

弥平次は嘆息まじりに首を振ったが、いまやすっかり毒気を抜かれ、破軍星を気取っていた先ほどまでの勢いは、もはやどこを捜しても見られなかった。

「これじゃ、加勢に来たのか、邪魔をしに来たのか、わかりゃしねえや」

気勢をそがれた廓の吉三は、いまいましそうに毒づいた。

いきなり兵馬が乗り込んできたことで、これまで猪牙舟に漲っていた鋭気が、すっかり鈍ってしまったことは確かだろう。

暗い夜空を見上げると、幾多の星が輝いているが、その中のどれが破軍星なのか、牛太郎たちには勿論、それを言い出した弥平次さえも、知っているわけではなかった。

「所詮おれたちは、あてもねえことを、あてもなくやっているだけにすぎねえのか」

討ち入りにふさわしからぬ、妙に冷めきった虚脱感が、南割下水に猪牙舟を連ねた廓者たちに、感染してしまったのかもしれなかった。

九

牛太郎の一人が、大瀬屋敷の長屋門の前に屈み込むと、その背中にもう一人が飛び移り、さらに一人がその肩に飛び乗った。

屈んでいた男が伸び上がると、その上に乗った男も立ち上がり、三人目はさらに空へ向かって伸び上がって、闇にとざされていた門前に、見上げるような白い巨塔が聳え立った。

最上段の牛太郎は、身軽に長屋門の屋根へ飛び移ると、そのまま闇の向こうへ跳躍して、たちまち暗い邸内に消えた。

「慣れたものだな。これなら夜盗となっても食《い》っていけるではないか」

兵馬が感心したように呟くと、弥平次は叱っと言って、唇《くぐつ》に人差し指を押しあてた。

「人聞きの悪いことを言ってもらっては困ります。あれは傀儡一族に伝わる軽業で、芸能の一つと思っていただきたい」

錆びた蝶番の軋る音がして、邸内に忍び込んだ牛太郎の手で、長屋門の門扉が押し開けられた。

「ゆけ」

弥平次が抑えた声で低く叫ぶと、白装束を着けた廓者たちは、身を低くして音もなく邸内に走り込んだ。

兵馬は最後からゆっくりと長屋門をくぐった。

邸内の闇に眼を凝らすと、廓者たちの白い影は、這いつくばるようにして邸内を窺っている。

　ふたたび蝶番の軋る音がして、懐手をしてぬっと立つ兵馬の背後から、長屋門の厚い門扉がぴったりと閉ざされた。

「みずからの退路を断って、決死の戦いに赴くわけか」

　兵馬が痛々しそうに呟くと、つい鼻の先で闇が動いて、

「とんでもねえ。退路は確保して、頃合いを見て逃げ出すまでよ」

　廓の吉三があざ笑った。

「あっしらは、お武家とは違う。討ち入りはしても、ここで死のうなどとは、誰も思っちゃいねえよ」

「そうか。ならばよいのだ」

　兵馬は相変わらず、物ぐさそうな懐手をしたまま、襟元から指先だけ出して顎を掻いている。

「先生。助っ人にきたんなら、もう少し真面目にやってくださいよ」

　とうとう廓の吉三が怒りだした。

「ここで死ぬ気はねえと言っても、旗本屋敷への討ち入りともなりゃあ、やっぱり命懸けの大仕事だ。先生みてえに、そう気の抜けた態度でいられちゃ、あっしらまで気が乗らなくなる。もっと、しゃんとしてもらわなきゃ、困りますぜ」

兵馬はにやにや笑いながら言った。

「おいおい。わたしは教え残した剣術指南を、実地で教えようとは言っているが、助っ人に来たなどとは言っておらんぞ。勝手なことを言ってもらっては困る」

「その態度が、あっしらのやる気を削ぐんですぜ」

吉三がつい大声を出しそうになったとき、邸内の闇に人影が走る気配がして、黒頭巾を着けた十数人の武士たちが、白装束姿の廓者たちを、四方八方から取り囲んでいた。

「ここが旗本屋敷と知って、徒党を組んで討ち入るとは理不尽な。わが邸内に忍び入った者は、誰一人として、生きてこの門を出ること叶わぬぞ」

黒頭巾で顔を隠した上背のある武士が、腹に響くような低い声で、そろいの白装束を着た牛太郎たちを威嚇した。

「おっと、それはなかろうぜ。乾氏」

咄嗟に声をかけた兵馬は、先手を取られて立ちすくむ牛太郎たちを掻き分けるようにして、黒頭巾の前に進み出た。

「徒党を組んで討ち入るのは、おぬしらのやり方ではなかったか。おかげで縁もゆかりもない市井の女までが、大切な柔肌を傷つけられるというとばっちりを受けた。おのれのやり口を棚に上げて、咎めだてするとは片腹痛い」

　吉原者たちの襲撃は、あらかじめ予想していたらしい乾伸次郎も、兵馬の出現にはさすがに驚いたらしかった。

「なぜ此処にいる」

　糾問というより、ほとんど罵声に近かった。

「まことに短い縁ではあったが、この者たちとは師弟の契りを結んでいる。わたしの指南があれでよかったのかどうかを、見届けに参ったのだ」

　わざと空とぼけた顔をして、兵馬はうそぶいた。

「おぬしはどこまでも、お節介な男だな」

　乾伸次郎は、あきれ顔をして吐き捨てた。

「お節介ついでに言っておこう」

　兵馬は懐手をやめて、袖口から両腕を出すと、そぼろ助廣の鯉口を押さえた。

「ここにいる死に神弥平次は、看板の花魁をおぬしらに殺され、廃業に追い込まれた恨みを晴らしたいという。妓楼が潰れて解雇された若い衆は、吉原を追い出されては娑婆で潰しが利かず、明日をも知れない身となった。御家安泰のためなら手段を選ばぬという、おぬしらのやり方には我慢がならぬと言っておる。恨みの一端を晴らしたいそうだ」

乾仲次郎の顔が醜くゆがんだ。

「おぬしは武士を捨てたのか」

吐き捨てるように言う乾仲次郎に、兵馬は毅然として反駁した。

「そうではない。俸禄を失ったわたしに残されているのは、武士としての誇りだけだ」

乾仲次郎は嘲笑した。

「理不尽な吉原者どもに荷担して、旗本屋敷に闇討ちをかけることが、おぬしの言う武士の誇りか」

兵馬が言い返そうとしたとき、脇差しを抜いた廓の吉三が、いきなり乾仲次郎に斬りかかった。

「さむれえが、どうだって言うんでえ」

吉三の動きに引きずられて、すばやく抜刀した牛太郎たちが、闇の中に白装束を靡《なび》かせて、目くらましのように右へ左へと跳躍した。

「問答無用と言うことか」

黒頭巾たちも一斉に抜刀して、じりじりと間合いを詰めてきた。

「どうれ。いよいよ剣術の実地指南をいたそうか」

ようやく仕事にありついたというように、兵馬は殺気立っている牛太郎たちに向かって、愛想よく声をかけた。

十

「もう動けねえ。先生、こりゃ駄目だ。死にはしねえが、生きた心地もねえ」

全身汗みずくになった廓の吉三は、地べたにへたり込んで泣き言を吐いた。

「これで約束は果たした。殺されぬようにするには、どのように動けばよいか、よくわかったであろう。おぬしたちへの剣術指南は、これを以て終了とする」

兵馬の足元には、疲労困憊した牛太郎たちが、血まみれ汗まみれになって、へなへなとへたり込んでいた。

「廓に伝えられた体術を自慢するだけあって、さすがに物覚えが早いな。誰一人として致命傷を負わなかったのは、大したものだと言ってよい。剣術には極意などというものはないが、生死の間に立てば、おのずから体得することがあるようだな」

兵馬は牛太郎たちの働きを褒めると、これで用が済んだ、と言ってゆっくりと踵を返した。

「先生、それはねえぜ。このまま置き去りにされては、あっしらは生きて帰ることができなくなる。こうなりゃ、最後まで面倒を見るのが、筋ってもんじゃねえですかい」

廓の吉三は、悲鳴に似た声をあげて、兵馬の裾に取りすがった。

兵馬は低く笑った。

「どうやら、その心配はなさそうだ。大瀬家中の者たちも、おぬしたちを討ち果たすだけの気力は残ってはおるまい」

邸内の闇が鋭く動いた。

「おのれ。どういうつもりだ」

憤然として立ちはだかった乾仲次郎の足元には、二十名にあまる黒頭巾たちが、鮮血と汗にまみれてへたり込んでいる。

もっとも、黒頭巾はずたずたに切り裂かれ、襤褸《ぼろ》を巻きつけているとしか見えないし、着物や袴もささらのようになっている。

「どうであろうか、乾仲次郎どの。これで痛み分けということには参らぬかな」

悠然として歩を進めた兵馬は、行く手をはばんでいる乾仲次郎に声をかけた。

乾伸次郎の眼は、瞋恚《しんい》に燃えている。

「つい先ほどまでは、そうも考えていた。しかし、こうなってしまっては、このままおぬしを帰すわけにはゆかなくなった」

討ち入りした牛太郎たちと、待ち伏せしていた黒頭巾たちが斬り合ってから、すでに一刻以上が経過している。

斬り合いが始まると、兵馬は相撲の行司役よろしく、睨み合う両者の間に立って、彼らが身を動かすたびに、いちいち小うるさい講釈を加えた。

「もっと腰を落とせ。敵は右に回り込んだぞ。あまり大仰に動くな。軸足だけを廻せ。こんどは左だ。いや、上段に切り替えたぞ。そこで逃げるな。逆に身を寄せろ。敵の左懐に隙がある。斬らずに突け。大振りをすると速さを損なう。敵の切っ先を恐れるな。左に身をよじれ。そこは身を低くして、地に転がって避けろ。少しくらい斬られても気にするな。わずかに肉が削り取られただけだ」

「ちょと、黙っててもらえませんかね。気が散っていけねえ」

黒頭巾の一人と渡りあっていた牛太郎が、苛立たしげな声で怒鳴り返した。

「よけいなことを喋るな。そら、隙ができた。逃げるな。逆に踏み込んでみろ」

兵馬は意に介さず、牛太郎たちの動きをいちいち論評した。

「ええい、邪魔だてを致すか」

呼吸を乱された黒頭巾の一人が、腹を立てて斬りかかると、兵馬は体をひねって切っ先をかわし、前に泳いだ敵の腰をしたたかに蹴った。

「そら、一人そちらへ行ったぞ。足がふらふらして動きが鈍い。こういう奴は下半身を狙え」

兵馬に蹴られて、よろよろと前にのめった黒頭巾は、牛太郎に足を払われて、どさっと両膝を突いた。

「やられた後の動きが肝腎だ。足が使えなければ、地を転がって逃げろ。左手が空いているぞ。まごまごするな。折れた太刀など拾わなくともよい」

兵馬は公平にも、牛太郎に倒された黒頭巾への助言も忘れなかった。

「先生はどちらの味方なんでえ」

廓の吉三が罵声を浴びせた。

「どちらも死なぬよう、指南しておるのだ」

兵馬は邸内を忙しく駆けまわって、剣の避け方、身のかわし方を、口うるさく指南したが、攻撃に加わることはなかった。

激闘は一刻以上も続いたが、兵馬が実地に指南した甲斐があって、どうやら死者が出るまでには至らなかったらしい。

「わが家中の者と吉原者を煽りたて、共倒れにしようとたくらんだのは、どのような魂胆があってのことか」

兵馬と向き合った乾仲次郎は、どす黒い怒りを込めて痛罵した。

「結果としてそうなったが、双方とも、ただやりたいようにさせただけのことだ。こうでもしなければ、やり場のない憤懣が鬱積するだけであろう」

いずれも浅手を負ってへたり込んでいるが、疲労困憊して動く気力を失っているだけで、致命傷を負っている者はいない。

「おぬしはうまく収めたつもりでも、わたしには許すことができない」

乾仲次郎は左の親指で鯉口を切ると、二尺三寸の太刀をすらりと抜いた。

「やめておけ。あと数日もすれば、おぬしは晴れて、大瀬家四千三百石の当主となる身だ。ここで命を落としたら、これまでの苦労も水の泡だぞ」

兵馬は囁くような声で、乾仲次郎に言った。

「何故、そのことを知っている」

乾仲次郎は驚愕を隠せなかった。

「さる筋から聞いた。あと数日の辛抱だ」

兵馬は、大瀬家から差し出された家督相続願いが受理されることを、倉地文左衛門から聞いたまま伝えただけだが、それを聞いた乾仲次郎は錯乱した。

「うぬ。それを知っているからには、生かしておくわけにはゆかぬ」

これまでの冷静さを失って、いきなり斬りかかってきた。

「待て」

兵馬は出遅れて一歩後に下がった。

白刃がひらめいた。

仲次郎の剣は兵馬の横鬢をかすめ、さらに切っ先を押し下げて肩先に触れた。

「先生、大丈夫ですかい」

地べたにへたり込んでいた死に神弥平次が、心配そうに腰を浮かした。

「おぬし、何者だ」

乾仲次郎は悪鬼のような形相で叫ぶと、さらに一歩後退する兵馬を追って、ずんずんと前に踏み込みながら、鋭い太刀さばきで斬りつけてくる。

なかなか粘りのある剣の走りだった。

「先生、どうして刀を抜かねえんです」

兵馬の劣勢を見るに見かねて、廓の吉三が苛立たしげに声をかけた。

「乾どの、自重せよ。あと数日を待てば、おぬしの願いは聞き届けられるのだ」

兵馬は無刀のまま、仲次郎の勢いを抑えようとしたが、ついに避けられなくなって、そぼろ助廣を抜いた。

十一

「あのとき、恩出井一族を引き連れた小袖が踏み込んで来なかったら、大瀬家の存続はあり得なかったに違いない」

兵馬は神妙な顔をしてお艶に言った。

「また小袖ちゃんに救われたのね」

お艶はおかしそうに笑った。

「また、ということはなかろう。それではわたしの立場がないではないか」

兵馬はお艶と二人、折り入って話したいことがあるという湖蘇手姫の招きを受けて、根津神社裏にある恩出井屋敷を訪れた帰り道だった。

あの事件の発端となった、吉原田圃を見てみたい、とお艶が言うので、兵馬は恩出井家で仕立ててくれた駕籠を断ると、東叡山寛永寺を北に迂回して、田圃道を通って浅草の裏手まで出ることにした。

下谷御簞笥町から正覚寺までくると、その先は一面に田圃が広がっている畦道にさしかかる。

「あなたが薄紅さんと出遭ったのはこの辺かしら」

「いや、もっと吉原に近いところだ」

あれから、さほど日数を経たわけでもないのに、吉原田圃の稲穂はすっかり色づいていた。

薄紅とめぐり遇ったとき、まだ青々としていた稲穂は、いつか黄金色にふくらみ、田圃を渡る風が吹くたびに、小気味よい音を立てて、さやさやと鳴った。

「あのとき小袖が、南割下水に駆けつけてきたのは、お艶が知らせてやったからなのか」

「いいえ。夜中に恩出井屋敷まで走りつづけて、小袖ちゃんに旦那の危急を告げたのは、ほら、ちょっと口うるさいところがある、韋駄天の安吉ですよ」

お艶にぞっこん惚れていて、薄紅を連れ帰った兵馬を激しくなじった若い衆だ。

「大瀬家のためにはあれでよかったのだが、小袖が武張ったことにかかわりを持つのは、あまり感心したことではないな」

兵馬が乾仲次郎の刀を叩き落とした直後に、数人の恩出井衆を引き連れた湖蘇手姫が駆けつけてきた。

「この場は、恩出井家に、預からせていただきましょう」

凛々しい若衆姿になった湖蘇手姫が、兵馬と仲次郎のあいだに割って入った。

姫の身を守るかのように、すぐ後に続いた白髪の老人が大音声をあげた。

「それがしは、恩出井家江戸家老、沼里九右衛門でござる。姫の申されること、受け入れられるのが、御当家のおためでござるぞ」

恩出井家と大瀬家は、縁戚筋でも何でもないが、大身旗本の用人頭ということで、沼里九右衛門と乾仲次郎は面識があった。

「それから先は、沼里の爺さまと乾仲次郎との談合で、なんとか丸く収まったが、小袖は無謀にも、斬り込みでもかけるつもりで駆けつけてきたらしく、恩出井一族の腕利きを引き連れてきた。もし九右衛門がついてこなければ、とんでもないことになるところだったかもしれぬ。あの娘は剣呑なことに、天才剣士津賀鬼三郎の血を引いているのだ」

兵馬は苦々しい顔をして、女俠客として知られた始末屋お艶に愚痴をこぼした。

「小袖ちゃんが、大身旗本のお姫様でなかったら、あたしの娘に欲しいところですわ」

　お艶は兵馬の愚かな泣き言には、いささかの同情もしなかった。

「それにしても」

　お艶は話題を変えた。

「頼まれもしないのに、いつもはお節介嫌いのあなたが、吉原者たちの討ち入りに、のこのことついていったのは何故なんです」

　兵馬は『南蛮渡来の夢移し』までさせながら、お艶にすべてを話しているわけではなかった。

「追い詰められた者同士がいがみ合うことに、我慢ができなかったからだ」

　兵馬は苦い顔をして言った。

「大瀬岩太郎の家臣たちは、当主が遊女と心中したことが世間に知られたら、大瀬家は廃絶となり、残された家中の者たち全員が所払いとなることを恐れ、岩太郎の死を隠蔽しようとして必死だった」

　そのためには手段を選ばず、岩太郎と雛菊の死を目撃した薄紅をつけ狙い、夜盗のようにお艶の家を襲ったりした。

「売れっ子の花魁を殺され、妓楼を廃業せざるを得なくなった死に神弥平次は、その奇行から吉原の楼主仲間から孤立しており、吉原者の意地と心意気を示すために、大瀬屋敷への討ち入りを決行した。元禄の赤穂浪士と違って、主君の仇討ちではなく、抱え女郎の仇討ちに立ち上がったわけだ」

死に神弥平次が廃業すれば、廓から出て行かなければならなくなる牛太郎たちは、先行きの不安を抱えて討ち入りに賭けた。

生きてゆく手段を奪った憎い相手と思ったからだ。

「どちらも生活の手段を奪われ、不安と憤懣を抱えている連中だ。いわば似たもの同士と言うところか。同じ弱みを抱えた者たちが、些細なことでいがみ合い、破れかぶれになって殺し合いまでするのは、見られた図ではないではないか」

おれだって同じようなものだが、と言いながら、兵馬は苦々しそうに吐き捨てた。

「大瀬岩太郎と雛菊の心中も、恋する男女の究極の愛というよりも、無知ゆえに世間から追い詰められた若い男女の、無理心中としか思われない」

「そうかしら」

お艶は軽く首をひねった。

「あたしは薄紅さんの夢の中へ入り、薄紅さんが見た雛菊さんの夢の中まで入っていったから、それだけではないことがわかるのよ」

兵馬からはなんの返事もなく、二人はしばらく無言のまま歩きつづけた。

「倉地殿は、将軍家に風聞書を提出するに当たって、雛菊と岩太郎の心中には触れなかったようだ。まだ若い将軍家に、遊蕩の果ての情死などを書くことを憚ったのだと言うが、どうやら将軍家には、情死した岩太郎と似たような性向があるらしいからな」

何を思ってか、兵馬は公儀隠密らしからぬ機密を洩らした。

「まあ、あたしみたいな女に、そんなことまで喋っていいんですか」

お艶は心配そうに言った。兵馬は淡々として、

「かまわんさ。この世には、闇から闇へと葬られてゆくことが多すぎる。誰かが真実を知っておかなければならないのだ」

田圃の畦道はしだいに細くなって、二人が並んで歩くことはできなくなった。

「岩太郎は廃嫡となり、代わって叔父の乾伸次郎が家督を継ぐことになるだろう。これで大瀬家四千三百石は安泰。二十数人の家臣たちも、家を追われずに済んだわけだ」

お艶は吉原者たちに同情した。

「それじゃ、花魁に死なれて廃業した弥平次さんだけが、わりを食ったのね」

いやいや、と兵馬は言った。

「死に神弥平次や、廓の吉三たちには、言ってやったよ。いつまでも吉原廓などにしがみついていることはない。破軍星の化身たるおまえたちは、もともとが旅を住みかとする芸人ではないか。安泰を捨てて芸に戻れ。いまは芸に生きることが難しい時代かもしれないが、いつかは花咲くこともあろう、と励ましはしたが」

しばらく言葉を切ると、兵馬は暗い顔をして付け加えた。

「わたしも武芸を売り物にしているが、芸を売って生きてゆくことは容易ではないな」

お艶は笑いだした。

「あなたが、それほど深刻な思いで生きているなんて、思ってもみなかったわ」

「それもそうだ」

兵馬は、いまの屈託を忘れたかのように、明るく笑った。

「何の芸も持たない武士などというものは、考えてみれば哀れなもので、わずかな俸禄に命懸けでしがみついて生きてゆく他はないが、傀儡の末裔たる吉原者には、まだまだ生きるよすががある。わが身ひとつを養うことができれば、明日のことなど、何とかなるものなのだからな」

お艶はにっこりと笑って言った。

「そうですよ。心配していた薄紅さんのことも、何とかなったじゃありませんか」

声を失っていた薄紅は、湖蘇手姫の鶴の一声で、恩出井屋敷に引き取られることになった。

薄紅の病には、長い療養が必要だと思われたからだ。

湖蘇手姫は、これまでになく明るい声で言った。

「恩出井屋敷には、この家を陰ながら維持してきた老女たちがいるわ。あの人たちが薄紅さんを世話して、立派な奥女中にしてくれるでしょう。あたしも年寄り相手にうんざりしていたところなの。薄紅さんに来てもらえたら、若い者同士で相談相手にもなるし、すべてが好都合なのよ」

兵馬とお艶が、わざわざ恩出井屋敷に招かれたのは、このことを相談するためだったが、薄紅の将来を考えれば、二人に異存があるわけはなかった。

湖蘇手姫は、まだ下町娘らしさが抜けきらないところがあるが、変に武張った家風に染まるよりも、薄紅相手に女らしさを身につけた方がよいだろう、と兵馬は思っている。

「しかし、あの葵屋吉兵衛が、よくそれで納得したな」

吉兵衛は薄紅の身請け金として、五百両という大金を出している。それほど薄紅に執着があるということだ。

「駒蔵親分の入れ知恵で、ちょっと脅しておきましたのさ」

お艶は駒蔵を脅して、吉兵衛の秘密部屋で行なわれた『南蛮渡来の夢移し』が、どのようなものであったかを白状させた。

「あんたたち、あたしと薄紅ちゃんを素っ裸にして、紅毛碧眼の異人さんに弄《もてあそ》ばれているあられもない姿を、覗き穴から見ていたというのね」

激怒したお艶は、葵屋吉兵衛に掛け合い、薄紅に対する一切の権利を放棄させた。

しかしこのことは兵馬には言えない。

「吉兵衛は確かに金はあるが、権威には弱いからな。薄紅が三千石の大身旗本に引き取られたら、文句一つ言えないのだろう。気の毒に、この一件で一番わりを食ったのは、大金を脅し取られた吉兵衛かもしれぬな」

兵馬は人のよいことを言っているが、もし真相を知ったら激怒するだろうか、とお艶は思った。

陽はすでに傾いて、道潅山の辺りに沈もうとしていた。沈みかけた夕陽の赤い光を受けて、田圃の稲穂が黄金のように輝いている。

「この辺りが、吉原田圃と呼ばれているところだ」

兵馬がお艶をふり返ってそう言ったとき、上野寛永寺の鐘楼で撞かれる入相の鐘が聞こえてきた。

「田圃の向こうに広がっている町が、薄紅や雛菊がいた吉原の遊廓だ」

吉原は黄金色に輝いている田圃の彼方に、まるで別世界のように浮き上がって見えた。

「弥平次や廓の吉三は、吉原は長い長い流浪の果てに、道々の輩、無縁の者たちがたどりついた、無縁の砦だと言っていた。岩太郎と心中した雛菊も、吉原の灯が見えるところで死にたい、と言っていたそうだ」

そのとき吉原廓から、一斉に三味線を掻き鳴らす音が聞こえてきた。

「すががきか。これを合図に遊女たちが張見世に出て、遊客たちの眼に妖艶な姿をさらすのだ。薄紅がすががきを弾き、雛菊がしゃなりしゃなりと張見世に姿をあらわす。吉原の灯が消えるまで、すががきの音が絶えることはないという」

吉原が一日のうちで最も活気があり、張見世に人が集まるこのときをねらって、雛菊と薄紅は廓から脱走した。

「雛菊さんと岩太郎さんが心中したのは、まだ夜も浅い宵の内だったのね」

「廓の灯が見えるところで死んだそうだから、いまのように、新造たちが掻き鳴らす清掻《すががき》の音も、二人の耳には聞こえていたことだろう」

入相の鐘が鳴り終わる頃には、浅草田圃に薄暗い闇が訪れていた。

「この薄闇の中で、雛菊さんと岩太郎さんの恋の道行きが始まったのね」

「そして死の道行きでもあった」

「あたし、思うんだけれど」

お艶は言った。

「あたしの名は雛菊。そしてあなたは岩さま。夢移しの秘技で心中したあたしの相手は、あなただったのよ」

闇はすでに深かった。

お艶の顔は、黒髪に隠れてよく見えない。

この女は誰だろうか、と思って、兵馬はぞっとした。

「二人が心中したのは、なまあたたかい宵闇の迫った、ちょうどこの頃。ところも同じこの場所で」

お艶はそのまま黙り込んだ。

吉原田圃をなまあたたかい風が渡る。

さらさらと稲穂が鳴った。

稲穂の匂いが闇の中に満ちてくる。

「でもいいの」

しばらく無言のまま、ゆっくりと歩を運んでいたお艶は、急にさばさばした口調に戻って、明るい声で言った。

「あたしは不思議な夢の中に生きて、あなたと心中までしてしまったのですもの」

だからどうなのか、お艶は笑ったまま答えなかった。

時代小説

二見時代小説文庫

吉原《よしわら》宵《よい》心中《しんじゅう》 御庭番《おにわばん》宰領《さいりょう》3

著者 大久保《おおくぼ》智弘《ともひろ》

発行所 株式会社 二見書房
東京都千代田区神田神保町一―五―一〇
電話 〇三―三二一九―二三一一［営業］
〇三―三二一九―二三一五［編集］
振替 〇〇一七〇―四―二六三九

印刷 株式会社 堀内印刷所
製本 株式会社 進明社

 ISBN978-4-576-07036-0
http://www.futami.co.jp/

仕官の酒　とっくり官兵衛酔夢剣
井川香四郎［著］

酒には弱いが悪には滅法強い！　藩が取り潰され浪人となった官兵衛は、仕官の口を探そうと亡妻の忘れ形見・信之助と江戸に来たが…。新シリーズ

影法師　柳橋の弥平次捕物噺
藤井邦夫［著］

南町奉行所吟味与力秋山久蔵と北町奉行所臨時廻り同心白縫半兵衛の御用を務める岡っ引、柳橋の弥平次の人情裁き！　気鋭が放つ書き下ろし新シリーズ

栄次郎江戸暦　浮世唄三味線侍
小杉健治［著］

吉川栄治賞作家の書き下ろし連作長編小説。田宮流抜刀術の名手矢内栄次郎は部屋住の身ながら三味線の名手。栄次郎が巻き込まれる四つの謎と四つの事件。

密謀　十兵衛非情剣
江宮隆之［著］

近江の鉄砲鍛冶の村全滅に潜む幕府転覆の陰謀。柳生三厳の秘孫・十兵衛は、死地を脱すべく秘剣をふるう。気鋭が満を持して世に問う、冒険時代小説の白眉。

夏椿咲く　つなぎの時蔵覚書
松乃藍［著］

父は娘をいたわり、娘は父を思いやる。秋津藩の藩金不正疑惑の裏に隠された意外な真相！　鬼才半村良に師事した女流が時代小説を書き下ろし

日本橋物語　蜻蛉屋お瑛
森真沙子［著］

この世には愛情だけではどうにもならぬ事がある。土一升金一升の日本橋で店を張る美人女将が遭遇する六つの謎と事件の行方……心にしみる本格時代推理